LES FILLES SONT TROP GENTILLES

Déjà parus :

Les filles règlent leurs comptes
Les filles n'en mènent pas large

Parution 2008 :

Les filles du Chelsea Hotel

Sparkle Hayter

Les filles sont trop gentilles

roman

97-B, Montée des Bouleaux, Saint-Constant, Qc, Canada J5A 1A9,
Internet: www.broquet.qc.ca Courriel: info@broquet.qc.ca
Tél.: 450 638-3338 Téléc.: 450 638-4338

Catalogage avant publication de Bibliothèque et Archives nationales du Québec et Bibliothèque et Archives Canada

Hayter, Sparkle, 1958-
[Nice girls finish last. Français]
Les filles sont trop gentilles

(Les aventures de Robin Hudson)
Traduction de : Nice girls finish last.

ISBN 978-2-89000-979-0

I. Touati, Joëlle. II. Titre. III.Titre : Nice girls finish last. Français.

PS8565.A938N5214 2008 C813'.54 C2008-941550-7
PS9565.A938N5214 2008

POUR L'AIDE À LA RÉALISATION DE SON PROGRAMME ÉDITORIAL, L'ÉDITEUR REMERCIE :
Le gouvernement du Canada par l'entremise du Programme d'aide au développement de l'industrie de l'édition (PADIÉ) ; la Société de développement des entreprises culturelles (SODEC) ; l'Association pour l'exportation du livre canadien (AELC).
Le gouvernement du Québec – Programme de crédit d'impôt pour l'édition de livres – Gestion SODEC.

Traduit de l'anglais par Joëlle Touati

Couverture ViaMedias éditions
Illustration Boris Lambert et Virginie Thomas
Graphisme Virginie Thomas

Révision Andrée Laprise, Diane Martin
Infographie Annabelle Gauthier, Nancy Lépine

Titre original : *Nice Girls Finish Last*
Publié en accord avec l'auteure, c/o Baror International, inc., Armonk, New York, USA

Dépôt légal — Bibliothèque nationale du Québec
3e trimestre 2008

Imprimé au Canada
ISBN 978-2-89000-979-0

Pour Diana, Sandra, Nevin et
une tortue de neuf kilos nommée Henri

PRÉSENTATEUR : Monsieur Le Poseur de Questions, comment se fait-il que les gens qui marchent tout en bas de la Terre ne tombent jamais ?

ERNIE KOVACS : Il s'agit là d'un lieu commun absolument sans fondement. En fait, ils n'arrêtent pas de tomber.

The Ernie Kovacs Show

1

Mardi soir. Quelqu'un avait déposé une guillotine devant mon immeuble.

Je venais de récupérer mon chat, Louise Bryant[1], au bureau de son agent, qui m'avait sermonnée sur sa mauvaise attitude : Madame refusait la pâtée du commanditaire, dormait sous les projecteurs chaque fois que l'envie l'en prenait et ne cessait de griffer les Teamsters[2]. Résultat : l'un d'eux, victime d'une allergie aux chats, était cloué au lit avec 104 de fièvre et de sérieuses démangeaisons. Plus qu'une séance de tournage et la vieille minette, libérée de ses obligations contractuelles, pourrait prendre sa retraite.

Louise miaulait plaintivement, j'étais crevée. Le taxi nous déposa à l'angle de l'Avenue B et de la Dixième Rue, dans ce quartier de Manhattan que l'on appelle, au choix, Loisaida, Alphabet City ou East Village. D'épais nuages de fumée s'échappaient d'un gros tube blanc et orange Con Ed. À la lueur des nouveaux éclairages publics, la fumée prenait une teinte rosâtre et donnait à la rue un côté sinistre et mal famé. Sous l'effet d'un léger souffle de vent, la nappe

---

1 Louise Bryant était la femme de John Reed, journaliste américain auteur d'un reportage fameux sur la révolution d'Octobre : *Dix jours qui ébranlèrent le monde* (1919).

2 Routiers et camionneurs syndiqués, qui amènent souvent le matériel sur les plateaux de tournage, généralement des grands costauds « qu'il ne faut pas emmerder ».

de brouillard rose s'étira jusqu'à moi et m'enveloppa. Je frissonnai. Le genre de frissons, vous savez, dont on est saisi, paraît-il, lorsque quelqu'un marche sur votre tombe.

C'est à cet instant que j'aperçus la guillotine, coincée entre deux poubelles, juste en face de la véranda de mon bâtiment, comme si on l'avait jetée là avec les ordures. L'absence de têtes coupées aux environs suggérait que la guillotine ne fonctionnait pas, car l'aspect pratique d'un tel objet n'aurait pas laissé d'être testé, dans ce quartier plein de gangs connus pour leur façon expéditive de rendre la justice. Après inspection approfondie, il s'avéra que le couperet, fermement maintenu en place par des boulons, était en caoutchouc.

– Voilà ce que j'appelle de la dissuasion, dis-je à Louise Bryant qui grognait sourdement dans son panier.

Un ruban de brume rose tourbillonna autour de la guillotine. Une fois la traînée dissipée, je découvris, bombée en rouge sur le trottoir, la signature révélatrice LE CHAOS RÈGNE. LE CHAOS RÈGNE est un mouvement d'art sauvage dont les adeptes dispersent leurs œuvres au hasard des rues du Lower East Side.

En cette période où, au boulot, j'avais la tête sur le billot, un tel objet évoquait tout pour moi sauf le hasard. Non, ce truc avait tout d'un présage.

Je m'appelle Robin Jean Hudson. Je suis reporter au minable département des Envoyés Spéciaux du prestigieux réseau All News Network, auquel je suis liée, et eux à moi, par un contrat en béton. Non, je ne suis pas de celles que vous voyez au pied des collines de Sarajevo ou dans les augustes couloirs de la Maison-Blanche, ou encore au beau milieu des ravages causés par une catastrophe naturelle. Non, essayant désespérément de ne pas avoir l'air mal à l'aise, j'apparais dans ces reportages sordides de quatre minutes sur des banques du sperme louches, sur les enlèvements perpétrés par les ovnis ou sur les aspects véreux de l'industrie du postiche.

Le All News Network traversait une passe critique. Parts d'audience et revenus publicitaires étaient en chute libre – seuls les Envoyés Spéciaux et Kerwin Schultz étaient encore en période de vaches grasses. Des bruits de compression des effectifs et de grande restructuration couraient. L'ambiance était épouvantable. Les mandarins de la compagnie n'en finissaient plus de se concerter et, les jours de réunion, les lieux étaient envahis par des gens de talent très importants. Il se tramait quelque chose. Ça se sentait à plein nez. Et ce quelque chose n'allait pas tarder à se produire.

Selon la rumeur la plus tenace, les plus vieux et les journalistes de troisième zone devraient céder leur place à cette race de séduisants et sémillants jeunes reporters. Des gamins bourrés d'ambition, prêts à tuer pour décrocher ne serait-ce que mon minable travail à l'antenne.

Voilà, il se trouve que je fais justement partie des plus vieux et des journalistes de troisième zone. Je n'ai que trente-sept ans, mais en âge TV, qui se calcule un peu comme l'âge des chiens, ça fait déjà pas mal d'heures de vol.

Pour être honnête, mon bulletin pour l'année et demie qui venait de s'écouler allait être assez mitigé. Côté plus, cette série sur les groupes d'autodéfense, primée, que j'avais réalisée pendant que mon patron, Jerry Spurdle, remplaçait le chef de l'agence de Berlin. Et Nicky Vassar, un escroc qu'on avait épinglé grâce à moi. Bien entendu, dans les deux cas, Jerry Spurdle s'était attribué tout le mérite, qui, naturellement, revenait de plein droit à Son Excellence, producteur exécutif des Envoyés

Spéciaux. Heureusement, les personnes avisées savaient qui avait réellement accompli le travail.

Côté moins, ce malheureux reportage, «La Mort dans l'Amérique moderne», qui nous avait attiré des menaces de poursuites. Je m'étais cependant quelque peu rachetée en assumant la totale responsabilité de ce désastre et en écrivant de longues et éloquentes lettres d'excuses à cette veuve d'Hackensack, au New Jersey – accidentellement, j'avais inhalé les cendres de son défunt époux – et à l'entrepreneur de pompes funèbres d'avant-garde, Max Guffy. Seul Cryogenics parlait encore d'intenter un procès.

Mon avenir était donc des plus incertains. Tous les jours, je me demandais si ce n'était pas la dernière fois que je passais à l'écran. Vous comprenez maintenant qu'une guillotine sur le trottoir, la nuit, représentait pour moi un signe lourd de sens, compromettant gravement mon Attitude Mentale Positive.

Car j'étais devenue, figurez-vous, une femme nouvelle, avec une attitude nouvelle. Une bonne attitude. Eh oui, je chantais sous la pluie, je voyais la vie en rose, j'acceptais mon quotidien comme on reçoit une boîte de chocolats. Ou, en tout cas, de quelque chose qui ressemble à du chocolat.

Par exemple, quand mon chef était entré tambour battant dans mon bureau, deux mois auparavant, qu'il m'avait gratifiée de son sourire malveillant à la «je contrôle ta destinée économique» avant de me lancer: «Rassemble tes hommes et filez à Long Island City. J'ai là-bas six chauves qui ont chopé des abcès au cerveau à cause d'implants capillaires foireux. Ils ont des choses à te dire», j'avais acquiescé en souriant, réuni mon équipe et j'étais allée faire l'interview.

Ou quand Jerry m'avait rendu mon dernier script sur les victimes des kidnappings des ovnis, truffé de sensationnalisme et de clichés, je l'avais pris, je l'avais lu et je lui avais décoché mon plus beau sourire. Ce qui ne me ressemble pas du tout.

Ou, plutôt, qui ne ressemble pas du tout à mon ancien moi.

L'ancienne Robin Hudson aurait livré à Jerry Spurdle une bataille sans merci, elle aurait fait des pieds et des mains pour conserver jusqu'au dernier de ses sacro-saints points-virgules. L'ancienne Robin Hudson serait partie à la cabine d'enregistrement avec le script mutilé, mais elle l'aurait ignoré et aurait lu à la place son script d'origine. Elle serait allée rouspéter auprès de son mentor, Bob McGravy. Elle aurait appelé anonymement une demi-douzaine d'entreprises de pompes funèbres et aurait demandé que leurs représentants débarquent à l'improviste chez Jerry pour discuter des modalités de ses obsèques.

(Cette dernière possibilité me plaisait particulièrement : depuis que j'avais reçu une pub pour un nouveau service – Consultants Funérailles Chics et Messe de Souvenir –, j'étais tentée de souscrire pour Jerry à la cérémonie sur mesure Cage aux Folles.)

Pourtant, je ne m'étais pas vengée. Comment ce changement radical dans mon comportement pathologique était-il survenu ? M'étais-je adoucie avec l'âge ? Peut-être que je m'étais adoucie, un peu. Peut-être avais-je mûri et compris qu'il y a des moments dans la vie où, si l'on veut arriver à quelque chose, il faut faire des compromis, jouer le jeu. Surtout quand vous avez un contrat en béton et que votre rédemption professionnelle dépend en grande partie de la bienveillance de Jerry Spurdle.

(Enfin bon, maturité… Disons que les menaces de procès et les rumeurs de restructuration avaient pas mal influencé mes résolutions.)

J'ai toujours dit que pour tenir sa langue, il faut faire travailler sept groupes de muscles majeurs. Alors avoir une bonne attitude en de telles circonstances, vous imaginez l'effort… Laissez-moi vous préciser que j'avais beau être motivée, ce n'était pas facile d'être un putain de rayon de soleil vingt-quatre heures sur vingt-quatre.

En fait, si j'y arrivais, c'était surtout parce que depuis qu'Eric (mon homme post-divorce) et moi nous étions séparés, je n'avais plus l'âme combative. C'est tellement plus facile de ne pas résister. Vous voyez ce que je veux dire ? Si je respectais les règles du jeu, pour changer, que pouvait-il m'arriver ?

Quand je dis ça, j'oublie que mon existence n'est régie que par une seule loi, la loi de Murphy. Ce qui pouvait m'arriver ? N'importe quoi.

La guillotine m'avait fait froid dans le dos, mais ma nouvelle attitude positive me dictait de passer outre. Maudit soit l'art sauvage, qui vient troubler la paix de mon esprit. Je donnai un coup de pied dedans. Ça me fit du bien.

Très précautionneusement, j'introduisis ma clé dans la serrure de la lourde porte blindée de l'immeuble, une construction d'avant-guerre dans la Dixième Rue Est, la poussai doucement et jetai un œil dans l'entrée, faiblement illuminée par une veilleuse jaune. Pas de navire ennemi à l'horizon. Ma voisine du dessous, Mme Ramirez, ne m'attendait pas près des boîtes aux lettres, comme elle le fait fréquemment.

Bon présage. Mme Ramirez, quatre-vingt-un ans, a un sonotone hyper puissant, n'a, à ce qu'on dit, pas eu d'homme dans sa vie depuis 1942 et s'imagine que je me livre à la débauche et à tous les péchés qu'elle n'a jamais commis. Si seulement elle pouvait avoir raison. Depuis quelque temps toutefois, depuis que Sally avait emménagé sur son palier, elle me foutait un peu la paix. Sally est peintre, elle tire le tarot et c'est une sorcière. Si, si. Mais une gentille sorcière. Elle ne jette que des bons sorts, parce qu'elle croit que le bien et le mal vous reviennent toujours multipliés par trois, et qu'elle n'a pas encore purifié son karma du sort qu'elle a jeté à Brooke Shields quand elles étaient toutes les deux étudiantes en première année à Princeton.

Les convictions de Sally ne sont ni plus débiles ni plus dangereuses que d'autres croyances religieuses. Il n'empêche que Mme Ramirez, convaincue que c'est à cause de la sorcière qu'elle perd ses cheveux, que ses intestins sont bouchés et que ses pieds enflent, voit en elle un émissaire envoyé par le diable pour l'accabler de malédictions. Tout ce que je sais, c'est que depuis que Sally s'est installée dans notre immeuble, et avec elle toute une vague de nouveaux arrivants au moins aussi étranges qu'elle – comme le mystérieux guitariste qui habite au-dessus de chez moi –, Mme Ramirez a tendance à se disperser et en oublie un peu de me casser du sucre sur le dos.

Comme d'habitude, l'ascenseur était en panne et je dus me taper les quatre étages à pied en portant Louise dans son panier. Louise est un gros chat obèse, les marches n'en finissaient plus, la journée avait déjà été très longue. Hisser ma pauvre carcasse jusqu'à mon appartement m'avait épuisée. Même mon visage était fatigué, tiré, douloureux d'avoir tant souri. Car sourire demande beaucoup d'énergie. Et je ne compte pas l'énergie que je dépense pour me retenir de hurler chaque fois que mon chef, Jerry Spurdle, tient des propos grossiers ou stupides, c'est-à-dire souvent. Pour vous donner une idée, ce jour-là, il m'avait soutenu que les hommes savent mieux se maîtriser que les femmes. Bien sûr, l'envie m'avait brûlée de lui rappeler la honte qu'il s'était attirée en draguant comme un malade une danseuse orientale de dix-huit ans. Mais j'étais restée de marbre, parce que mon désir de réfuter sa théorie sur le contrôle de soi était encore plus fort.

Ce dont j'avais besoin, c'était de huit heures de profond « dodo », de plus en plus difficile à trouver ces temps-ci. Physiquement, psychologiquement et émotionnellement exténuée, j'aurais pu me laisser tomber sur le lit tout habillée, avec mes chaussures à talons hauts. Mais Louise Bryant réclamait son repas à grands cris et Madame a horreur qu'on la fasse attendre. Comme chaque soir, je lui fis sauter sa pâtée avec du chou chinois et de la sauce d'huîtres, puis attendis qu'elle soit juste tiède pour la lui servir. Essayez de l'ignorer ou de lui proposer autre chose... À vos risques et périls.

Après m'être brossé les dents et avoir vérifié que je ne présentais pas de symptôme de « fasciite nécrosante », j'enfilai mon pyjama de flanelle et mis un CD de chants psalmodiés par des moines dans une forêt tropicale. Je pris mon chat repu dans mes bras et l'emmenai avec moi au lit, où je la caressai jusqu'à ce qu'elle se mette à ronronner. Caresser, le terme est faible. Disons plutôt que je prodigue à Madame, quotidiennement, l'équivalent pour les chats d'un massage shiatsu. Juste pour qu'elle s'endorme à mes côtés et que je n'aie pas à passer la nuit toute seule.

Dès qu'elle fut assoupie, je me pelotonnai contre elle et écoutai mon CD de relaxation, tout en récitant la Prière de la Sérénité et en m'efforçant de laisser derrière moi les tracas de la journée. Juste au moment où mes paupières commençaient à se faire lourdes, le téléphone sonna et le répondeur se mit en marche.

« Robin, c'est ta mère. »

– Oui maman, je reconnais ta voix, murmurai-je, trop lasse pour décrocher.

« Je voulais juste te rappeler que tante Maureen arrive aujourd'hui à New York, me disait maman de sa voix candide. Je crois que c'est son Église qui l'envoie, pour deux semaines. »

Bon, reprenez-moi si je me trompe, mais je croyais que pour « rappeler » quelque chose à quelqu'un, il fallait le lui avoir déjà dit. Ma mère ne m'avait jamais parlé de cette visite. Je m'en serais souvenue. Si vous avez affaire ne serait-ce qu'une fois à ma tante Maureen, vous ne pouvez plus l'oublier, même en vous donnant beaucoup de mal. Tante Mo est une force de la nature. Imaginez Mussolini avec une gaine et une perruque et vous ne serez pas trop loin de la réalité.

Non, Dieu merci, elle n'avait pas l'intention de séjourner chez moi. D'après maman, elle avait réservé une chambre d'hôtel à quelques pas de mon travail.

Eh bien, voilà qui n'était pas une bonne nouvelle. Je sais, je sais, le sang est plus épais que l'eau, et plus collant. J'aurais dû téléphoner à tante Maureen pour lui demander comment elle comptait s'organiser. Je ne l'ai pas fait. Au contraire, j'avais bien l'intention de l'éviter à tout prix. Si tante Minnie, qui vit avec maman, ou tante Flo, ou tante Lucille, la sœur de mon père, la brebis galeuse de la famille, étaient venues à New York, j'aurais couché dans l'escalier de secours pour leur laisser mon lit et je les aurais promenées dans toute la ville.

Mais tante Mo, hors de question.

Douée de talents exceptionnels – entre autres, dans les années 1950, un don certain pour virer les communistes des bibliothèques publiques et les enrôler dans les troupes de Jeannette du nord du Minnesota –, tante Mo avait le chic pour me déstabiliser. Je ne pouvais pas prendre le risque de la voir. Paradoxalement, je faisais tout mon possible pour être le genre de jeune femme polie et docile qu'elle aurait voulu que je sois. Mais sa présence n'aurait pu que mettre en péril mon Attitude Mentale Positive. Quelque chose en elle éveillait mes instincts rebelles. Peut-être ses lettres mensuelles pour me reprocher mon divorce et me dire comment j'aurais pu sauvegarder mon couple si je n'avais pas été une imbécile de tête de lard d'agnostique.

Peut-être aussi parce qu'à cause de tante Mo, je déteste le tabasco. Quand j'étais gamine et que tante Mo me gardait, chaque fois que je disais un gros mot ou un mensonge, elle me mettait du tabasco sur la langue. En fait, même quand je disais la vérité. Voilà ce que je n'ai jamais pu supporter. Elle me versait du tabasco sur la langue même si elle savait pertinemment que je disais vrai, quand il s'agissait d'une vérité qu'elle n'avait pas envie d'entendre. Expérience précoce de la censure. Aujourd'hui, le tabasco a pour moi le goût de l'hypocrisie.

Vous devez trouver ça mesquin, le tabasco. Mais je n'ai pas que des griefs mesquins envers tante Mo. Quand mon père est mort, j'avais dix ans et tante Mo, alléguant devant le juge la maladie mentale de ma mère, a tout fait pour que je sois placée sous sa garde. (Ma mère se prend pour un membre de la famille royale d'Angleterre, ce dont vous n'allez pas vous vanter auprès de vos voisins, même si c'est vrai.)

Ma mère lui a pardonné. Pas moi.

Chaque fois que je fermais les yeux apparaissait le visage de tante Mo, me faisant bondir dans le lit. Impossible de trouver le sommeil. Il me fallut quinze minutes et une volonté de fer pour chasser ces pensées négatives. Ce n'est qu'après avoir repassé mon CD deux fois et m'être transportée dans un endroit de rêve avec un beau gars que j'ai aimé il y a longtemps que je parvins à me détendre.

J'allais sombrer dans un abîme de quiétude quand le ululement strident d'une alarme de voiture se déclencha dans la rue. Je me redressai en sursaut. Je hais ces maudites alarmes de voiture. Une autre se mit à émettre par intermittence des sifflements perçants, puis une autre se mit en marche, et encore une autre. J'ouvris la fenêtre, passai la tête au-dehors. Un homme courait dans le brouillard rose et secouait les poignées des portières pour activer les alarmes. Un klaxon commença à jouer en boucle les premières mesures du thème du *Parrain*. L'homme s'enfuit. Tout le long de la rue, des visages apparaissaient aux fenêtres qui s'illuminaient une à une.

À la symphonie démente des sirènes s'ajouta bientôt le concert des jurons qui pleuvaient sur les propriétaires des voitures, gênés, descendus éteindre leurs alarmes. Au bout d'un quart d'heure, seuls persistaient les sifflements intermittents. Un quart d'heure s'écoula encore puis quelqu'un se mit à tirer sur la bagnole. Le vacarme cessa.

Des flingues partout. Voilà la réponse à l'une des grandes questions de la Vie : vit-on dans un monde complètement cinglé, ou est-ce moi qui suis folle ?

Les propriétaires des voitures remontèrent chez eux, les lumières s'éteignirent. Le calme était revenu. Je n'entendais plus qu'un rire d'homme, de plus en plus lointain, de plus en plus caverneux, comme si quelqu'un riait dans le goulot d'une bouteille.

Quand la journée allait-elle se terminer ? Louise aussi était réveillée. À son expression, je voyais qu'elle n'hésiterait pas à découcher. Je refermai donc la fenêtre, retournai au lit, lui prodiguai une nouvelle séance de massage, remis le CD et re-récitai la Prière de la Sérénité, pour finir, enfin, par tomber dans les bras de Morphée.

Je flottais dans les limbes, ce confortable espace hypnagogique entre conscience et inconscience, quand la sonnerie du téléphone retentit à nouveau. Le répondeur prit l'appel.

« Madame Hudson, inspecteur Mack Ferber de Manhattan South, brigade criminelle... »

Je décrochai.

– Robin Hudson.

– Ah, madame Hudson. C'est bien Robin Hudson ? Ou son répondeur ?

Il avait l'air jeune.

– C'est bien Robin Hudson. Vous pouvez me répéter votre nom ?

– Inspecteur Mack Ferber... Brigade criminelle...

– Oui, c'est à quel sujet ?

– Hmm... madame Hudson... Vous connaissiez le docteur Herman Kanengiser ?

– Hmm.

Je passai le bras par-dessus mon chat endormi pour attraper le réveil. Louise Bryant dort comme un vieux, en produisant quand elle respire des petits gargouillis rauques et baveux. Quand je la déplaçai, un ronflement secoua son corps tout entier.

– Madame Hudson ?

– Ouais, je le connaissais, si on veut, répondis-je en fixant intensément le cadran lumineux. Il était minuit et demi.

En fait, je ne connaissais le docteur Herman Kanengiser que très vaguement. Paradoxal, non, si je vous dis que cet homme avait failli me voir nue ? Le docteur Herman Kanengiser était mon gynécologue. Enfin presque. Il louait des locaux dans la tour Jackson Broadcasting, où je travaille, pratiquait au privé et donnait des rendez-vous tard le soir : le médecin idéal pour la femme active, comme moi.

S'il était néanmoins difficile, pour ces mêmes raisons, d'obtenir un rendez-vous, j'avais réussi à aller le consulter, six semaines auparavant. Seulement voilà, juste avant que je passe sur la table d'auscultation, Jerry m'avait bipée pour m'envoyer sur un tournage en sous-marin. J'avais dû attendre encore plus d'un mois pour que l'on me fixe un autre rendez-vous, ce jour-là, qui avait d'ailleurs été annulé.

– Que s'est-il passé ? Je veux dire…

– Je préférerais m'entretenir avec vous de vive voix.

– Bien, mais pourquoi moi ?

– Vous n'êtes pas couchée ? Je peux passer chez vous ? Je ne tiens vraiment pas à en parler au téléphone.

J'ai une devise. Ma porte est toujours ouverte aux hommes avec des mandats ou des badges. Des badges de la police, bien entendu. Après lui avoir demandé son numéro d'identification, je le rappelai à Manhattan South, pour vérifier, et lui dis que je l'attendais.

Si j'étais physiquement éveillée, mes esprits étaient encore embrumés. Je l'avais rappelé machinalement. Ce n'est qu'après avoir raccroché que je compris : Ferber était un policier de la criminelle, il avait parlé de Kanengiser au passé. Ce qui signifiait que Kanengiser était mort, assassiné.

Comme je suis très légèrement égocentrique, ma première pensée fut purement égoïste : quoi qu'il en soit, ne pas se laisser attirer des ennuis. Des témoins pouvaient attester tout ce que j'avais fait dans la soirée. En sortant du boulot, j'étais passée au bureau de Kerwin Schultz pour discuter d'une vidéo sur un groupe d'autodéfense, puis j'étais allée boire un coup avec mon assistante, Tamayo, et mon nouveau caméraman, Mike. De là, j'étais partie chercher Louise chez son agent, où j'avais attendu que les Teamsters la ramènent d'une prise qui s'était prolongée à cause de son mauvais comportement. C'est dans ma nature, je dors beaucoup mieux si j'ai des alibis qui tiennent la route. Car ce n'était pas la première fois que j'avais un rendez-vous avec un homme retrouvé mort par la suite. Ça doit être comme qui dirait mon karma.

2

Appelez ça de la vanité si vous voulez, mais parce qu'un homme allait venir, il fallait que je m'arrange un minimum : changer ce pyjama de flanelle pour une tenue plus présentable, donner un coup de brosse à ma tignasse rousse et mettre un peu de rouge à lèvres. Je ne suis pas particulièrement fière de cet aspect de ma personnalité, mais c'est comme ça. Si ça se trouve, l'inspecteur était mignon.

Dieu merci, la femme de ménage était passée le jour même. Mon intérieur était relativement bien rangé. La femme de ménage représentait pour moi un grand pas vers la maturité. Si ça ne tenait qu'à moi, je vivrais dans la pagaille. O.K., pagaille, le terme est faible, encore une fois. Livrée à moi-même, je suis capable de foutre mon appart dans un état pire que s'il avait été mis à sac par la Gestapo. Ou le théâtre d'une émeute de supporters de foot.

Enfin, quand je dis « bien rangé »... Imaginez l'explosion du rayon « développement personnel » d'une librairie... Partout, j'avais affiché des citations censées élever l'esprit et mener à la sagesse. Découpées dans des livres, des magazines, des articles, des B.D., ou écrites à la main. Le réfrigérateur m'encourageait : PENSEZ POSITIF. Un abat-jour avait pour message : DÉCIDEZ D'ÊTRE HEUREUX ! Mon gobelet à brosse à dents conseillait de : GARDEZ LA FOI et Confucius affirmait au-dessus du téléphone que LE TROP EST AUSSI NUISIBLE QUE LE PAS ASSEZ.

Pour éviter d'avoir à m'expliquer au visiteur inopiné, je décrochai les plus visibles de ces euphorisantes platitudes.

Une demi-heure plus tard, l'inspecteur Mack Ferber frappait à ma porte. J'avais bien fait de me pomponner. Un homme charmant, l'air juste ce qu'il faut allumé, à la mâchoire légèrement saillante. Un brun frisé aux yeux marron, cernés. Manque de chance, il était aussi beaucoup plus jeune que moi. Selon toute vraisemblance, d'au moins quinze ans. Mais non, voyons, on ne peut pas être inspecteur à cet âge-là.

– Je vous sers quelque chose à boire ? lui proposai-je en essayant de ne pas trop faire Anne Bancroft. Un jus de fruit ? Comme vous êtes en service…

– Non, je vous remercie. Je suis désolé d'avoir à vous dire ça comme ça…

Il s'interrompit.

Apparemment, Ferber n'était pas encore très doué pour annoncer les mauvaises nouvelles. Il ne devait pas être à la Criminelle depuis très longtemps. Il s'assit sur mon vieux fauteuil bleu, tout au bord du coussin. Je virai un carton à chapeau de la causeuse recouverte de faux léopard et m'installai en face de lui.

– Ça ne vous dérange pas que j'enregistre ? demandai-je en sortant mon mini-magnéto. Ça peut toujours servir de garder une trace des entretiens avec les autorités.

– Non… *A priori*, non.

– Alors, qu'est-ce qui lui est arrivé ? Il est mort ?

– Oui.

– C'est bien ce que je pensais. Vous avez parlé de lui au passé. Mince, c'est trop bête. Mon Dieu. Que s'est-il passé ?

– Il a été assassiné, dans son bureau, entre dix-neuf heures, heure à laquelle il a téléphoné à La Brasserie

Bleue pour réserver une table à vingt-deux heures, et vingt-deux heures trente. C'est un employé du service d'entretien qui a découvert le corps.

– Waouh.

– D'après son agenda, vous étiez la dernière patiente qu'il devait voir hier soir. Êtes-vous allée au rendez-vous ?

– Non. Il a été annulé.

Avant qu'il me demande mon alibi, je lui exposai minute par minute mon emploi du temps de la soirée.

– Qui a annulé le rendez-vous ?

– Lui-même. Ou son cabinet. On m'a laissé un message.

– Intéressant. Il semblerait que son assistante soit partie d'urgence du cabinet à la suite d'un coup de fil bidon. Et que les agents de la sécurité aient été mobilisés ailleurs dans l'immeuble, à cause d'une alarme, bidon aussi. Quelqu'un voulait que Kanengiser soit seul.

Je hochai la tête.

– Prémédité. Comment a-t-il été tué ?

– D'une balle dans le cœur.

– Pauvre homme. Quelle honte. Il avait pourtant l'air d'un chic type. Vous avez arrêté le coupable ? Ou la coupable ?

– Pas encore, répondit-il en me dévisageant bizarrement. Je vous trouve très calme.

Je soupirai.

– Eh bien, il se trouve que j'ai été journaliste au département Crime et Justice il y a quelques années et... j'sais pas. Pas grand-chose ne me surprend.

Ferber me regarda en souriant. Il commençait à me plaire. Je croisai les jambes et balançai doucement le pied tout en me remémorant ma nouvelle règle : ne jamais sortir avec des hommes plus jeunes.

– Vous le connaissiez bien ?

– Non. Je ne l'ai vu qu'une fois, il y a environ six semaines. Ça faisait à peine dix minutes que j'étais chez lui quand mon patron m'a bipée. Je devais y retourner hier. Vous avez une idée de qui l'a tué ?

– Pas vraiment. On a tenté de faire croire à un vol. Des dossiers étaient sortis, des papiers éparpillés par terre…

– Qu'est-ce qu'on aurait pu lui voler ? Il ne devait pas avoir beaucoup d'argent au cabinet. Ça ne pouvait pas non plus être un junky qui cherchait des drogues. Le docteur Kanengiser était gynécologue. Je ne crois pas qu'il y ait beaucoup d'accros à l'Ortho-Novum.

Ferber se racla la gorge.

Je poursuivis :

– Bien sûr, il avait des dossiers médicaux confidentiels.

Ferber ne répondit pas.

– Il manque des dossiers ?

– Nous ne savons pas encore.

– C'est une hypothèse.

– J'ai plusieurs hypothèses. Y avait-il dans votre dossier… des renseignements qui puissent intéresser quelqu'un ?

– À mon avis, je n'ai pas encore de dossier.

– Alors vous ne le connaissiez pas bien ?

– Non, même pas du tout. Je n'ai eu affaire à lui que pendant une dizaine de minutes, le jour de cette première visite, et quoique, attendez… Il m'avait dit qu'il était divorcé.

– À quel propos ?

– Il m'a demandé si j'étais mariée. Quand je lui ai répondu que j'étais divorcée, il m'a dit que lui aussi. Vous avez rencontré son ex-femme ? Je chercherais dans cette direction.

– Oui. Ses deux ex-femmes. L'une habite à Miami, depuis deux mois. L'autre était au cinéma avec son ami.

– Vous savez que Kanengiser était un bel homme, n'est-ce pas ?

– Vous croyez que ça peut avoir un rapport avec son assassinat ?

– Bel homme, divorcé, une balle dans le cœur ? C'est peut-être une ex jalouse, ou un mari jaloux.

Dossiers, mes fesses. Crime passionnel, oui. D'abord, Kanengiser avait été tué d'une balle dans le cœur, pas dans la tête. Pour moi, c'était un élément significatif.

Deuxièmement, comme je l'ai déjà dit, le docteur Kanengiser était réellement séduisant. Si vous voulez mon avis, bien trop pour le travail qu'il faisait. La première – et unique – fois où j'étais allée le consulter, une femme dans la salle d'attente m'avait demandé : « C'est la première fois que vous venez chez le docteur Kanengiser ? Vous allez vous régaler. Attendez de voir ces yeux bleus ! Paul Newman, je vous dis. »

Qu'est-ce que j'en ai à faire ? avais-je pensé. Ce gars est médecin, pas mannequin pour des slips. N'empêche qu'elle avait raison. Il était vraiment craquant. Déjà qu'un examen gynécologique, c'est toujours un peu gênant, je ne vous dis pas comme la situation peut devenir embarrassante, voire troublante, quand votre gynéco est un homme charmant.

(Je dois admettre que tandis que j'étais assise dans son cabinet, absorbée dans la contemplation de ses traits finement ciselés, j'avais envisagé la possibilité de le revoir dans un contexte extraprofessionnel. Ça doit faire drôle la première fois qu'on sort avec un homme qui a déjà scruté vos organes génitaux avec une lampe électrique, non ?)

Pour cette raison, j'avais été un peu soulagée que Jerry me bipe avant que Kanengiser introduise son avant-bras en moi, voire contente que la deuxième visite soit annulée. Comme avait dit par la suite mon ami Dillon Flinder, correspondant médical grisonnant, adepte de toutes les expériences sexuelles : « Si le gars est si beau que ça, c'est difficile d'établir la limite entre l'examen gynécologique et ce qu'on appelle couramment un bon doigté. » Dillon sait manier les mots.

Je réalisai soudain que les choses pouvaient tourner à l'horreur. La spécialité de Kanengiser a quelque chose d'intrinsèquement salace. Du fait que son cabinet se trouvait dans notre immeuble, je n'étais certainement pas la seule personnalité de la télé à l'avoir consulté. Les journaux et les émissions à scandale pouvaient très bien aborder l'affaire sous l'angle : LE GYNÉCO DES VEDETTES DE L'INFORMATION TÉLÉVISÉE ABATTU D'UNE BALLE DANS LE CŒUR.

Je fis part de cette idée à Ferber.

– Les dossiers des patientes ont été mis sous scellés. Nous ne donnerons aucun nom aux médias, à moins que l'une d'elles ne soit suspectée.

– Ça me paraît raisonnable.

– Donc, vous n'étiez pas là et vous n'avez rien vu ?

Ferber semblait déçu.

– Je suis désolée. J'aurais souhaité pouvoir vous aider. Vous m'avez l'air si abattu.

– Ça va. J'ai eu une journée particulièrement éprouvante, on a dû battre des records d'homicides hier. Ma collègue est à l'hôpital, on lui fait des examens. Je travaille en solo depuis six heures ce matin... Finalement, je crois que je veux bien boire quelque chose.

Le courant passait. J'époussetai un verre et lui servis du Soda Club.

– Alors, où en sommes-nous cette année dans les homicides ? On a dû dépasser les sept cents, je crois ?

– Le dernier chiffre qu'on m'a communiqué, c'était sept cent soixante-douze.

– Est-ce qu'ils ont attrapé cet homme de quatre-vingt-quatorze ans du Bronx qui a tué son frère de quatre-vingt-douze ans ?

– Non.

– Un type de quatre-vingt-quatorze ans, avec de l'arthrite, vous vous rendez compte, il n'a pas pu filer bien loin, non ?

– Je ne sais pas.

– Et ce clochard qui a assassiné la femme qui l'avait accueilli chez elle ? Elle s'appelait Felice quelque chose, elle l'avait rencontré à Madison Square Park et ça avait été le coup de foudre...

– Ouais, j'en ai entendu parler. Lui non plus, on n'a toujours pas mis la main dessus.

– Vous êtes sans doute au courant, il y a eu un cas absolument similaire il y a quelques années. Même méthode : du sélénium dans le café de la victime.

– Ouais. L'affaire Freddy le Pique-Assiette. Je vois que vous connaissez vos classiques.

– Je vous l'ai dit : j'étais reporter à Crime et Justice et j'ai déjà été mêlée à des histoires de meurtre...

– Si vous saviez, c'est rare, les femmes qui aiment parler de meurtre.

Adorable ! Ferber me rappelait tout à fait ce gars pour lequel j'en pinçais au collège, qui avait le même regard déterminé, les mêmes yeux de biche. Il avait le teint tellement frais, il ne pouvait pas avoir plus de vingt-sept ou vingt-huit ans. Ça fait jeune pour un inspecteur, non ? Ce qui m'inquiète, c'est que chaque année, ils paraissent un peu plus jeunes. On vieillit vite, quand on bosse à la télévision.

J'avais l'impression de faire plus Blanche Dubois[3] que Mrs Robinson. Tout ce que je pouvais envisager, à part lui offrir du lait et des biscuits et lui demander s'il avait déjà vu une vraie femme nue, c'était de l'inviter à jeter un œil à mes albums de coupures de presse – depuis des années, je colle dans des albums les articles parus sur des meurtres sortant de l'ordinaire –, mais sans doute avait-il autre chose à faire.

Effectivement. Il termina son verre d'eau, se leva et me remercia de lui avoir consacré un peu de temps.

Je l'accompagnai à la porte. Tandis que nous échangions nos cartes de visite, je remarquai qu'il ne portait pas d'alliance. Il faut être un peu dérangée, non, pour s'attacher à des détails pareils ? Les nuits de pleine lune, je suis comme une louve en chaleur. En plus, ça faisait des mois que je n'avais pas eu de contact intime avec un homme. Et pour une fois que ça avait failli arriver, le gars s'était ramassé une balle en plein cœur dans son bureau. Il y a quand même de quoi devenir dingue.

– J'espère que vous arrêterez l'assassin.

– Moi aussi. Au fait, vous savez qu'il y a une guillotine devant chez vous ?

– C'est de l'art sauvage. C'est courant, dans le coin.

– Étrange.

Ouais. C'était bien ce que je m'étais dit aussi. Mais à présent, c'était bien le truc le moins étrange de la journée. Et quelle journée ! Tous les problèmes possibles s'étaient accumulés. Et pour couronner le tout, un policier venait m'apprendre qu'un type que je connaissais à peine venait de se faire assassiner. C'est quoi, le côté positif du meurtre, hein, petite

---

3 Personnage de la pièce de Tennessee Williams, *Un tramway nommé Désir*. Blanche est très attirée par les jeunes hommes.

maligne ? me demandai-je. Alors là, c'est une colle, me direz-vous. Mais figurez-vous que j'en trouvai un, côté positif. Au moins, ce n'était pas moi qui étais morte.

Quand j'en avais parlé à mon amie Claire Thibodeaux, plus tard, elle en avait même vu un autre. C'est souvent quand il y a du meurtre dans l'air que je tombe amoureuse. Je n'y avais jamais pensé, mais elle avait raison. J'avais rencontré mon ex-mari au procès pour meurtre du gangster Lonny Katz. J'avais craqué pour Eric, mon ex, qui n'a jamais voulu que je l'appelle autrement que mon homme « transitionnel », pendant l'affaire Griff. Et c'était juste après une grosse histoire de meurtre qui avait secoué ma ville natale, quand j'étais gamine, que j'avais embrassé un garçon pour la première fois.

Allez savoir pourquoi. Mon karma, je suppose. De toute façon, compte tenu de mes prouesses dans le domaine sentimental, je n'étais pas sûre que tomber amoureuse ait grand-chose de bon pour moi, surtout avec, côté négatif, un médecin assassiné.

Je retournai me coucher et restai un moment éveillée à songer à Kanengiser. Qui que ce soit, la personne qui l'avait tué avait prémédité son acte et s'était organisée pour éloigner l'assistante et annuler mon rendez-vous. C'était donc quelqu'un qui avait accès à son bureau et avait regardé dans son carnet de rendez-vous, peut-être lors d'une consultation. Peut-être un mari ou un amant jaloux qui avait accompagné son épouse ou sa maîtresse. Plus probablement une femme, avec laquelle Kanengiser avait des relations sentimentales ou professionnelles.

Mais d'abord, ça ne me regardait pas. Je le connaissais tout juste. C'était le boulot des policiers. Pour qui je me prenais ? Batgirl ? Tremper dans des histoires : c'était bien la dernière chose dont j'avais besoin. C'est sûr, c'est rigolo de discuter avec un jeune flic sur des homicides non classés. Mais cette époque était révolue. J'avais grandi. En fait, ça faisait des mois que je n'avais pas feuilleté mes albums de meurtres, depuis que j'avais décidé qu'un intérêt pour un tel sujet relevait de la pathologie et du morbide.

La curiosité ne m'avait jamais attiré que des ennuis. La curiosité m'avait coûté cette interview à laquelle je tenais tant avec l'entrepreneur de pompes funèbres d'avant-garde, Max Guffy. Et avait ruiné ma série « La Mort dans l'Amérique moderne ». Bon, j'avoue, ce n'était pas qu'une question de curiosité. La vodka y était aussi pour quelque chose. Mais c'était surtout à cause de ma curiosité. Les deux, curiosité et vodka, étaient à bannir, parce que, voyez-vous, j'en avais fini d'être une semeuse de troubles.

3

Quand j'émergeai, le lendemain matin, mon premier regard se posa sur le poster en parchemin de la Desiderata[4] affiché au-dessus de mon lit. Signe de mon état de profonde dénégation, associé à une amnésie temporaire post-réveil, j'avais complètement oublié Kanengiser.

« Les grands titres du matin : en déclin depuis des années, le taux de criminalité à New York remonte », entonna la voix très sérieuse du présentateur du 1010 WINS sur All News Radio. « Environnement : le niveau de pollution de l'air est en régression. Météo : journée pluvieuse. »

– Voici un message à double tranchant pour toi, dis-je à Louise Bryant. Mes chances de me faire tuer violemment dans un futur proche augmentent, mais les risques de me voir mourir à petit feu d'un cancer du poumon diminuent. De toute façon, il va pleuvoir toute la journée.

Louise n'ouvrit même pas les yeux. Mon chat ne répond qu'à deux stimuli auditifs : le bruit de l'ouvre-boîtes et mes chants (n'importe quel air pourvu que les paroles consistent à répéter son nom à l'infini).

Effectivement, il pleuvait. De l'autre côté de la fenêtre ruisselante et embuée, la rue n'était qu'une masse confuse de gens tout gris sur le chemin du

---

4 « Injonctions pour une vie sereine », poème de Max Ehrmann, 1927.

boulot, glissant sur le trottoir comme des billes de mercure, tellement pressés qu'ils passaient à côté de la guillotine sans la voir. Un temps idéal pour rester à la maison et ne penser à rien. Si seulement j'avais pu appeler et dire que j'étais malade. Malheureusement, à cause d'un mauvais virus de grippe, j'avais déjà bouffé en février tous mes congés de maladie pour l'année. Si je prenais un jour de plus, surtout pour cause de maladie mentale, c'était une autre croix noire dans mon dossier permanent.

« Le docteur Kanengiser, gynécologue et membre du conseil municipal du District 27, est décédé hier soir dans son cabinet situé en plein centre de la ville des suites d'une blessure par balle. Selon la police, aucun suspect n'a encore été arrêté. »

C'est bien vrai, le docteur Kanengiser, me rappela le gars de WINS.

Si je m'étais levée en forme, la pensée de ce meurtre me sapa le moral. J'éteignis la radio – trop déprimant – et mis une cassette de musique sautillante et gaie pour me donner du courage tandis que je me douchais, vérifiais que je ne présentais pas de symptôme de fasciite nécrosante et m'efforçais de réintégrer cet excellent état de dénégation.

En termes plus parlants, comme le résumait le miroir de la salle de bains : ÉVITEZ LES DÉSAGRÉMENTS.

D'accord, mais pas évident d'ignorer le meurtre de Kanengiser quand, au boulot, tout le monde ne parlait que de ça. En temps normal, la mort d'un médecin pas connu n'aurait suscité que de vagues remous à ANN. Oh, elle aurait peut-être inspiré quelques blagues vaseuses aux fainéants à l'humour noir du studio, mais pas plus. Lorsque vous allez à la pêche aux nouvelles, disons… à Sarajevo, le décès d'un médecin new-yorkais reste somme toute assez anodin. La vie ne vaut rien. Mais tout est différent, bien sûr, quand c'est arrivé près de chez vous.

MEURTRE AU 27e, clamait un poster sur le Mur de la Démocratie. Le Mur de la Démocratie est le panneau d'affichage de trois mètres de long installé dans le couloir qui mène au studio. C'est là que les employés placardent les infos, les ragots et les plaisanteries concernant le personnel de la chaîne, ainsi que le courrier des fans le plus saugrenu et des faits divers insolites mais vrais. Le Mur de la Démocratie « appartient » aux travailleurs.

Je passai sur le bulletin laconique à propos du meurtre et parcourus le panneau à la recherche de nouvelles émanant de la direction ou de rumeurs quant à la restructuration. Rien.

– T'as entendu, ce meurtre…, m'aborda la productrice Susan Brave en se plantant près de moi devant le tableau.

– J'ai pas le temps. Je suis pressée.

Ce qui était vrai. J'allais être en retard à la réunion sur la sécurité à laquelle on nous avait obligés à assister.

– Vous êtes probablement au courant qu'un médecin du vingt-septième étage a été tué la nuit dernière, disait Pete Huculak quand j'entrai dans la salle de conférences.

Je m'assis dans les derniers rangs, à côté de Dillon Flinder.

Pete était le responsable en chef de la sécurité de Jackson Broadcasting et de ses filiales, donc d'ANN et de l'immeuble JBS.

– Je ne voudrais pas vous alarmer. Nous avons un système de sécurité très performant. Le règlement des étages commerciaux est moins strict. C'est ce que souhaitent les locataires, afin que leurs clients puissent aller et venir librement. Cet accident n'aurait jamais pu se produire dans les locaux de la chaîne, poursuivit Pete.

Un murmure sceptique s'éleva de l'assemblée. À la suite de l'attentat du World Trade Center de 1993, Georgia Jack Jackson avait fait installer aux portes d'entrée et de sortie de la chaîne des sas dignes de *Star Trek*, ainsi qu'un vaste réseau de caméras de vidéosurveillance. Si bien qu'on se serait cru dans une ferme pénitentiaire. Ou dans la biosphère.

Pourtant, en dépit de ces mesures, plusieurs effractions et autres exactions troublantes avaient mis l'ensemble du personnel sur les nerfs. D'abord, peu après l'entrée en service des nouvelles forces de l'ordre, quelqu'un avait profité de la période de transition pour faucher quelques sacs, dont le mien. Notre psychologue TV, Solange Stevenson, avait été menacée par un retraité du Kansas, veuf, qui s'était pointé à ANN en brandissant un fusil de chasse – non chargé – et s'était plaint que Solange lui envoyait des messages secrets l'accusant d'homosexualité (sans doute sur cette fréquence privée que seuls lui et elle savaient décoder). Un type avait déboulé dans la loge de la présentatrice Bianca de Woody et avait piqué sa perruque, deux paires de chaussures et sa culotte de rechange. Enfin, Kerwin Schultz, le présentateur du talk-show à obédience de droite, avait reçu d'inexplicables coups de fil : selon toute vraisemblance, un sinistre individu pétait pendant une minute dans le combiné avant de raccrocher. (Contrairement au bruit qui courait, ce n'était pas moi.)

Enfin, comble de l'angoisse, l'un de nos plus anciens correspondants de guerre, Reb « Rambo » Ryan, récemment « rapatrié à la base » après un incident gênant survenu à Haïti, prétendait qu'on lui avait tiré dessus alors qu'il descendait la Quatre-Vingt-Quatrième Rue.

Si Pete n'y pouvait pas grand-chose, nous avions toutefois tous le sentiment qu'il n'en faisait pas lourd pour nous protéger. Voilà pourquoi les « Talents » de l'antenne avaient demandé cette réunion. Avec ce médecin assassiné la nuit précédente, elle devenait impérative.

Pete et son armée de gardiens, qu'il avait lui-même sélectionnée, marquaient la troisième phase de l'organisation de la défense, qui durait déjà depuis un an. Barrer l'accès aux fans et aux terroristes dérangés, sans parler de débusquer les fraudeurs de la cigarette qui osaient défier l'interdiction générale de fumer dans l'entreprise, leur donnaient déjà du fil à retordre.

Visiblement, ils n'étaient pas à la hauteur. Avant d'être nommé responsable de la sécurité de JBS, quelques mois auparavant, Pete avait été le garde du corps de quelques célébrités de Hollywood. Quand Georgia Jack était allé là-bas pour essayer de racheter un énième studio de cinéma, il avait fait appel à ses services.

Jack l'avait engagé sur un coup de tête. Ça le prenait parfois. Il rencontrait quelqu'un à un cocktail, se soûlait avec lui et le lendemain, vous appreniez qu'il était chef de la sécurité, ou du service Documentation, ou, dans le cas de mon patron, Jerry Spurdle, du département des Envoyés Spéciaux. Trop fier pour admettre qu'il avait fait une erreur, Jack ne revenait jamais sur ses caprices. Ce qui signifiait que nous n'étions pas près de nous débarrasser de Pete.

Pete avait beau essayer de nous rassurer, son discours sonnait creux.

– Nous devons tous être vigilants et nous surveiller les uns les autres. Si jamais vous voyez une personne louche rôder, vous devez nous en avertir immédiatement. Hector, éteins, ordonna-t-il à l'un de ses adjoints.

Barney Fife[5], comme nous l'avons surnommé, appuya sur l'interrupteur.

Suivit une séance de diapos sur certains de nos fans répertoriés comme les plus dangereux. Nous connaissions de nom la plupart d'entre eux, par exemple Donald Forcus, un ancien prisonnier qui aurait fait n'importe quoi pour déclarer sa flamme à Bianca de Woody (dangereux pour un pyromane). Donald, comme aurait dit tante Maureen, n'avait pas été gâté par la nature. Son visage rappelait celui d'un canard de dessins animés… Cruel prénom.

Facilement identifiable, il y avait aussi Hank, le fan qui suivait Dillon Flinder. Hank était un pauvre gars au chômage, qui s'était fait virer de plusieurs places parce qu'il marchait toujours à reculons.

– Comment il fait pour te filer ? chuchotai-je à Dillon. Avec un miroir ? Ou bien il marche en arrière jusqu'à ce qu'il te rentre dedans ?

– Je le verrai arriver à trois bornes, concéda Flinder. Au fait, il paraît que Fenn Corker vient à New York et que vous allez dîner ensemble ?

– Qui t'a dit ça ?

– Je ne me rappelle pas. C'est vrai ?

– Ouais.

– Oh, Robin, pourquoi ? C'est un vrai con. Dire que tu ne veux jamais sortir avec moi.

– J'en sais trop sur toi, Dillon.

---

5 Policier empoté d'une vieille série télévisée américaine très populaire.

Tout le monde savait que Dillon avait eu des relations sexuelles, avouées, avec de gros fruits charnus. Pour ma part, je ne pouvais me résoudre à me payer un gars qui s'était tapé une pastèque.

Après les diapos et un court métrage sur l'autodéfense, les lumières se rallumèrent et Pete alla nous écrire quelques banalités sur le tableau noir. On n'est jamais trop prudent. Ouvrez l'œil !

Mieux vaut prévenir que guérir, nous répéta-t-il au moins six fois. Une fois son cours terminé, il nous demanda si nous avions des questions. L'envie me démangeait de lever le doigt et de dire : « Euh… qu'est-ce qu'il vaut mieux : prévenir ou guérir ? »

Quelle perte de temps… Oh, ce n'est pas que ça me dérange de perdre du temps : plus j'en passe à me faire chier en réunion, moins je suis avec mon patron, Jerry Spurdle, qui est la preuve vivante que les gens qui travaillent à la télé sont aussi fous que ceux qui la regardent. Plus même, si ça se trouve.

Il suffisait de faire le tour de la salle pour avoir un aperçu sur les plus atteints. Au premier rang, Sawyer Lash, qui venait de bosser toute la nuit, acquiesçait sérieusement à chaque remarque pertinente de Pete et prenait des notes. Le plus idiot des présentateurs de la chaîne, le meilleur des bons Samaritains, Sawyer avait eu son heure de gloire pendant la Grande Période de Troubles d'ANN, l'année précédente. Mais son étoile n'avait pas brillé longtemps. Il était vite retourné dans le monde des ténèbres, à présenter tout au long de la nuit les mises à jour de l'actualité. À des heures où il n'y a que peu de risques pour que les téléspectateurs se rendent compte qu'il confond les rebelles libériens avec les rebelles libertins.

Quelques semaines plus tôt, Sawyer avait reçu un cadeau dégueulasse : une hirondelle morte dans un œuf en plastique pour repriser les chaussettes. Et ça venait de quelqu'un qui prétendait l'apprécier.

Juste devant Dillon et moi, Dave Kona parlait à voix basse à Solange Stevenson. Solange représentait pour la sécurité un véritable casse-tête. Non seulement parce que, en tant que psy, elle avait un public de malades, mais parce qu'elle invitait sur le plateau des gens carrément fous. Ce qui avait eu plus d'une fois des conséquences catastrophiques. Un jour par exemple, elle avait réuni des personnes adoptées avec leurs parents naturels. L'émission s'était soldée par une bagarre générale. Ou bien elle avait encore eu la judicieuse idée de convier les deux petites amies d'un tueur en série emprisonné. Quand les rivales avaient commencé à se crêper le chignon, Solange avait tenté d'intervenir : elle avait dû quitter le studio le nez en sang.

Quant à Dave Kona, vingt-trois ans, connu du public depuis peu, il n'avait pas encore eu le temps de se constituer son cadre de réserve de fans marteaux.

Dommage. Parce que ce petit morveux en avait après mon travail.

– Quand j'étais garde du corps de Barbra...

Pete enchaînait sur l'une de ses histoires de guerre.

Je me laissai distraire par Franco, l'autre assistant de Pete, qui venait d'entrer dans la salle de conférences. Le malabar se tenait près de la porte. Bien que plus carré et plus costaud qu'Hector, il n'inspirait guère plus la confiance. Franco s'était plusieurs fois perdu en faisant sa ronde dans les bureaux.

Ce que je n'avais jamais remarqué, c'est qu'il avait de grosses touffes noires qui lui sortaient des oreilles. Jamais je n'avais vu des oreilles aussi poilues. D'où ça venait ? On aurait dit que les poils prenaient racine dans son cerveau. Il devait avoir la tête pleine de poils, en conclus-je. Si je n'avais pas noté ce détail, c'était parce que, jusque-là, Franco rabattait ses cheveux par-dessus ses oreilles. Apparemment, non sans raison. Mais Pete avait exigé la veille que tous les agents de la compagnie se fassent couper les cheveux. Franco, en bon boy-scout, s'était plié.

À moins qu'il ne soit pas allé chez le coiffeur. Peut-être qu'il s'était arraché les cheveux et s'était enfoncé ces touffes dans les oreilles.

– Robin, vous écoutez ? m'interpella soudain Pete.

Je redressai la tête et pris un air fautif.

– Oui, monsieur.

– Ces ustensiles ménagers banals peuvent vous servir en cas d'agression.

Pete énuméra : un peigne à dents fines (passer les dents sous le nez de l'assaillant pouvait entailler le septum et provoquer une abondante hémorragie), un parapluie et un atomiseur de gel coiffant.

Cochonnerie. À côté de mon arsenal d'autodéfense personnel, un réseau de radars ne valait pas mieux qu'une clôture barbelée. En plus du sumac vénéneux que je fais pousser sur le bord de mes fenêtres dans le cadre d'un programme de dissuasion des cambrioleurs, je garde toujours à portée de la main : un flacon d'eau de Cologne additionnée de poivre de Cayenne, un parapluie automatique et toutes sortes de petits objets pouvant faire office d'arme, dont un Epilady et un pistolet de colle à prise ultrarapide, muni de deux embouts (sortie normale et pulvérisation). En cas d'attaque, je peux balancer à l'agresseur de la colle brûlante en pleine poire, même à trente mètres. Si ce dernier accessoire signait pour moi une escalade dans la course à l'armement, je n'étais cependant pas encore prête à suivre les masses et à m'équiper d'un vrai pistolet.

– Soyez prudents, nous recommanda Pete avant de nous lâcher.

Je n'y aurais jamais pensé toute seule.

– T'es au courant du meurtre du vingt-septième ? me demanda Louis Levin alors que je traversais ce flipper humain géant qu'est le studio ANN pour me rendre aux bureaux des Envoyés Spéciaux.

Louis, renfrogné, était assis dans son fauteuil roulant au pupitre du producteur des news de l'après-midi, îlot d'immobilité au milieu des flots de ceux qui couraient en tous sens pour aller diffuser l'info à l'antenne, une montagne de bandes vidéo ou de copies dans les bras, un crayon coincé entre les dents.

– Ouais. J'arrive de la réunion de la sécurité.

– Alors, comment va le moral des troupes ?

– Ils ont la frousse.

– Tu sais qui a le plus la trouille ? Reb Ryan. Ça fait une heure qu'il nous bassine avec ce meurtre. Il pense que c'était lui qui était visé.

– N'importe quoi.

– Ouais, Reb est fou, mais il n'a pas entièrement tort. Si quelqu'un a pu tuer le gynéco, pourquoi un fan cinglé ne pourrait pas flinguer un présentateur ? Ou qu'est-ce qui empêcherait un groupe de terroristes bien organisés de prendre l'antenne pendant que nous sommes en train d'émettre tout autour de la planète ?

– Ne parle pas trop fort. Tu sais que la direction est à l'affût d'un bon coup pour faire grimper l'audimat.

Je m'abstins de l'informer que je faisais partie – ou presque – des patientes de Kanengiser. Louis tient le plus ancien des fichiers permanents de cancans de New York : un fichier verrouillé nommé Radio Libre Babylone, dont les mots de passe sont sans cesse renouvelés, qui circule dans le système informatique d'ANN. Pourquoi susciter la polémique et les blagues puantes ?

Par ailleurs, je désirais éviter autant que possible, sans toutefois éveiller les soupçons, de parler de ce meurtre.

Je changeai de sujet.

– Du nouveau à propos de la restructuration ?

– Pas encore.

Un stagiaire lui remit une dépêche. Il la parcourut rapidement avant d'ajouter :

– Les réunions sont ultrasecrètes.

Un assistant du montage lui tendit une bande.

– Louis, voilà le TDC qui s'occupe du nouveau projet de loi sur la prière obligatoire à l'école.

(TDC, équivalent de l'abréviation polie MTM, Monsieur Tout-le-monde, signifie chez nous « Trou Du Cul »).

Louis inséra la bande dans le moniteur de son pupitre tout en continuant à discuter à la fois avec l'assistant et avec moi. Louis a la faculté, surprenante, de pouvoir suivre deux ou trois conversations en même temps, sans perdre le fil de ce qu'il est en train de raconter à l'un ou l'autre de ses interlocuteurs.

– Ma meilleure source est sur le coup, m'informa-t-il en me faisant un clin d'œil.

Louis ne le savait pas, mais sa meilleure source était aussi ma meilleure source : Phil, le concierge omniscient. Si Louis n'avait pas de nouvelles fraîches, c'était parce que Phil avait attrapé la grippe et était en congé depuis la veille.

Le téléphone de Louis sonna.

– Oui, j'écoute. Non, je ne l'ai pas vue.

Il raccrocha et se tourna vers moi.

– C'était Jerry. Il voulait savoir si tu étais au studio. J'ai menti.

– Merci.

– Qui aurait cru que ce Jerry Spurdle allait avoir autant de succès ? Une super part d'audience, il ramène plein d'argent et, par-dessus le marché, le trophée ACE. Ça lui a vraiment foutu la grosse tête. Comment ça se passe avec lui, en ce moment ?

– Oh, tu sais…

Louis me taraudait, dans l'espoir que je lui sorte un trucs, genre : « Mieux vaut bosser avec Jerry qu'attraper le virus Ebola. » Mais je restai muette comme une carpe. Si vous n'avez rien de gentil à dire… Tout ce que j'aurais dit sur Jerry aurait immanquablement atterri dans le fichier des rumeurs et je n'y tenais pas car, voyez-vous, j'en avais fini d'être une semeuse de troubles.

Louis me regarda tristement en secouant la tête.

– Tu sais, me dit-il, Jerry se vante d'avoir maté Robin Hudson, la pouliche dévoyée.

– C'est plus compliqué que ça.

– Il prétend que, comme toutes les femmes, il a suffi d'une poigne de fer pour t'amadouer, métaphoriquement parlant. J'sais pas, Robin, tu fais ce que tu veux, mais ta réputation en souffre. Tout le monde croit que tu es passée dans le camp de ce salaud.

– À quoi ça sert que j'emmerde Jerry ? D'autres s'en occupent. Tamayo se charge de lui mener la vie impossible et moi, je peux me concentrer sur mon boulot. En plus, Dean Wormer[6] m'a foutu en sursis. Encore une bêtise et je me retrouve derrière la caisse à la cafétéria jusqu'à la fin de mon contrat.

– T'étais bien une pouliche dévoyée, tiens, me dit Louis avec mélancolie.

Une pouliche dévoyée. Il devait savoir qu'elle me plaisait, cette expression.

---

6 Le directeur de l'université, odieux, dans le film de John Belushi, *American College*.

4

Les bureaux des Envoyés Spéciaux se trouvent à quelques encablures du studio, dans ce qui fut autrefois des toilettes. Bien que la porte battante ait été remplacée, nous avons conservé le sol carrelé à petits carreaux et il flotte toujours dans nos locaux un résidu d'ambiance de toilettes. Surtout l'après-midi, lorsque le soleil filtre à travers les étroites fenêtres en verre dépoli percées tout près du plafond.

En tant que vache à lait numéro deux du réseau, derrière Kerwin Schultz, Jerry Spurdle aurait pu avoir les bureaux les plus luxueux de la tour. Mais non content de rapporter des recettes publicitaires énormes, il limite ses frais généraux au plus strict minimum. Le bureau spartiate et purement fonctionnel fait partie de son image, ce qu'apprécie tout particulièrement George Dunbar, président-directeur général d'ANN, l'homme qui attend de ses employés qu'ils se payent leurs stylos et leurs agrafes, l'homme qui a osé proposer que les entreprises privées commanditent les porte-avions, les navettes spatiales et les parcs nationaux, afin de réduire le déficit national. Imaginez la fierté de nos vaillants combattants et combattantes partant en guerre à bord du navire Pepsodent.

– Il y a du tabac dans le destructeur de papier, vociférait Jerry à notre assistante, Tamayo Scheinman, quand j'entrai dans la pièce.

– J'arrête de fumer, lui répliqua Tamayo.

C'est ce qu'elle nous annonçait trois ou quatre fois par semaine. Je remarquai qu'elle portait au bras un patch antitabac.

– J'ai déchiqueté mes clopes pour pas les fumer.

Tamayo a passé toute son enfance au Japon. Fille d'un Américain et d'une Japonaise, elle a la double nationalité. Si son père était un japoniste inconditionnel, Tamayo, en revanche, adore tout ce qui est américain, surtout les Camel sans filtre.

Malheureusement pour elle, ANN et toutes les chaînes placées sous la coupe de Jackson Broadcasting, comme beaucoup d'autres entreprises, sont devenues totalement non-fumeurs. La cigarette est interdite à tous les employés, même en dehors des heures de travail. Vous vous en doutez, l'atmosphère au studio n'en est que plus joviale.

Quand Tamayo avait été mutée de l'agence de Tokyo, on lui avait fait signer un engagement stipulant qu'elle devait arrêter de fumer avant la fin de sa période d'essai de trois mois. Il lui restait dix jours.

– *Guten Morgen*, Robin, me salua Jerry.

Il apprenait l'allemand.

– Bonjour.

Tamayo me remit un message et me laissa affronter seule l'exécrable Jerry.

– On dirait que tu as pris un peu de poids, Robin, me dit-il en me tournant autour pour évaluer mon tour de taille. Tu sais que c'est un péché à la télévision.

L'une des méthodes favorites de Jerry, sexiste vieille école, pour rabaisser une femme, consiste à critiquer son physique. Depuis que j'essayais d'avoir un comportement mature et adapté, de bien me tenir, il faisait tout pour foutre mes efforts en l'air. Il savait qu'il pouvait me dire n'importe quoi sans que je lui réponde un truc déplaisant. Je ne pouvais pas, par exemple, lui faire remarquer qu'il était blanc comme un linge, flasque, gras et qu'il se sapait comme un conseiller de Nixon. En fait, il avait la dégaine d'un conseiller de Nixon qui aurait avalé tout rond un autre conseiller de Nixon. Claire, qui travaillait autrefois avec moi aux Envoyés Spéciaux, disait de Jerry qu'il était « un petit Blanc dissipé et suffisant » avec un *ego* si gros que si on y avait attaché une ficelle, il aurait pu défiler avec les baudruches géantes dans la parade de Thanksgiving de Macy. Mais Claire pouvait se permettre ce genre de propos. Claire avait été affectée à titre d'essai à Washington, elle faisait partie des journalistes qui montent et avait toutes les chances d'obtenir dans la restructuration un poste là-bas à plein temps. Moi, par contre, je devais me tenir tranquille.

Je me contentai donc de sourire.

– Fais gaffe. Dans ce métier, si t'as pas le look…

Jerry se passa l'index en travers de la gorge.

Quel trou du cul. Honnêtement, mon look est bien le dernier de mes soucis. Je suis une rouquine d'un mètre soixante-treize, pas mal du tout, aux formes généreuses. Du moins, c'est comme ça que je me vois. Et l'image que vous avez de vous compte autant que ce que vous êtes vraiment. Je ne dis pas ça pour me vanter parce que, faites-moi confiance, la beauté est parfois une malédiction. Je sais, je ne devrais pas m'en plaindre, mais voyez-vous, je suis aussi très maladroite. Déjà que j'attire l'attention en temps normal, ça fait deux fois plus de personnes qui me regardent quand, au restaurant, parce que mon talon aiguille s'est tordu, je fauche sans faire exprès la serveuse qui passait juste à ce moment-là, envoyant voltiger les feuilles de laitue de son saladier géant sur toute une rangée de clients.

Non, non, ce n'est pas une situation hypothétique. C'est mon karma : la beauté sans la grâce. Je suis le prof de gags de Jerry Lewis… dans le corps de Rita Hayworth.

– Tu devrais aussi aller chez le coiffeur, poursuivit Jerry. Mais ce n'est pas de ça que je voulais te parler. Viens dans mon bureau.

Je le suivis.

– Assieds-toi, me dit-il en me faisant signe d'entrer et en claquant la porte à en faire trembler les parois de verre de son alcôve.

Sur quoi il chaussa ses lunettes. De la pure frime. Un jour, nous les avions essayées avec Tamayo. Du verre transparent. Aucun effet correcteur. Jerry les portait parce qu'il trouvait qu'elles lui donnaient un air intello.

– Nous allons couvrir l'affaire du député Dreyer, m'apprit-il en me regardant par-dessus ses lunettes, dans l'attente d'une réaction.

Rien à redire puisque, pour moi, il n'y avait là rien à couvrir. Si Jerry tenait « de source sûre » que Dreyer, fervent partisan de la moralité, de la tradition et des valeurs familiales, se tapait sa secrétaire et se terrait avec elle quelque part dans Manhattan, lors de mes recherches, je n'avais trouvé aucune preuve. Je méprisais la politique de Dreyer, et j'aurais été ravie de dévoiler son hypocrisie, mais je n'avais appris sur lui que du bien. Il consacrait beaucoup de temps à sa famille, ne se ménageait pas dans son travail et, selon tous ses ex-collègues et actuels collaborateurs, c'était un homme de parole. Le seul élément sur lequel nous aurions pu nous appuyer, c'était que pendant que sa femme, passionnée d'antiquités, était partie acheter des pièces de collection en Belgique, les enfants confiés à ses beaux-parents, le député était à New York en mission top-secret avec sa secrétaire et assistante personnelle, Lizbeth Greyfarm. À mon avis, Jerry voulait passer Dreyer à la casserole parce que Dreyer était strictement anti-porno et anti-club de striptease. Alors que Jerry était strictement pro-porno et strictement pro-club de striptease.

– Je n'en démordrai pas, il y a anguille sous roche, reprit-il. Je ne sais pas pourquoi tu es incapable de mettre le doigt dessus. Il nous faut un reportage pour l'émission de lundi soir. Avec le désastre de ta série sur la mort, les Envoyés Spéciaux vont mettre au moins un an à se relever.

– Et la troupe de danseurs de claquettes aveugles ?

– Il s'agit du créneau adulte. Il nous faut du sexe. Au fait, t'es au courant du meurtre du vingt-septième ? Un gynéco ?

– Oui.

Je sentis des sueurs froides suinter par tous mes pores.

– J'en ai discuté avec Pete Huculak de la sécurité et… Je crois que nous tenons là un bon sujet.

– Tu ne trouves pas que nous manquons un peu de distance…

– Du point de vue du meurtre, si. Mais attends, il n'y a pas que ça. Ce type était gynécologue, c'est bien ça ? C'était un bel homme. Quelqu'un le menotte à sa chaise et le descend…

– Menotte ?

– Il a été attaché à son siège avec des menottes, puis tué d'une balle dans le cœur.

– Comment tu le sais ?

– Le gars de l'entretien qui a découvert le corps, il a appelé la sécurité avant les policiers. La sécurité a filmé le lieu du crime. Autrement dit, nous avons une bande exclusive et nous allons la faire doubler.

Et ça, pour lui, c'était l'argument décisif. Parce qu'aux Envoyés Spéciaux, nous avons horreur de gaspiller de la bonne bande, surtout de la bande exclusive.

– C'est pas fini. Tu sais pas ce qu'ils ont trouvé par terre, entre autres ? Une pochette d'allumettes de chez Anya's.

Anya's est un club sadomaso du West Side.

– Voilà l'angle parfait.

Sa face poreuse et flasque contenait à grand-peine sa jubilation. Je travaillais avec Jerry depuis suffisamment longtemps pour voir clignoter devant ses yeux, en lettres de néon, les mots : GYNÉCOLOGUE. MENOTTES. MEURTRE. BANDE EXCLUSIVE !

– Le sadomaso va marquer les années 1990. Tu te rappelles la couverture du *New York Magazine* ? Et ça ne concerne pas que les détraqués. C'est ton médecin, ton dentiste, le gars qui remplit ta déclaration de revenus, la jeune fille au visage poupin qui apprend à lire à tes enfants, un type comme le docteur Kanengiser. Le meurtre est-il lié à cet univers glauque ? On s'en fout. La victime, elle, l'est.

En tant que reporter, je ne suis pas contre le fait d'explorer toutes les facettes de la condition humaine. Après tout, l'année passée, j'avais bien traité des « Étudiantes et call-girls », des « Papas travestis » et des « Vierges à plus de trente ans ». Mais la leçon retirée de la néfaste série « La Mort dans l'Amérique moderne » m'incitait à me pencher sur le bon côté des choses, à devenir un être meilleur, à réaliser, pour changer, des reportages optimistes, qui ne parlent pas de pervers, de morts, de malades mentaux ou de criminels. Ce que je voulais faire, c'était une série qui m'aurait valu l'attachement des téléspectateurs, rachetée de mes péchés antérieurs et aidée à prendre en marche le train de la Nouvelle

Gentillesse. L'expérience humaine a aussi des aspects positifs.

– Et cette troupe de danseurs de claquettes ? Je pourrais tourner une interview demain. Ou le bassiste sourd, proposai-je.

– Robin, tous les bassistes finissent par devenir sourds, à la longue.

– Bon, peut-être que la pochette d'allumettes ne vient pas directement de chez Anya's. Ces clubs privés et ces réseaux téléphoniques font souvent de la pub sur des pochettes d'allumettes qu'on trouve dans les épiceries ou ailleurs. Peut-être que…

– Les allumettes de chez Anya's ne sont distribuées que chez Anya's. J'ai appelé pour vérifier.

Dilemme : devais-je dire à Jerry que j'étais allée consulter le docteur Kanengiser ? En aucun cas, je ne tenais à lui inspirer des plaisanteries douteuses ou à évoquer dans son esprit des images de mes organes génitaux. Mais il ne me laissait pas le choix. Il me fallait abattre ma dernière carte.

– Il vaudrait peut-être mieux que ce ne soit pas moi qui enquête sur cette affaire. J'avais un rendez-vous chez lui, hier soir. Il a été annulé, mais je l'ai déjà vu une fois.

– Et alors ? Tu le connaissais bien, il y avait quelque chose entre vous ?

– Pas du tout. Il ne m'a même jamais examinée. Mais ça me gêne quand même de…

– Les policiers te suspectent ?

– Bien sûr que non.

– Bon, ça m'a suffi, les problèmes que nous avons eus à cause de Griff. Donc il ne t'a pas auscultée et tu n'es pas incriminée. Bien tenté, Robin, mais tu ne t'en tireras pas en me faisant le coup de l'éthique. À ce que j'ai entendu dire, ce garçon était bien occupé.

Les femmes qui venaient lui rendre visite au vingt-septième n'étaient pas toutes des patientes.

– Mais les rumeurs ne…

– Robin, ce n'est qu'un exemple racoleur du genre de personne qui a pu avoir des tendances sadomaso. On n'a pas besoin d'en dire beaucoup plus.

– Je ne voudrais pas être impertinente…, commençai-je.

Jerry ouvrit le dernier tiroir de son bureau. Celui-ci étant légèrement bloqué, la tasse INSPECTEUR EN CHEF DES NICHONS - WTNA TV AND RADIO et le trophée ACE pour la série sur l'autodéfense en tremblèrent. La série que j'avais réalisée, même si mon nom n'était pas gravé sur le trophée.

– Tu vois ça ? me dit-il en me montrant le tiroir plein de paperasse. Ce sont les CV de tous les reporters qui ne demandent qu'à te remplacer. Tu n'as pas l'air de saisir que ce qui est bon pour les Envoyés Spéciaux l'est pour nous tous. Ça fait un moment que je te supporte dans ce département, Robin, tu le sais.

– Mais Jerry, écoute-moi…

– Robin, j'ai l'impression que chaque fois que je t'écoute, ça m'attire des ennuis. Est-ce que je dois te rappeler qu'à cause de toi, Cryogenics veut nous intenter un procès…

– Ce n'était pas ma faute ! En plus, ils ont sauvé les têtes.

Jerry faisait allusion à l'incident survenu au centre Cryogenics East, où trente-cinq têtes étaient congelées. La boîte espérait les ramener un jour à la vie, sur des corps bioniques. Pendant que nous tournions, un jour où il faisait anormalement lourd pour la saison dois-je préciser, il y eut une panne d'électricité, suivie d'une défaillance du générateur auxiliaire. Dégivrage. Panique générale. Le propriétaire essaya de joindre LILCO et un électricien d'urgence, tandis que ses assistants couraient à la station-service la plus proche chercher de la glace pour tenir au frais les têtes surgelées.

Il s'avéra que notre matériel d'éclairage avait provoqué un court-circuit dans le système, à cause d'une erreur de manipulation de Mike, notre nouveau caméraman, qui n'avait pas l'habitude du voltage américain. Quoi qu'il en soit, comme je l'ai déjà dit, les têtes furent sauvées, ce qui m'épargna le poids supplémentaire sur la conscience de trente-cinq têtes humaines en décomposition.

– Ta faute ou pas, ce genre de choses n'arrivent que quand tu es là. Et je ne sais toujours pas ce que tu as dit à Max Guffy pour l'offenser à ce point.

– Tu sais bien que les entrepreneurs de pompes funèbres sont susceptibles quand…

– Le fait est, Robin, que tu sais de quel côté ta tartine est beurrée.

Juste pour donner de l'emphase à son discours, il tira à nouveau son grand tiroir plein de CV.

Mais quel con, me dis-je en souriant. J'avais beau me mettre en quatre pour tenter de ressembler à Atticus Finch[7] , je n'arrivais tout simplement pas à marcher dans les pas de Jerry avant de le juger, à comprendre pourquoi il était un tel mange-merde-lèche-cul-de-rat-d'égout-de-fils-de-pute. Tout ce que je pouvais faire, c'était feindre de sourire.

– Retourne à ton téléphone et appelle Mistress Anya. Fixe-lui une date pour une interview. Après, tu essayes de trouver une de ses ex-femmes,

---

7 Le père réfléchi, attentionné et héroïque du roman de Harper Lee, *Alouette, je te plumerai*, interprété dans la version cinématographique par Gregory Peck.

m'ordonna-t-il en décrochant sa veste de costard du portemanteau et en me conduisant à la porte de son bureau. Je serai en réunion avec la direction toute la journée.

En maugréant, je regagnai mon bureau et m'installai en face de ce joyau de la sagesse confucéenne, punaisé sur mon sous-main : LA RELATION ENTRE SUPÉRIEURS ET INFÉRIEURS EST SEMBLABLE À CELLE ENTRE LE VENT ET L'HERBE. QUAND LE VENT SOUFFLE, L'HERBE DOIT SE COUCHER. Bien sûr, la définition de la supériorité peut soulever la controverse. Mais si vous y réfléchissez trop, très vite vous adopterez une attitude désagréable et tous vos efforts seront vains.

Donc le docteur Kanengiser avait une pochette d'allumettes du club de Mistress Anya, pensai-je. Voilà au moins un point commun entre nous. Car moi aussi, j'avais sa carte, dans mon Rolodex, classée sous deux rubriques : Dominatrices et Sadisme. (Depuis que je bossais aux Envoyés Spéciaux, je m'étais constitué un Rolodex très spécial, plein de Vierges, Sadiques, Victimes, Embaumeurs et, bien entendu, de personnes enlevées par les ovnis – enregistrées d'une part sous leur nom de terriennes, d'autre part sous leur nom d'extraterrestres) Environ un an plus tôt, nous avions interrogé Mistress Anya et cinq autres dominatrices pour un reportage que nous avions monté vite fait après qu'un juge new-yorkais eut décrété que le sadomaso à but non lucratif n'était pas considéré, en vertu des lois appliquées dans l'État de New York, comme de la prostitution, du fait qu'il n'entraînait que rarement des relations sexuelles (bien que, si la dominatrice est d'humeur charitable, elle laisse le gars éjaculer).

À New York, Anya était la reine officieuse des professionnelles du fouet. Non seulement elle dirigeait le club qui portait son nom et produisait un talk-show sur le sadomaso, accessible sur le câble aux seuls titulaires d'un abonnement, mais Anya s'était en outre autoproclamée présidente de la Société du Marquis de Sade, dont la mission était de «promouvoir le sadomasochisme». Comme s'il n'y avait pas déjà assez de douleur et de souffrance dans le monde. Anya était, disait-on, une salope médiatisée, qui faisait des apparitions au petit écran n'importe quand pour n'importe quelle raison, afin de promulguer sa philosophie et d'attirer les âmes sœurs dans son club. Publicité positive, publicité négative: pour elle, c'était du pareil au même.

– J'aurai grand plaisir à vous rencontrer demain, me dit-elle quand je l'eus au bout du fil.

Dans sa bouche, le mot «plaisir» sonnait comme une grossièreté.

Je notai le rendez-vous dans mon nouvel agenda.

Cinq appels plus tard, j'avais localisé les deux ex-femmes de Kanengiser. Ex-femme numéro deux, Gail Perlmutter-Kanengiser, habitait à Miami avec un ami. Elle ne me posa qu'une seule question:

– Combien me payerez-vous?

Voilà ce qu'on appelle l'effet tabloïd. À cause de l'usage très libéral du carnet de chèques que faisaient les journalistes des chaînes à scandale, il devient de plus en plus difficile de faire parler les gens à la télé pour rien. À moins, évidemment, qu'ils n'aient un livre, un film ou un programme politique à vendre. Ou un quelconque intérêt en vue. Les Envoyés Spéciaux avaient peut-être un penchant pour le sensationnalisme, voire le sordide, en tout cas, nous ne monnayions pas nos interviews.

Quand je l'en informai, dans un langage plus adéquat, elle me raccrocha au nez.

Je téléphonai ensuite à l'inspecteur Ferber à Manhattan South. Comme il était sorti, on me passa le poste d'un autre inspecteur, récemment chargé de l'affaire, également absent : l'inspecteur Bigger.

Merde. Inutile de laisser un message à Bigger. J'avais eu l'occasion de faire sa connaissance durant l'une de mes précédentes enquêtes. À cette époque, il faisait équipe avec l'inspecteur Joe Tewfik qui, depuis, s'était retiré de la police pour ouvrir un restaurant en dehors de l'agglomération new-yorkaise.

Il y a des bons policiers et des mauvais. Tewfik était un bon. Quant à Bigger, malgré ses nombreuses décorations, c'était une fouine aux dents longues, sûr de lui, avec un manche à balai dans le cul et la moustache la plus hideuse jamais vue sur un Homo Sapiens. Dès le premier instant, nous nous étions instinctivement détestés. Comme si le simple fait de mon existence l'insultait. Bigger me prenait pour une espèce de folle marginale et contestataire. Ce qui est vraiment injuste. Ça, c'était mon ancien moi.

Si Bigger était sur le dossier, ça voulait dire qu'il me serait d'autant plus dur d'obtenir des renseignements. Car l'inspecteur Bigger n'était pas particulièrement bien disposé envers les médias. Il haïssait les médias, et moi encore plus. Peut-être parce que la fois où il était venu chez moi, en mission commandée, il avait touché mes plants de sumac vénéneux. Comment aurais-je pu deviner qu'il était allergique au sumac ?

À l'heure où je revins de déjeuner, le meurtre de Kanengiser avait été éclipsé par des nouvelles fraîches, des commérages internes et autres affaires urgentes, tels les poils dans les oreilles de Franco, qui commençaient à faire jaser.

La vidéo « exclusive » tournée par la sécurité sur le lieu du crime trônait sur mon bureau, accompagnée d'une note. Jerry voulait un dérushage pour la fin de la journée. Regarder un mort était bien la dernière chose que j'avais envie de faire. Mais c'était mon boulot. J'introduisis la bande dans la table de lecture et me calai dans mon siège, un bloc sur les genoux.

Les images avaient été prises du pas de la porte du bureau de Kanengiser, où l'on avait découvert le corps.

– N'entrez pas, ordonna une voix hors champ, apparemment celle de Pete Huculak.

– Pourquoi ? demanda une autre voix, celle d'Hector.

– Ne dérangez pas la scène du crime.

La caméra fit un panoramique tout autour de la pièce, s'arrêta sur le corps de Kanengiser. Vue latérale. Effectivement, Kanengiser avait les mains menottées dans le dos. Il était entièrement vêtu. Hector fit un autre panoramique de la pièce, zooma sur les papiers épars, sur un distributeur de trombones renversé et sur les ordures qui jonchaient le sol.

La caméra tournait encore quand la police arriva : l'inspecteur Ferber, deux officiers en uniforme qui auraient pu tous deux être son père, et un médecin qui dit : « Il est mort. »

Ferber enfila des gants en caoutchouc et se mit à ramasser avec des pinces les preuves qu'il laissait ensuite tomber dans des sacs en plastique ou en papier spécialement conçus à cet effet que lui tenait un agent en uniforme, tandis que l'autre essayait de crocheter la serrure des menottes.

– Une pièce de cinq cents, une de dix, une pochette d'allumettes – d'un établissement nommé Anya's, énumérait Ferber.

Comme il se trouvait derrière la chaise, je ne pus voir nettement la pochette d'allumettes.

La vidéo prenait fin quelques minutes plus tard.

S'il y avait un rapport avec Anya, le lien me paraissait plus que ténu. Kanengiser avait très bien pu emprunter ces allumettes à quelqu'un. Quoique… ça plus les menottes, ça n'arrangeait pas son cas. D'un autre côté, à en juger par les informations biographiques faxées par l'Association américaine des gynécologues, Kanengiser aurait pu être élu citoyen de l'année. Diplômé de la faculté de médecine de Harvard, il avait été interne au Columbia-Presbyterian, était actif, sans toutefois être inscrit sur les listes, dans la vie politique de son district et avait fait un mandat au conseil municipal. Au premier abord, je crus que cette dernière piste allait mener quelque part. Il s'avéra cependant que le projet de loi le plus controversé que le conseil avait fait passer était une initiative de rezonage destinée à ouvrir certains immeubles résidentiels à des centres de soins.

Une recherche Lexis-Nexis me fournit quelques brefs articles relatant que Kanengiser avait pris part à des réunions sur le zonage des districts et à la mise en place du programme de surveillance renforcée de son quartier. Je trouvai par contre tout un tas de papiers sur des médecins assassinés. Après désherbage, il me restait trois autres homicides non classés : un neurochirurgien, agressé et tué à Seattle, un médecin qui pratiquait l'avortement, assassiné dans le Kansas, et un docteur en physique, pris en otage et abattu dans sa voiture en Californie. Aucun des meurtres ne semblait lié à celui de Kanengiser. À moins qu'il n'ait, à une époque, pratiqué l'avortement, ce dont le rapport de l'AAG ne faisait pas état.

Si ma théorie du tueur en série ne tenait plus, la recherche Lexis-Nexis ne fut cependant pas complètement inutile. À la rubrique « Médecins Assassinés », je tombai sur une affaire absolument sans rapport avec Kanengiser, mais extrêmement signifiante à mes yeux.

Il s'agissait du cas Cécile Le Doc, de Nice, en France.

« Une femme adorable », selon l'avis unanime de ses voisins. « Une épouse douce, soumise et dévouée. »

Douce, soumise et dévouée, jusqu'au soir où, après une dispute, Cécile Le Doc frappa à mort son mari avec leur tortue de neuf kilos, Henri.

Pauvre mari.

Pauvre tortue.

Je ne pus résister à la tentation de garder cet article pour le chapitre « Armes inhabituelles » de mon album de coupures de presse.

Alors que ma journée de boulot se terminait, l'assistante-secrétaire de Kanengiser, Vicki Burchill, me rappela, à la suite du message que je lui avais laissé.

Le soir où Kanengiser avait été tué, m'indiqua-t-elle, un homme bizarre lui avait téléphoné pour lui dire qu'il y avait un incendie chez elle. Ce qui était absolument faux. Quelqu'un avait voulu éloigner Vicki du cabinet. Sans doute la même personne qui avait demandé à Tamayo de me transmettre que mon rendez-vous était annulé.

– Est-ce qu'il manque des dossiers ? la questionnai-je.

Dans ce cas, il aurait peut-être pu s'agir de chantage, et non de sadomaso. Au fond de moi, je l'espérais. Attention, que les choses soient claires, le chantage, ce n'est pas joli joli. Et en plus, comme Kanengiser exerçait dans le building JBS, le coup risquait de porter. Il y avait néanmoins de quoi être optimiste : le chantage étant un sujet particulièrement délicat pour toute personnalité publique, en particulier pour ANN qui en avait déjà fait les frais, cet aspect à lui seul pouvait suffire pour que l'on étouffe l'affaire et que je puisse me consacrer à des sujets plus valorisants.

Mais Mme Burchill détruisit vite mes espoirs.

– Non, nous avons fait un inventaire complet. Je viens de terminer, il y a à peine une heure. Apparemment, il ne manque rien.

L'hypothèse du chantage était donc exclue. Le maître chanteur avait certes pu photocopier les documents, mais pour être crédible, il, ou elle, avait besoin des originaux. Zut.

À part ça, Vicki Burchill n'avait pas grand-chose à m'apprendre. Elle ne travaillait pour Kanengiser que depuis peu et ne savait absolument pas s'il était branché sadomaso ou non. Et elle n'avait pas la moindre idée de la personne qui aurait pu le tuer.

– C'est un homme qui vous a raconté cette fausse histoire d'incendie ?

– Il m'a semblé que c'était un homme, mais l'inspecteur de police a dit qu'il existait des gadgets que l'on pouvait mettre sur le combiné pour déguiser sa voix. Ce qui fait que je ne suis même pas sûre que c'était un homme.

Ou bien l'assassin avait pu payer n'importe qui pour téléphoner.

Voie sans issue.

Toutes mes pistes finissaient en queue de poisson. Après une journée de queues de poisson, l'heure d'une bonne mousse était venue. Je posai la bande sur le bureau de Jerry et partis voir McGravy.

5

– Ça me fait plaisir de te voir, Robin.

– Moi aussi, Bob.

Je commandai une bière légère et me hissai sur un tabouret de bar à côté de Bob McGravy.

Bob est le vice-président et rédacteur en chef d'ANN, un homme avec de solides références journalistiques. Bob a travaillé avec Edward R. Murrow pendant l'âge d'or de CBS. C'est aussi lui qui m'a embauchée et, avec la légendaire directrice des programmes Lanny Cane, m'a enseigné les principes de l'information télévisée. Ou, du moins, a essayé.

Plus important, McGravy a largement contribué à bâtir la réputation d'ANN qui, d'objet de la risée générale, est devenue la chaîne de tous les records. Sur bien des fronts, la réputation cédait cependant du terrain devant les indices d'écoute, et l'influence de McGravy au sein du réseau était sur le déclin. Actuellement, son rôle était à peu près celui du pompier que l'on trimbale d'agence en agence pour résoudre un problème ou un autre.

– On ne se voit pas assez souvent ces temps-ci. J'ai tellement de boulot. Ça fait longtemps qu'on ne s'est pas vus.

– Et encore plus longtemps qu'on n'est pas venus au Buddy's.

Cet endroit me rappelait le passé. Un super bar, le Buddy's, un bistrot new-yorkais authentique, sans prétention, que Bob m'avait fait connaître il y a des années, à l'époque où il buvait et où j'étais une jeune reporter prometteuse qui se figurait que, à l'âge de trente-sept ans, elle serait correspondante à Moscou. C'était là que Bob et ses vieux potes journaleux m'avaient initiée aux plaisirs de la vodka et avaient aiguisé mon appétit, avec leurs histoires grivoises de studio, pour le côté non conformiste du métier.

Le Buddy's existe depuis la Seconde Guerre mondiale et, à en juger par les photos de l'établissement à son ouverture, le décor n'a guère changé depuis 1944. Les planchers en bois sont aujourd'hui complètement patinés par le temps et le vinyle rouge des banquettes semi-circulaires a été rapiécé plus d'une fois. McGravy et moi aimons ce bar pour son atmosphère vieux New York, pour ses habitués au nez rouge et enflé, des types couverts de tatouages, affublés de surnoms tels Billy-le-Borgne, l'Araignée ou Gros Pat, et pour ses deux sortes de vins : le Mountain Chablis rouge et le Mountain Chablis blanc, tirés de « viniers ».

– Je ne pourrai pas rester longtemps, Robin. J'ai rendez-vous avec Candy et il faut que je fasse mes bagages. Je reprends la route demain, m'informa McGravy en avalant une toute petite gorgée de son soda au citron vert.

Si Bob avait arrêté depuis quelques années de boire et de fumer, il n'avait pas pour autant renoncé à la viande rouge, au sucre raffiné, aux graisses saturées et aux ex-danseuses de revue de music-hall, des quadragénaires prénommées Candy ou Frosty, des grandes dames qui battent des cils pour faire classe. Eh oui… Il y a des hommes qui aiment ces femmes, vous savez, le genre à se balader toute la journée en déshabillé à plumes avec un petit chien plein de poils qui se porte comme un sac à main. McGravy les adorait et, en retour, elles l'adoraient et prenaient soin de lui comme il prenait soin d'elles. Nickel, non ?

– Je suis contente de te retrouver, Bob. Ça ne fait rien si tu n'as pas le temps.

– J'aimerais pouvoir dire que je suis content aussi de retrouver ma ville. Mais je repars pour deux semaines. Ça devient de la folie, ici. Mes présentateurs se font tirer dessus, les indices d'écoute ont chuté de vingt pour cent et la restructuration approche à grands pas.

– Peut-être que si on bute suffisamment de présentateurs, tu n'auras pas besoin de comprimer les effectifs. Désolée. J'ai un humour cynique.

Bob ne sourit même pas. Au contraire, il enleva ses lunettes à monture d'écaille et se frotta les yeux, comme s'il était très fatigué, épuisé par le combat.

– Écoute, Robin, me dit-il en remettant ses lunettes et en aplatissant nerveusement sur sa calvitie le peu de cheveux blancs qu'il lui restait. Si j'ai tenu à ce qu'on se voie, il y a une raison.

Tout sentiment de douce nostalgie m'abandonna soudain et un frisson d'angoisse me parcourut l'échine. Une raison. J'en étais sûre, c'était la conversation que je redoutais tant, l'entretien où l'on allait m'apprendre que la compagnie appréciait mes années de bons et loyaux services mais que ses besoins avaient évolué et qu'il n'y avait pas de place pour moi dans la nouvelle organisation, que je « m'épanouirais mieux ailleurs », mais qu'ils me trouveraient une place de merde dans la boîte jusqu'à ce que mon contrat arrive à expiration. Naturellement, cette tâche délicate avait été confiée à McGravy, parce qu'il savait comment me prendre.

Pour me remonter, j'avalai une goulée de bière et demandai :

– C'est quoi, la raison ?

– Il y a des gens qui te trouvent instable. Je suis désolé de…

– Quels gens ?

– Peu importe. On m'a demandé de te parler parce que quelqu'un s'amuse à jouer des tours à certains membres de la direction. Ils ont dressé une liste des suspects : ton nom a été évoqué.

Sans doute mon nom figurait-il même en tête de liste, pas loin de celui de Louis Levin. J'étais au courant de ces farces. Et vexée qu'on puisse me soupçonner d'un tel amateurisme. Par exemple, des demandes de documentation avaient été envoyées à Foltène[8] au nom de nos dirigeants les moins hirsutes. Ou encore on avait déposé des brochures sur les maladies transmises sexuellement dans la boîte aux lettres d'un cadre qui venait de quitter sa femme. Pathétique et carrément mesquin.

– Il n'y a pas que ces plaisanteries, Robin. La direction trouve que tu as un comportement… étrange et indiscipliné.

– Bob, tout le monde est étrange. Certains le cachent mieux que d'autres, c'est tout. Et ça fait deux mois que je suis sage comme une image. C'est moi qui ai fait tout le boulot pour la série sur l'autodéfense… J'ai coincé Nick Vassar…

– Ils en tiennent compte. Ne t'en fais pas, Robin. Je ne voulais pas mettre ça sur le tapis, mais…

– C'est bon.

En fait, j'étais soulagée que ce ne soit pas – encore – le baratin des « bons et loyaux services ».

– Je tiens juste à ce que tu continues à te tenir tranquille, O.K. ?

---

8 Entreprise pharmaceutique spécialisée dans les produits capillaires et contre la calvitie.

Je hochai la tête.

– Je suis sérieux.

– Moi aussi.

J'avais prévu de me plaindre à McGravy de ce reportage sensationnaliste, gratuit et fallacieux que Jerry m'avait imposé, mais visiblement ce n'était pas le moment de pleurnicher.

– Bob, est-ce que je suis concernée par la restructuration ? Est-ce que c'est pour ça qu'il faut que je me tienne bien ?

– Je ne peux rien te dire, Robin, tu le sais.

– Je le suis, c'est ça, hein ?

– Je ne peux rien te dire.

– S'il te plaît, Bob, ne les laisse pas me foutre aux Infos Nutrition. Ou me faire sauter de l'antenne.

– Robin, je ne peux pas révéler ce qui se dit aux réunions. Arrête de me poser des questions. Alors, comment ça se passe avec Jerry ? Tu es sage ?

– J'essaye, mais Jerry est de pire en pire. Il n'arrête pas de me provoquer.

– Ouais. N'empêche que ce gars sait faire grimper les cotes d'écoute, ça, c'est sûr.

McGravy avait dit ça avec une espèce de respect forcé pour les cotes d'écoute, inhabituel chez lui. Bob avait toujours eu un profond mépris pour les cotes d'écoute. Pour lui, la chaîne se devait avant tout d'informer. Pendant des années, il avait mené en solitaire une croisade contre la tabloïdisation de l'actualité télévisée, mission sisyphéenne à l'âge d'Amy, Tonya et O.J.[9] Même si ANN n'était pas aussi

9 Faits divers qui ont particulièrement obnubilé les médias américains. Amy Fisher est une adolescente qui a eu une liaison avec un homme marié dont elle a ensuite tué la femme d'une balle dans la tête. Tonya Harding est la patineuse olympique dont le mari, avec un ami, aurait essayé de briser les jambes de sa rivale. O.J. est O.J. Simpson.

pourrie que les autres réseaux, elle s'était, aux yeux de McGravy, bien trop souvent et bien trop bruyamment jetée sur la pâture. Et les Envoyés Spéciaux avaient toujours été les plus goulus.

Pourtant, Jerry avait le vent en poupe. Tandis que tout le reste de la chaîne se démenait pour gagner de l'audience et vendre de la pub, les Envoyés Spéciaux rapportaient, sans effort, des tonnes de dollars à notre grand chef sans peur et sans reproche, Georgia Jack Jackson. Qui leur en était infiniment reconnaissant. Car Jackson s'employait, lentement mais sûrement, à repousser la tentative de rachat du télévangéliste Paul Mangecet. Pour cela, il lui fallait rassembler le plus de fonds possible. Et il nous mettait la pression.

– Tu te demandes ce qu'on ne ferait pas pour gagner des parts d'audience, reprit McGravy. À quel point les médias manipulent-ils les faits pour en faire l'histoire la plus racoleuse ? Dans quelle mesure déformons-nous la réalité pour appâter les téléspectateurs ? Jusqu'où nous abaisserons-nous pour assurer notre survie économique ?

Je pris cette dernière question rhétorique pour moi. Ayant fait pour Jerry des reportages bien scabreux, j'avais un petit aperçu des bassesses auxquelles un journaliste peut se prêter.

– Tu me dis ça à moi, Bob, parce que je me suis fait passer pour la cliente d'une banque du sperme. Parce que j'ai dévoilé la scandaleuse affaire des implants de joue. Moi qui suis restée stoïque quand cette timide ecclésiastique du Kansas m'a raconté qu'elle s'était fait violer par toute une bande d'extraterrestres qui l'avaient soûlée dans leur vaisseau spatial.

Vraisemblablement, les extraterrestres ne sont guère différents des humains.

– Je sais que ce n'est pas toi qui as voulu faire ces reportages. Je ne te juge pas.

Bob poussa un soupir las et me donna un petit coup de poing dans l'épaule.

– Tu apprends un peu à encaisser les coups, Robin ?

– Je suis une très gentille fille. Au fait, merci pour la cassette de Cab Calloway.

– Ça donne la pêche, hein, le matin ? « Jumpin' Jive, makes you nine foot tall when you're four-foot-five », fredonna-t-il.

Il vida son verre.

– À tous les coups, ça me remonte le moral. Faut que j'y aille, Robin. Rappelle-toi, quoi qu'il arrive, *à quelque chose malheur est bon.*

– Attends ! Qu'est-ce que tu veux dire par là ? C'est une manière de… m'avertir ?

– Robin, rien n'est encore définitif. Rappelle-toi, *à quelque chose malheur est bon.*

Citation édifiante 246 : *À quelque chose malheur est bon.*

Comment ne pas être inquiète ? Si les dés étaient jetés et qu'ils n'étaient pas encore disposés à me prévenir, je voulais savoir à temps, afin, comme dirait Tamayo, de « les griller », c'est-à-dire de démissionner avant qu'ils m'éjectent de l'antenne.

D'un autre côté, je ne tenais pas à leur faciliter la tâche en me barrant prématurément. Pas s'il me restait une chance de rester encore un peu à la télévision. Allez savoir pourquoi. Non pas que la télévision m'ait été très très bénéfique. Mais certainement, j'en avais retiré des satisfactions, comme la série sur l'autodéfense. Je me sentais un peu chez moi, à la télé. Je bossais à ANN depuis le lancement de la chaîne et si j'arrivais à mon prochain anniversaire,

Georgia Jack Jackson me remettrait un pin's satellite plaqué argent et un certificat signé de sa main.

– Je prends l'avion pour Miami demain en fin d'après-midi, me dit Bob en enfilant son manteau. Je vais rater quelques réunions.

J'eus tout à coup une vision très nette du tableau. Il pouvait se passer n'importe quoi et Bob ne serait pas là pour me défendre. Il fallait donc que je sois hyper gentille et que je fasse hyper bonne impression auprès de mes supérieurs.

Rien de bon. La bouteille de Stoly derrière le bar en chêne me faisait de l'œil. Avant que je me laisse tenter, McGravy me prévint :

– Ne fais pas ça, Robin, pense à Max Guffy.

La porte du bar s'ouvrit et un courant d'air fit se dresser les cheveux de Bob, exposant son crâne chauve. Il ne s'en aperçut pas. Je le retins avant qu'il parte et remis doucement ses cheveux en place sur sa tonsure.

– Il faut que tu sois beau pour ton rendez-vous.

Bob me sourit, m'embrassa sur la joue et répéta :

– Pense à Max Guffy.

Sur quoi il me laissa seule face à ma bière.

Max Guffy était une bonne raison de ne pas succomber à la déesse vodka. Une si bonne raison que je sortis mon bloc et y inscrivis la citation édifiante 247 : Pense à Max Guffy.

Comme si je risquais de l'oublier. Obtenir une entrevue avec l'entrepreneur de pompes funèbres d'avant-garde Max Guffy représentait vraiment un beau coup pour moi, sachant qu'il n'avait jamais accordé d'interview à la télé, ni autorisé à filmer ses activités. Pendant des mois, je lui avais fait de la lèche et, finalement, il avait fini par accepter de me recevoir, sans caméra, pour préparer une interview qui devait être diffusée à l'antenne et donnerait le ton de mon reportage sur la mort dans l'Amérique moderne.

La rencontre avait plutôt bien commencé. Très rapidement, il m'avait semblé que nous avions établi un bon contact. Il m'avait montré les salles d'embaumement, de maquillage, de coiffure, visite au cours de laquelle j'avais eu le privilège – si c'en est un – de voir trois macchabées assis côte à côte sous des casques, sanglés sur des chaises, tandis qu'une coiffeuse faisait une mise en plis à un quatrième cadavre installé en face d'un miroir. Puis nous étions allés nous asseoir dans le bureau sinistrement calme de Guffy. Là, je lui avais avoué que le fait de savoir que la plupart des occupants de l'immeuble étaient morts, que nous étions en minorité, me mettait quelque peu mal à l'aise. Il s'était alors dirigé vers le bar bien garni destiné normalement aux familles des défunts et nous avait servi deux vodkas.

En fait, pas de la vodka ordinaire, mais de la Zubrowska, cette délicieuse vodka polonaise que l'on ne trouve pas partout, qui se boit comme de l'eau et qui vous laisse dans la bouche un léger arrière-goût de miel. Comme vous vous en doutez, une bonne rasade de Zubrowska nous détendit. En un rien de temps, nous rigolions comme de vieux amis et échangions des bons mots mordants sur les pompes funèbres. Si bien que, sentant l'ambiance chaleureuse et conviviale, je n'avais pas refusé un autre verre. Ça faisait un moment que je n'avais pas bu de vodka, mais je m'étais dit qu'après tout, dans un funérarium, je ne risquais pas de faire trop de conneries.

Une gaffe plus tard, c'était un Max Guffy écarlate de colère qui m'avait priée de prendre la porte en me prévenant que même si sa vie en dépendait, il ne voulait plus avoir affaire à ANN.

Il m'avait traitée de « tabloïdesque ».

Terminée, la vodka, avais-je décidé après cet incident. En fait, ce jour fut l'avant-dernière fois. Je n'avais pas tenu bien longtemps. La dernière fois que j'ai bu de la vodka (sans modération), c'était avec le comique Howard Gollis, lors de notre quatrième rendez-vous, le soir où nous avons failli coucher ensemble.

À quelque chose malheur est bon, la vie en rose, chantons sous la pluie... J'aurais voulu me persuader de tout ça, mais ce n'était pas facile. En descendant la Cinquante-Septième Rue jusqu'au métro, je passai devant cinq ou six clochards. Pouvaient-ils se regarder en face, eux, et se dire : *À quelque chose malheur est bon* ?

Dans le métro qui me ramenait chez moi, j'en profitai pour lire les journaux du soir. À défaut d'informations, ils abordaient le meurtre de Kanengiser de manière assez évasive, sous forme de brèves. Aucun n'était encore au courant des menottes, ni ne faisait mention de ses patientes, si ce n'est pour signaler que la police avait mis les dossiers sous scellés.

J'étais en train de replier les journaux et de les fourrer dans mon sac quand le moustachu assis à côté de moi, un grand costaud qui puait l'alcool et chiquait du tabac, engagea la conversation en me disant combien il me trouvait jolie.

Ne voulant pas paraître désagréable, je lui répondis :

– Merci, vous êtes gentil.

Prenant ça pour une incitation à aller plus loin, il me demanda si je ne voulais pas sortir avec lui et me confia qu'il était depuis peu en liberté conditionnelle.

Chez moi, on appelle ça rompre le charme. Qu'est-ce que j'ai avec les ex-prisonniers ? Je m'étais déjà fait draguer, peu de temps auparavant, par un repris de justice qui, coïncidence, comme celui-ci, était sorti de taule depuis cinq jours. Allez savoir pourquoi j'ai tant de succès dans la communauté des handicapés de la liberté. À croire que j'exerce un attrait tout particulier sur les gars libérés depuis cinq jours. C'est vrai, j'apprécie leur franchise et tout ça, mais qu'est-ce qui peut bien leur faire croire qu'un casier judiciaire n'est pour moi qu'un détail? Bon, je vais être honnête: ce n'était pas tant son casier judiciaire qui me dérangeait que son tatouage Nation Aryenne.

Afin de mettre un terme, poliment et sans risque, à cette discussion, je sortis un livre. Un livre que j'ai acheté tout spécialement pour ce genre de situations, intitulé *Vous souffrez du lupus*. À dix contre un, je vous parie que ça jette un froid. En général, les gens ignorent ce qu'est le lupus et se demandent si la maladie est contagieuse ou non. Et même s'ils savent, ils n'ont pas franchement envie de rentrer dans les détails.

Ce type m'avait distraite de mes réflexions. J'étais juste en train de me demander comment l'assassin avait pu s'introduire dans l'immeuble sans alerter la sécurité. S'il – ou elle – était entré après dix-huit heures, il – ou elle – avait dû signer le registre des entrées avant de pouvoir monter aux étages commerciaux. Il – ou elle – avait toutefois pu arriver dans la journée, aux heures où il n'est pas nécessaire de signer, et se cacher quelque part. Ce qui impliquait néanmoins de rester cacher après le meurtre, jusqu'aux heures ouvrables, le lendemain. Risqué, c'est le moins qu'on puisse dire, mais pas impossible.

Je griffonnai cette éventualité dans la marge de mon bouquin, tout en me disant de ne pas trop me casser la tête pour cette affaire. Ne faire que le minimum exigé par Jerry, bâcler à partir de la vidéo de la sécurité un reportage générique sur le sadomaso et passer à des sujets plus nobles. Ne pas se laisser embringuer dans une histoire de meurtre glauque. Éviter les désagréments.

– Alors, me demanda le gars à côté de moi après s'être bruyamment raclé la gorge, vous souffrez du lupus ?

Je descendis à la station suivante et pris un taxi jusqu'à chez moi.

6

La guillotine avait disparu, récupérée par l'artiste. Pas de voisine en proie au délire dans le hall de mon immeuble. Les cieux me redevenaient favorables. Jusqu'à ce que j'entre chez moi : le répondeur clignotait. Trois messages. Trois menaces. Ces derniers temps, je considérais le répondeur au mieux comme agaçant, au pire comme un sinistre appareil permettant aux indésirables de passer outre les contraintes de temps et d'espace pour envahir ma maison. Avec un répondeur, les désagréments devenaient inévitables.

J'appuyai sur le bouton Lecture et partis préparer le dîner.

– Robin, devine qui c'est ? demanda la voix de Daffy Duck.

– Howard Gollis, je t'ignore, chantonnai-je à la machine.

C'était forcément Howard. Qui d'autre aurait pu avoir un tel manque de finesse pour se faire passer pour Daffy Duck ? Je le reconnaissais en plus aux termes qu'il employait. Ce soir, il m'appelait « succube aux cheveux rouges avide de vodka ».

Parlons un peu des gens cinglés. Howard Gollis – comique, artiste, écrivain – était un homme ténébreux, tordu, humaniste, très sexy, absolument génial et incroyablement fauché. Bien que nous ne fussions pas sortis ensemble depuis un bon bout de temps, il persistait dans son harcèlement téléphonique. Par contre, depuis que nous nous étions engueulés comme du poisson pourri au téléphone, il n'avait pas la courtoisie de s'annoncer, ni même de prendre sa vraie voix. Ce jour-là, il m'avait appelée à trois heures du matin parce qu'il était en rupture de stock de Prozac et qu'il avait besoin que quelqu'un lui dise si ses nouveaux gags étaient marrants. Je devais rejoindre mon équipe le lendemain matin à cinq heures. Quand je lui avais dit de ne plus jamais me rappeler à cette heure-là, ça l'avait rendu comme fou. Depuis, je filtrais tous mes appels.

Je ne cherche pas à vous faire croire que je suis une femme fatale poursuivie par des hordes de chippendales musclés et huilés attendant en tirant la langue que je daigne m'apercevoir de leur présence. Je ne me vois comme ça que dans mes moments les plus euphoriques. Et quand bien même je me complais à penser que j'ai quelque chose de Theda Bara[10], je tiens plus en vérité de Fanny Brice[11] (dans le corps de Rita Hayworth).

Il y a plein d'hommes qui me plaisent mais qui ne me courent pas au cul et savent à peine que j'existe. Ceux qui me collent aux basques sont généralement (a) des psychotiques ou (b) persuadés qu'une femme comme moi ne se permettrait jamais d'envoyer chier un homme comme eux. De toute évidence, il y a incompatibilité entre eux et moi. Mais ils ne s'en rendent pas compte. Je ne suis pas assez bonne pour repousser leurs avances. C'est une question de vanité : ils ont besoin de se revaloriser à leurs propres yeux et ça n'a pas grand-chose à voir avec leurs véritables sentiments à mon égard. Donc, ce n'est pas flatteur.

---

10 Célèbre vamp des films muets américains.

11 Comédienne comique des années 1920.

Attention, je suis parfaitement consciente que je suis moi aussi légèrement égocentrique.

De toute façon, Howard tombait dans la catégorie des « vanité-à-revaloriser », tout comme Reb Ryan qui, malgré mes efforts acharnés pour l'éviter, m'avait coincée ce jour-là dans le couloir pour m'inviter à venir faire quelques cartons le samedi suivant à son club de tir.

Et on dit que l'amour est mort.

Le répondeur émit un bip. Le message suivant était de Gary Grivett, un type charmant et rigolo du Minnesota que je ne connaissais pas mais avec qui on m'avait arrangé une soirée. Apparemment, nous devions nous revoir. Et je lui avais posé un lapin. Comme il n'était à New York que pour la journée, il me dit que ce n'était que partie remise. Ça faisait la troisième fois depuis le Grand Vol des Sacs à Main que j'oubliais un rendez-vous.

Et de deux. Plus qu'un. Instinctivement, je savais que le troisième message serait le pire. Bien vu. Depuis mon enfance, cette voix me glaçait jusqu'à la moelle. La voix de ma redoutable tante Maureen. Cette voix... Comment dire ? C'était comme si une machine à traumatismes me ramenait brusquement dans le passé. Rien que d'entendre sa voix, j'avais quinze ans et tout le monde était réuni à la maison autour d'un repas à la bonne franquette. Tous mes oncles et mes tantes discutent autour de la table et j'arrive avec un gars que je voudrais bien avoir pour petit copain. Tante Mo m'attrape la figure et s'exclame, à haute et intelligible voix : « Comment va ton acné ? » Puis elle me tord la tête dans tous les sens pour m'examiner de plus près et lance un débat d'intérêt majeur sur mon acné. Devant un garçon que je cherche à épater. J'aimerais qu'il ignore mon acné et me considère comme une personne à part entière. Mais ça va être difficile pour lui d'oublier mon acné alors que ma tante préside une table ronde autour de ça et que les suggestions fusent de toute part – « cataplasmes aux flocons d'avoine », « hamamélis », « tétracycline ». Tante Mo me questionne. Combien de fois par jour tu te laves la figure ? Est-ce que tu manges du chocolat ? Tu manges du chocolat, hein ? Elle mange du chocolat, voilà, il ne faut pas chercher !

Humiliée, démasquée, l'adolescente acnéique qui mange du chocolat en cachette. J'espère que je ne reverrai plus jamais ce garçon de ma vie.

– Oh, laisse-la tranquille, Mo, intervient l'un de mes oncles. Tu vois bien qu'elle est gênée devant son petit copain.

Encore pire. Je suis gênée d'être gênée. Je suis gênée parce qu'il n'est pas mon petit copain et maintenant, il ne le sera jamais. Sans doute trouve-t-il cela très drôle qu'on puisse le prendre pour le petit copain d'une Fille Qui A de l'Acné.

– Euh… il faut que je rentre, dit-il.

Il s'en va, j'éclate en sanglots et je cours me réfugier dans ma chambre, d'où j'entends tante Mo :

– Cette gamine est trop sensible, vous ne croyez pas ?

S'ensuit une nouvelle table ronde sur mon comportement en société.

Voilà ma tante Maureen. Pas une once de cellulite, pas une ride, pas un défaut, physique ou psychologique, n'échappe à son œil de lynx et à sa langue de vipère. Plus je grandissais, plus ses blâmes devenaient sévères. Des années ont passé mais elle sait encore, mieux que quiconque, toucher mes points sensibles. Peut-être parce qu'avant que je m'installe à New York, elle a occupé dans ma vie une place énorme. Peut-être parce qu'elle ressemble tant à mon père, bien que papa, de caractère jovial, tînt plus de Churchill que de Mussolini.

– Je suis à New York, disait-elle sur le répondeur. Eh bien dis donc, je ne suis pas impressionnée par cette ville que tu aimes tant. C'est dégoûtant ! Il faudrait y mettre le feu.

Tout le monde n'apprécie pas la beauté âpre et chaotique de New York.

– Une ville d'homosexuels et de dingues, ajouta-t-elle dédaigneusement.

Pourtant, Dieu sait que tante Mo n'avait pas besoin de faire tout ce chemin pour trouver des homosexuels et des dingues. Il lui aurait suffi de regarder sa propre famille. Tante Mo refuse peut-être d'admettre que sa sœur Lucille habite avec Rosalind, une camionneuse de dix-sept ans, mais elle ne peut renier les cinglés de sa famille : non seulement ma mère, mais sa propre progéniture, Raymond, mon cousin, celui qui est planté à côté de son épouse acariâtre, Vivian, sur la photo de famille qui trône dans mon salon.

Voici une divergence d'opinions capitale entre elle et moi : pour tante Mo, Raymond et Vivian incarnent le parfait couple respectable, l'exemple même de fidélité stoïque que je devrais suivre ; à mon avis, l'un va finir par tuer l'autre et se suicider.

Sérieusement, mon cousin Raymond est encore plus taré que tante Mo. Quand il était gosse, par exemple, les femmes qui portaient des bigoudis le terrifiaient. S'il en croisait une au Safeway ou chez Kresge's, dans la rue, dans sa propre maison, il filait en hurlant dans la direction opposée et sa mère mettait au moins une heure à le calmer.

Pour tante Mo, qui m'a souvent reproché d'être trop sensible, la « nature fragile » de Raymond n'était pas problématique. Fragile, mon cul. Il était constamment en train de me narguer et quand je faisais mine de l'étrangler, il appelait sa mère à grands cris. Celle-ci rappliquait aussitôt et, voyant que j'allais passer à l'offensive, me frappait le derrière avec une grosse raquette en bois sur laquelle était inscrit, en macaronis peints couleur or, PETIT ASSISTANT DE DIEU. (Un objet réalisé par Raymond à l'atelier d'artisanat de son camp de vacances biblique. Vous vous rendez compte ? Ils faisaient fabriquer aux gosses leurs propres instruments de châtiment, qui étaient remis en grande pompe aux parents le dernier jour des vacances. À mon camp biblique, nous avions moulé dans du plâtre une plaque qui disait : LA FAMILLE UNIE DANS LA PRIÈRE RESTERA UNIE POUR LA VIE.)

Bref, j'aurais pu tout pardonner au pauvre Raymond, qui avait eu une enfance perturbée, et tout ça s'il ne s'en était pas pris à trois des personnes qui comptaient le plus pour moi – ma mère, mon chien Ernie et moi – en leur braquant à bout portant un pistolet à bouchon. Afin de me venger, je mettais des bigoudis et me cachais derrière les portes ou dans les coins pour lui sauter dessus. Jusqu'au jour où je m'étais fait attraper, par tante Mo évidemment, qui m'avait une fois de plus fait goûter au courroux leste et cuisant du Petit Assistant de Dieu.

Raymond est aujourd'hui un homme très malheureux, marié à une femme détestable (presque frisée naturellement) qui lui a fait trois rejetons affligeants. La dernière fois que j'ai discuté avec lui, sans que je lui demande quoi que ce soit, il m'a confié que sa femme et lui ne considéraient les relations sexuelles que comme un moyen de procréer. J'en ai déduit qu'ils n'avaient eu que trois fois en quinze ans des relations sexuelles satisfaisantes.

Vous me comprenez, maintenant ? Tante Mo devrait se faire un peu plus de souci pour son propre avorton, un gosse voué dès le départ à ramper toute sa vie.

– Je veux que tu me rappelles ! furent les dernières paroles qu'elle aboya au répondeur.

Compte là-dessus…

Depuis trois ans, je m'étais débrouillée pour éviter tante Mo chaque fois que je retournais dans le Minnesota. Facile, il suffisait d'y aller à l'époque où elle partait faire son pèlerinage annuel à Winnebago, la ville natale du sénateur Joe McCarthy. Cette fois, c'était plus compliqué. C'était elle qui envahissait mon territoire.

Très rapidement, j'élaborai une stratégie. Éviter tante Mo à tout prix. Si j'étais absolument obligée de la voir, lui fixer rendez-vous vers la fin de son voyage, en compagnie de complets étrangers, pour minimiser le risque de trauma psychologique.

Curieusement, j'avais songé à me rapprocher un peu de la religion chrétienne, afin de me rafraîchir les idées à propos de pardon, de tolérance et autres trucs du même acabit. Comme dit le vieux proverbe, *aide-toi et le ciel t'aidera*. Le ciel m'envoyait un gros paquet de chrétienté, sous la forme de tante Maureen, qui n'était ni vraiment amusante ni ce qu'on peut appeler une chrétienne miséricordieuse.

Tout à coup, je me sentais très pessimiste, un peu comme si le ciel allait me tomber sur la tête. Kanengiser, tante Mo, Jerry Spurdle, l'inspecteur Bigger… Mais je me ressaisis. Allons, ce ne sont pas les forces armées du cosmos qui fondent sur toi pour te casser la gueule, me dis-je. Ce ne sont que des défis, des tests pour sélectionner les femmes parmi les gamines.

– Merde, on positive ou quoi ? dis-je à Louise Bryant qui, après avoir bouffé de quoi étouffer un ours, était montée sur mes genoux.

C'était à présent l'heure de son massage, qui lui ferait atteindre un état de félicité que bien des humains lui envieraient.

– Positiver, lui murmurai-je en caressant ses douces oreilles grises.

Certes, avec ma série sur la mort, je m'étais mis à dos plusieurs branches de l'industrie des pompes funèbres. Ça arrive de faire des conneries, non ?

Eh bien oui, mon divorce s'était très mal passé et j'avais été publiquement discréditée. À la suite de quoi j'avais eu pendant six mois une frénésie de sexe avec un homme plus jeune que moi, exilé depuis à notre agence de Moscou. Mais si je n'avais pas encore compris ce qui avait raté dans mon couple – parmi les débris de l'épave, je n'avais pas encore abandonné les recherches de la boîte noire –, au moins, je sortais et je m'amusais. Je m'étais remise en selle, comme on dit. Par contre, je n'étais pas encore prête à passer au sexe. Nous dirons donc que je me contentais de monter en amazone.

Financièrement, je me portais bien. Louise Bryant n'aimait pas trop son travail, mais elle s'était fait un nom dans le milieu de la pub des aliments pour chats. Ça lui rapportait des sommes coquettes, avec lesquelles elle pouvait se payer son herbe à chat. L'année passée, elle m'avait même offert deux fois de chouettes vacances.

(Soit dit en passant : Louise Bryant reçoit dix fois plus de courrier de fans que moi et son patron emploie une personne à plein temps pour répondre aux lettres de ses admirateurs.)

Il n'y avait plus qu'à espérer que je ressortirais indemne de la restructuration et je pourrais alors à nouveau me consacrer à mon Schéma Directeur, à savoir : (a) fuir Jerry Spurdle/les Envoyés Spéciaux,

(b) retourner aux actualités générales et aux véritables reportages.

Tante Mo ? En restant vigilante, je pouvais l'éviter.

Kanengiser ? Je ne pouvais rien pour lui, pauvre andouille. Comme dit la Prière de la Sérénité, « Dieu m'accorde la sérénité afin que je puisse accepter ce que je ne peux changer ». J'essayai donc de l'oublier, allumai la télé et zappai de chaîne en chaîne – un documentaire sur le motocross en Pologne, une émission sur le cinéma indien, le spectacle d'un comique – pour m'arrêter sur le journal de Channel 3, sur le point de se terminer : un couple de Co-Op City avait adopté trois frères qu'un accident de voiture avait rendus orphelins. J'allais zapper pour regarder les informations sur Channel 7, mais le générique de *Backstreet Affair* retint mon attention. Ils allaient parler de l'affaire Kanengiser.

– Les révélations de l'ex-femme du gynécologue pervers, annonçait un speaker d'une voix braillarde et pleine de sous-entendus.

Backstreet Affair paye les gens pour qu'ils parlent. En échange d'un bon gros chèque, la seconde ex-femme du médecin ne s'était pas fait prier pour raconter devant les caméras, à Miami, que Kanengiser s'adonnait à toutes sortes de pratiques bizarres. À mon avis, ils n'avaient pas dû divorcer à l'amiable.

– Herm adorait le porno. C'était un vicieux. Il me forçait à regarder des films X avec lui et à faire des trucs qu'il avait vus à la télé. Un jour, il a voulu m'attacher.

Elle était convaincante. Mais on ne peut pas faire confiance à une ex. Je suis moi-même divorcée et il m'est arrivé de faire passer mon ex-mari pour le dernier des salauds. Alors qu'en réalité il n'est pas plus salaud qu'un autre, et il a plein de qualités.

On ne peut surtout pas faire confiance à une ex qui s'est fait payer des milliers de dollars pour tenir des propos dégueulasses sur son mari.

Backstreet avait également interviewé trois des ex-maîtresses de Kanengiser. Toutes les trois avaient des alibis. Toutes les trois affirmèrent que cette ordure souffrait de graves troubles affectifs et qu'il était incapable de s'engager ou d'être honnête. Les mots priapique, menteur et hétérosexuel misogyne revenaient à plusieurs reprises dans leurs témoignages.

Croyez-moi, c'est assez désagréable d'entendre son gynéco qualifié d'hétérosexuel priapique, menteur et misogyne.

Backstreet Affair ne se contentait pas de ça. Ils avaient également interrogé quatre femmes qui sortaient avec lui juste avant son décès. Toutes avaient le visage masqué, n'étaient présentées que par leur prénom, avaient des alibis (l'une d'elles, la pauvre, l'avait attendu pendant une heure à La Brasserie Bleue) et toutes étaient certaines d'être la femme de sa vie.

Puis le reporter, devant l'appartement de Kanengiser, annonça la suite de l'émission : une vidéo amateur de mauvaise qualité montrant Kanengiser en train de faire un discours aux membres du comité de gestion d'une école conservatrice sur la nécessité de bien faire la part des choses dans les cours scolaires d'éducation sexuelle.

S'appuyant sur son expérience médicale, il soutenait que « malheureusement, la nature a fait que les femmes assument une plus grande part des devoirs moraux. C'est injuste, mais nous n'y pouvons rien. On ne changera pas les hommes. Si nous voulons mettre un frein aux maladies sexuellement transmissibles et aux grossesses non désirées, renforcer la cellule familiale, il faut apprendre aux jeunes filles à s'abstenir. »

Le vieil argument : les hommes ne peuvent pas se retenir, mais les femmes, si, et elles le doivent, car on ne répare pas une injustice par une autre. En bref : ce n'est pas ma faute.

Ouais, vraisemblablement, le docteur Kanengiser mangeait à tous les râteliers. Sans doute se basait-il sur ses propres désirs incontrôlables.

« Il fallait que quelqu'un le dise, poursuivait l'expert en femmes. Les pulsions sexuelles des femmes sont moins puissantes que celles des hommes. Il faut donc appliquer des règles adaptées à chacun. »

Évident, ce type n'avait jamais été une femme de trente-sept ans une nuit de pleine lune avec un bon bouquin de cul et un sac de piles Duracell.

Quel connard. Si ce que Channel 3 rapportait était vrai, cet homme avait des mœurs très libres. Un surhomme comme je n'en avais pas vu depuis longtemps, en tout cas, pas depuis l'apparition du sida. Il ne recherchait pas seulement les aventures romantiques, ce qui, je m'en suis aperçue, est tout à fait humain, tant pour les hommes que pour les femmes. C'était une bête de sexe. Purée ! Quelle organisation et quelle énergie il doit falloir pour mener une telle vie ! Quelle terrible appréhension de l'intimité avait dû le mener là ! Comment faisait-il pour ne pas se tromper de prénom ? Kanengiser ne pouvait pas être heureux : son énergie physique et sa libido étaient trop dispersées.

Deux ex-femmes, au moins trois ex-maîtresses, au moins quatre qu'il fréquentait en même temps avant de mourir. Il devait vivre dans la crainte d'être démasqué. Comment faisait-il pour dormir la nuit ? Bien sûr, il avait une excuse toute prête : je suis un homme.

Formulons notre question autrement : quand trouvait-il le temps de dormir ?

Pauvre salaud, me dis-je avant de le chasser de mes pensées pour la nuit. Le docteur Kanengiser avait appris à ses dépens que quand on se frotte à beaucoup de femmes, tôt ou tard, on se frotte à la mauvaise. Plus vous avez de partenaires, plus vous avez de chances de tomber sur un détraqué. Si vous voulez mon avis, voilà les statistiques que l'on devrait enseigner dans les cours d'éducation sexuelle.

7

Le gratte-ciel rose et granit Jackson Broadcasting System occupe tout un bloc de la Cinquantième Rue Est. Outre ANN, l'immeuble JBS abrite Jackson Network Corporation, Drive-In Channel, une chaîne sportive et des espaces commerciaux loués à diverses professions libérales, regroupés sur quatre étages. La plupart des locaux et bureaux d'ANN sont au premier sous-sol, que nous partageons avec une station de métro et un bar-restaurant, Le Keggers. Au-dessous se trouvent encore les deuxième et troisième sous-sols, plus deux niveaux souterrains traversés par les voies du métro. Le sous-sol est un monde à part entière.

Pour se rendre aux espaces commerciaux, il faut emprunter une entrée différente, passer par une réception chargée uniquement de contrôler les allées et venues à ces étages et prendre un ascenseur qui ne s'arrête qu'aux niveaux vingt-quatre à vingt-sept. Impossible d'accéder aux locaux Jackson par l'ascenseur commercial, et vice versa, à moins de faire partie du personnel de la sécurité, de l'entretien ou de la direction, qui possède des cartes-clés et des codes permettant de forcer le programme principal des ascenseurs.

Dans la journée, les livreurs doivent se présenter au garde affecté à la petite réception de l'entrée commerciale et signer un registre des entrées et des sorties. Les autres visiteurs peuvent monter directement aux étages vingt-quatre à vingt-sept. Après dix-huit heures, tout le monde doit signer les registres.

Je partis au boulot tôt le matin afin de me faire une idée, avant l'interview de Mistress Anya, du dispositif de sécurité des niveaux commerciaux. Cela ne faisait pas partie de mon travail et je n'étais même pas autorisée à le faire. Et alors ? Ça ne m'obligeait pas à un grand détour et Jerry s'en foutait pas mal. Même les ex-maîtresses de Kanengiser ne l'intéressaient pas si elles n'avaient pas d'histoires de fouet ou de cuir noir à raconter. Ça tombait bien, de toute façon, la plupart d'entre elles refusaient de dire quoi que ce soit si nous ne les payions pas.

Pour moi, cette affaire touchait à présent à des sujets plus sensibles, tels l'hypocrisie, l'inégalité des sexes et l'abîme qui sépare les femmes des hommes, conflit, la preuve, parfois sanglant. Mais Jerry avait été clair. Il ne s'agissait pas de Kanengiser, mais du danger dont menaçaient les dominatrices sadomasos. Tamayo avait avancé la théorie que Jerry voyait là une métaphore de la guerre des sexes, le déferlement d'une vague féministe de folie meurtrière, dont il fallait alerter l'Amérique. Personnellement, je ne crois pas que Jerry soit capable d'un raisonnement si profond.

Je repérai tout de suite la caméra de vidéosurveillance placée dans l'ascenseur commercial. Celui-ci était assez lent, si bien que j'eus largement le temps de parcourir les journaux du matin, au son d'un pot-pourri de variétés des années 1940. L'affaire Kanengiser prenait de l'ampleur. Le *News-Journal* titrait à la une : UN GYNÉCOLOGUE ASSASSINÉ. « UNE MORT LIÉE À DES PERVERSIONS SEXUELLES ? » avançait le chapeau.

D'après l'article, Kanengiser était « un candidat potentiel du parti républicain aux prochaines élections sénatoriales ». Exagération typique du *News-Journal*. La suite du papier était un ramassis de bla-bla moralisateur : ils présumaient que cet homme important, politicard local mineur, s'était fait descendre pour avoir côtoyé un milieu de déviants sexuels. Le *News-Journal*, bien que nettement porté sur le sordide, se prenait pour la voix de l'Amérique bien pensante. Les faits divers de ce genre étaient de bien trop belles occasions de vociférer leur puritanisme.

Ouais… Comme si c'était la première fois qu'un type respectable trouvait la mort en plein adultère. Tu parles d'une affaire… Quand on pense que le cœur de Nelson Rockfeller aurait lâché dans une situation très gênante. Ou à côté de ce député conservateur britannique qui s'était asphyxié en pratiquant l'autoérotisme et qu'on avait retrouvé mort, vêtu seulement de lingerie en dentelle noire.

Et Félix Faure, le président français, n'a-t-il pas été déshonoré en succombant à une crise d'apoplexie foudroyante alors qu'il serrait dans son giron la tête d'une femme en train de se livrer à un acte pour lequel les Français sont réputés ? Il paraît que ses mains avaient commencé à se raidir avant que sa partenaire ne s'aperçoive qu'il était mort. Pauvre femme, en l'occurrence l'épouse du portraitiste officiel du président, qui était restée coincée dans cette posture jusqu'à ce que les pompiers lui coupent suffisamment de cheveux pour la libérer de l'étreinte du cadavre. Elle avait dû avoir du mal, en rentrant chez elle, à expliquer à son mari cette nouvelle coiffure – sans parler de la tétanie des mâchoires.

Je descendis au vingt-septième. À cette heure – il n'était pas encore neuf heures –, l'étage était désert. À part moi, pas un chat. Je m'approchai du cabinet de Kanengiser. L'accès était barré par les rubans jaunes de la police. De derrière une porte me parvenait la sonnerie étouffée du téléphone plaintif que personne ne décroche. Le cabinet de Kanengiser se trouvait entre celui de Gordon Hurd, podologue, et celui de Lewisohn, Murray et Whitehall, experts-comptables. D'un bout à l'autre du couloir au linoléum moucheté d'or, je recensai deux dentistes, un pédiatre, des toilettes pour hommes, des toilettes pour dames, un placard réservé aux services d'entretien et un monte-charge. Une porte munie d'une alarme donnait sur l'escalier. Aucune caméra vidéo au vingt-septième.

Il régnait un tel calme que j'entendais l'ascenseur glisser dans sa cage.

J'entrai dans les toilettes des dames puis dans celles, oui, des hommes, pour regarder si l'on aurait pu s'y cacher. À première vue, ça ne paraissait pas possible. Une personne chétive aurait peut-être pu se faufiler dans les conduits de ventilation, mais c'était bien la seule cachette plausible. Sans doute la police avait-elle inspecté, après la découverte du corps, les autres bureaux et le placard.

Alors que j'étais dans les toilettes des hommes, des gens descendirent de l'ascenseur. Leurs voix résonnaient dans le couloir.

Ils se dirigeaient vers les toilettes. Ne tenant pas à ce qu'on me voie sortir des W.-C. des hommes – réputation oblige –, je m'enfermai dans un cabinet. La porte s'ouvrit. Deux hommes entrèrent. Je grimpai sur la cuvette.

– Je ne le connaissais pas, dit l'un d'eux en descendant sa braguette. Mais ça ne m'étonne pas. Son bureau est juste à côté du mien. Deux ou trois fois où j'étais resté tard pour travailler, je jurerais que j'ai entendu des gens baiser là-dedans.

– On est en train de créer un comité des locataires, répondit l'autre. Il faut prendre de nouvelles mesures de sécurité. Ceux de la télé sont bien mieux protégés que nous.

Ils remontèrent leur braguette. Un seul se lava les mains. Brrr. Ils partirent.

J'allais descendre de mon perchoir et m'esquiver discrètement quand un autre homme arriva. Il sifflota puis se dit à lui-même :

– Ouais, ouais, ouais, c'est bien ça.

Et se remit à siffler. En sortant, il tint la porte à un autre type qui lui dit :

– Merci.

Sur le carrelage, des pas lourds approchaient. Le type secoua la poignée de mon cabinet et passa dans celui d'à côté. Sous la paroi, je voyais son pantalon kaki et ses chaussures noires éraflées. C'en était trop. Il fallait que je m'en aille avant qu'il passe à l'action.

Mais il ne fit rien. Une allumette craqua. Je sentis une odeur de fumée. Il s'était allumé une cigarette. Il tira quelques bouffées rapides, jeta le mégot dans les chiottes, se rafraîchit l'haleine de deux giclées de spray et tira la chasse.

J'attendis qu'il soit bien parti pour sortir.

Quand j'arrivai dans la rue, Mike et Jim se disputaient pour savoir qui allait conduire.

Mike venait juste de rentrer à New York, après cinq ans passés à l'étranger. Entre autres, il avait été caméraman pour notre correspondant de guerre Reb « Rambo » Ryan. Par quel heureux hasard les Envoyés Spéciaux avaient-il réussi à se l'approprier, je n'en sais trop rien. À mon avis, il devait être puni pour quelque chose. Peut-être pour ces quarante-sept mandats d'arrêt émis sur quatre continents contre lui et la compagnie, pour enfreintes au code de la route. Mike pouvait se vanter d'être la seule personne à avoir pris une amende pour excès de vitesse à Sarajevo, au plus fort des combats.

Pour cette même raison, Jim s'était vu confier les fonctions de chauffeur.

– Ça ne te fait rien si je conduis, Robin ? me demanda Mike. Je déteste être passager.

– Les règles sont les règles.

– C'est la femme au fouet qu'on va interviewer ? s'enquit Jim en embrayant et en prenant la direction du centre-ville et de ses embouteillages.

– Ouais.

– Eh ben ! Quand je vais dire ça à ma femme… T'as déjà fouetté un gars, Robin ?

– Qu'en situation d'autodéfense.

– Et est-ce qu'on t'a déjà donné la fessée ?

– Oh, bien sûr. Et j'ai aussi fessé. Mais ce n'est pas mon truc. Pour que je donne la fessée à un gars, il faut que je le connaisse vraiment très très bien. Et toi ?

Jim secoua énergiquement la tête.

– Jamais de la vie.

Nous nous retournâmes tous deux vers Mike.

– Si je vous disais tout ce que j'ai fait, vous ne me croiriez pas.

– C'était ton gynéco ?

– Pas vraiment. N'empêche que ça me fait super bizarre de couvrir cette affaire.

Bosser avec Jim et Mike était l'un des rares plaisirs que je trouvais à mon boulot. J'avais l'impression d'être un de leurs copains, car nous parlions assez librement de tout et avions chacun des opinions et des points de vue différents. Jim était très normal. Il vivait à Jersey, dans une maison, avec sa femme et son fils. Depuis huit ans qu'il était technicien du son aux Envoyés Spéciaux, il n'était pas encore blasé par les sujets invraisemblables que nous traitions. Simplement, à la fin de chaque reportage, il hochait la tête, stupéfait. Jim était le conservateur de la bande, le partisan des valeurs familiales.

Quant à Mike, il n'était pas normal. Aucun être normal ne peut passer cinq ans à courir les guerres et à écumer les bouges. Mike avait quarante-trois ans, il était originaire d'Irlande et avait une fille de neuf ans de son ex-femme, une Américaine. Lui, c'était l'indépendant, le libertaire, parfois grotesque, mais il s'en tirait bien parce qu'il avait l'accent irlandais. Quand il était calme, on l'entendait à peine. Par contre, dès qu'il s'énervait, qu'il avait un peu bu ou qu'il parlait de son pays natal, il avait un accent à couper au couteau. « Les Flynns, toute c'te putain d'famille, c'est tous des brigands. » Ainsi nous avait-il décrit ses voisins de County Cork, à Tamayo et à moi, un jour au Keggers. Il roulait les r et prononçait les u, ou. Avec Jim, on l'imitait souvent.

À cause de mon aventure dans les toilettes des hommes du vingt-septième, nous arrivâmes en retard chez Anya. Au téléphone, elle avait pourtant bien insisté pour que nous soyons à l'heure. La domestique hautaine qui nous accueillit nous informa que Madame n'était pas encore prête et nous pria de bien vouloir patienter dans le living-room minimaliste de Madame.

– Installez-vous et soyez prêts à tourner dès que Madame entrera, nous dit-elle. Elle en a encore pour dix minutes.

Le living-room de Madame était une caverne – si, si – haute de six mètres. Des rideaux blancs et vaporeux, retenus par de larges rubans de velours rouge, tombaient devant d'immenses baies vitrées. La blancheur de la pièce n'était rompue que par le rouge des rubans. Sur un mur, dans des casiers de verre et de teck, étaient exposés de nombreux instruments de torture médiévaux.

– À mon avis, elle va faire une de ces entrées, dit Mike en traversant la pièce pour observer de plus près les appareils de torture. Ouah ! Vous avez vu ce matériel de guerre ?

– Bel arrache-viscères, commentai-je.

– C'est quand la dernière fois que tu t'es tapé une bonne éviscération, fillette ? Je veux dire, une vraiment jouissive.

(Mike est l'un des rares hommes que j'autorise à m'appeler « fillette » – bien que je m'appelle souvent moi-même comme ça – parce qu'il le disait avec respect et avec sa super intonation. Demandez à un Irlandais de prononcer ce mot, fillette, vous comprendrez.)

– T'es dégueulasse.

La domestique réapparut et annonça :

– Madame arrive.

Nous reprîmes nos places.

Je mis mon oreillette. L'oreillette n'est indispensable que pour le direct, mais Mike aimait pouvoir me parler quand nous filmions. Comme il avait travaillé avec des journalistes bien meilleurs que moi, je m'en remettais à son jugement.

La domestique s'assura que les caméras tournaient. Madame fit alors son apparition. Vêtue tel le kaiser Guillaume, elle tenait son « esclave » Charles en laisse. Charles, un Blanc, était habillé de la tête aux pieds de cuir noir. Seuls ses yeux, son nez et ses mains étaient visibles. Il marchait à quatre pattes.

– Assis, Charles, ordonna Anya.

Docilement, il s'assit par terre devant le canapé en cuir blanc. Anya s'y installa, enleva son casque à pointe prussien et lissa ses cheveux blonds coupés court. Dans un rôle différent, elle aurait pu avoir une physionomie assez agréable : un visage rond et félin, de grands yeux marron et une bouche en forme de cœur. Mais l'aura de froideur et d'autorité qui émanait d'elle lui ôtait toute douceur.

– Je suis prête, nous lança-t-elle sur un ton impérieux.

Je lui montrai la photo de Kanengiser.

– Connaissiez-vous cet homme, le docteur Herman Kanengiser ?

– Non, je ne crois pas. Il me semble que non. Ce nom ne me dit rien du tout. En tout cas, si je le connaissais, ce n'était pas sous ce nom. Vous comprenez, les personnes qui n'ont pas encore tout à fait accepté leur identité sexuelle changent souvent de nom pour entrer dans notre monde. Beaucoup cherchent à passer incognito. C'est pour cela qu'ils portent des masques en cuir, par exemple. « Masquez un homme et il sera honnête. » C'est d'Oscar Wilde. « Mettez un fouet entre les mains d'une femme et elle sera honnête. » C'est de moi. Je dois dire que nous comptons parmi les membres – officieux – de notre société bon nombre de médecins, d'avocats, de juges et autres professionnels, même des policiers. Nous avons notamment pas mal de clients qui travaillent à Wall Street. Si ce médecin avait une pochette d'allumettes de chez Anya's, c'est probablement qu'il était venu au club.

– Vous ne le reconnaissez pas ?

– Non, répondit-elle sans même jeter un second regard sur la photo.

– Il ne vous dit rien du tout ?

– Non.

– Par pure curiosité, où étiez-vous avant-hier soir ?

– Au club, comme presque tous les soirs.

Elle ne faisait rien pour cacher que nous l'ennuyions.

– M. Spurdle m'a laissé entendre que je pourrais parler de la société.

Bien, si M. Spurdle en avait décidé ainsi, qui étais-je pour chipoter ? De toute façon, je ne savais plus quoi lui demander. Je la laissai donc faire son laïus sur la Société du Marquis de Sade et le sadomaso – ou BD, pour bondage et discipline.

J'en savais sur le sadomaso déjà plus que je ne le souhaitais. Voyez-vous, mon fan le plus fidèle, Elroy, est un masochiste qui fantasme sur les humiliations qu'il aimerait que je lui inflige. Dans sa dernière lettre, il avait listé tout ce qu'il était prêt à endurer pour gagner mon cœur. Par exemple, je cite : « Je me raserais tout le corps avec une lame de rasoir usée et je m'assiérais dans un bain de vinaigre pour que tu m'accordes seulement le privilège de te lécher les pieds. »

Terrifiant, non ? Mais quel mal menaçait-il de me faire, si ce n'est de me lécher les pieds ? Après tout, c'était plus répugnant que dangereux.

– L'amour, le sexe, la douleur et le châtiment sont inextricablement liés, poursuivit Mistress Anya. Nous sommes plus sincères sur ce point que la majorité, c'est tout. Et plus économiques dans la manière dont nous l'exprimons. L'amour doit être régi par des règles. En amour, il faut un meneur et un suiveur. Pour nous, l'amour est basé sur la confiance. L'esclave a confiance en moi et reconnaît mon autorité absolue. Je l'aime et le punis en conséquence.

– Depuis combien de temps avez-vous Charles ?

– Un mois et quelque. Jusqu'à présent, il s'est très bien tenu.

Si Charles avait eu une queue, il l'aurait remuée.

– Les relations de ce type sont-elles durables ?

– Absolument. J'ai vécu huit ans avec feu mon mari, jusqu'à son décès. Avant Charles, j'ai eu Werner pendant trois ans.

– Qu'est-il arrivé à Werner ?

– J'ai dû le prier de me quitter, répondit-elle sèchement.

« L'esclave » Charles leva vers moi ce même regard suppliant qu'ont parfois les chiens. Quel comportement déroutant. Sans doute Mike pensait-il la même chose que moi. Il chuchota dans l'oreillette : « Est-ce qu'il a le droit de monter sur le canapé ? »

C'était un challenge, la manivelle qu'on tourne, pour ainsi dire. Non pas que j'aie quoi que soit contre les mœurs sexuelles différentes des miennes, en théorie, mais si vous voyez ce que je veux dire, j'ai du mal, quand je suis face à la réalité, à garder mon sérieux.

– Pourquoi lui avez-vous demandé de partir ?

Ça ne m'intéressait pas vraiment, mais je sentais que ce sujet la mettait mal à l'aise et ça me plaisait de tirer un peu sur sa chaîne à elle.

« Il buvait dans la cuvette des chiottes », me murmura Mike à l'oreille.

– Il a abusé de ma confiance.

Anya détourna habilement la conversation.

– En situation, reprit-elle, les mots *non* et *arrête* signifient « oui » et « continue ». Nous avons des codes que nous utilisons pour dire à l'autre d'arrêter, des mots sur le sens desquels on ne peut se tromper. Chaque couple maître-esclave a ses propres termes. Charles et moi disons *mixeur* pour « non » et *artichaut* pour « arrête ». Nous connaissons des gens qui emploient *basson* et *Venise*.

Elle alla chercher une raquette de ping-pong massive et démesurée.

– Charles préfère la fessée au fouet. J'insiste cependant sur le fait que l'on ne doit pas s'y essayer en amateur sans avoir reçu les instructions appropriées. À la société et au club, nous enseignons aux néophytes comment fesser sans blesser ni provoquer de lésions internes.

« Comme c'est érotique. Vite, une douche froide », me dit Mike.

– Le meilleur endroit pour fesser est une zone du postérieur que nous appelons la partie tendre. Vous permettez que je vous montre ?

Charles se releva et commença à déboutonner le rabat de cuir carré qui lui couvrait les fesses.

« Oh, s'il te plaît, artichaut ! » susurra Mike.

– Ce n'est pas la peine, intervins-je, nous sommes plus intéressés par le côté philosophique de votre relation.

Je ne pouvais pas supporter ça. Je saisissais déjà difficilement comment les adeptes du sadomaso pouvaient jouir de l'humiliation quotidiennement. Il fallait que je me casse d'ici avant que Fido ne se mette à se lécher les couilles.

Mistress Anya se leva et commanda à Charles de venir à ses pieds.

– Venez à l'une de nos réunions, proposa-t-elle. Et revenez au club, un soir. Je vais me renseigner sur ce médecin.

Sur ce, elle prit congé, entraînant derrière elle son sycophante rampant.

Apparemment, l'interview était terminée. Malgré moi, j'étais intimidée. D'une certaine façon, l'autorité que cette femme exerçait sur tout ce qui l'entourait me faisait peur. Il doit quand même falloir être une sacrée salope pour promouvoir le sadomasochisme.

– Mon Dieu ! m'exclamai-je en remontant dans le camion. Quelle femme effrayante. Je me fais des idées ou vous avez eu aussi l'impression qu'elle cache quelque chose ? qu'elle écorche des dalmatiens dans l'arrière-boutique pour faire des manteaux de fourrure par exemple, non ?

– Je l'ai trouvée presque attirante, dit Mike. Mais cet esclave m'a foutu la chair de poule.

– C'est parce qu'il avait tout du chien et que tu as horreur des chiens.

J'avais appris ça au retour d'un tournage, alors que nous avions dû nous frayer un passage au sein d'une phalange de militants pour les droits des animaux, qui s'affolaient parce que le présentateur d'une émission matinale de cuisine avait gobé une huître vivante.

« Allez vous faire enculer, bande d'animaux fachos ! » avait gueulé Mike. Mike n'était pas l'ami des bêtes. Il m'avait raconté qu'il avait écrasé vingt-sept chiens errants quand il habitait au Pakistan et couvrait la guerre en Afghanistan. Par accident, avait-il ajouté, mais j'étais sceptique. Vingt-sept en deux ans, ça fait beaucoup, même au Pakistan.

Mike était un beau gars, charmant, et qui semblait inoffensif : des cheveux bruns frisés, des taches de rousseur, des yeux pétillants. Il savait me faire rire quand j'étais incapable de me dérider toute seule et, bien sûr, il avait ce super accent. Je commençais juste à l'apprécier, en tant qu'homme je veux dire, quand il m'avait parlé de ces vingt-sept chiens au Pakistan. Ça m'avait refroidie illico.

– Ces mots de code…, repris-je.

– Tous les couples ont des codes, des mots ou des expressions, répondit Mike. Un code qui signifie « arrête, quoi que tu sois en train de faire ».

– C'est vrai, approuvai-je. Quand il trouvait que je perdais les pédales, Burke me disait Londres. Et moi, je n'avais qu'à l'appeler par son vrai nom. On avait tout un tas de codes.

– Ma femme et moi, non, nous informa Jim.

Soit Jim avait réussi à créer le couple le plus uni et le plus heureux de la terre, soit il était encore dans la phase d'abnégation.

La personne que nous interrogeâmes ensuite, la première ex-femme de Kanengiser, Hanna Qualls, était bien placée pour nous parler de sacrifice de soi. Conseillère en gestion, menue et mignonne, Qualls nous reçut dans son bureau.

– Herm avait un problème d'honnêteté avec les femmes. Les femmes l'aimaient et attendaient de lui qu'il s'engage. Ce qu'il ne voulait pas. Je ne peux pas totalement le condamner.

– Pourquoi ? demandai-je.

– Parce qu'il ne voulait pas blesser. En quelque sorte, il ne le faisait pas exprès. Il n'a jamais su rompre, ni dire aux femmes ce qu'elles représentaient pour lui. Il avait toujours plusieurs maîtresses à la fois. Il dépensait une énergie incroyable pour qu'elles ne s'en aperçoivent pas et pour éviter qu'elles ne le pressent de s'engager. En fait, je crois qu'Herm m'a épousée, comme sa seconde femme d'ailleurs, pour avoir un alibi envers les autres, vous me suivez ? On ne peut pas jouer ce jeu bien longtemps sans faire de mal à personne, et sans en souffrir soi-même. Je m'en suis remise. Mais il m'a fallu beaucoup de temps et de longues séances de thérapie pour panser mes blessures.

Je la comprenais parfaitement. Moi aussi, j'avais été mariée à un homme qui cachait sa polygamie. Aucune commune mesure, toutefois, avec Kanengiser.

– Pour être franche, je dois dire que j'ai joué le jeu, comme chacune de ses autres femmes. Je l'ai longtemps laissé faire sans rien dire. Je lui facilitais même la vie, d'une certaine façon. Je l'aimais tellement, ajouta-t-elle.

Ça aussi, je le comprenais. La polygamie à long terme requiert une certaine collaboration de la part de la personne ou des personnes trompées. Voilà comment ça se traduit : vous acceptez toute excuse tirée par les cheveux, vous ignorez les indices les plus flagrants et, dans certains cas, vous lui épargnez le temps et la peine de concocter un mensonge en trouvant vous-même une explication que vous lui présentez sur un plateau d'argent quand il rentre à trois heures du matin en empestant un parfum *alien*.

Elle était d'accord avec moi.

– Vous avez raison, il faut beaucoup d'imagination. C'est facile d'expliquer une trace de rouge à lèvres sur le col. Sur la cuisse, moins. J'ai longtemps fermé les yeux, jusqu'à ce que je trouve ce livre noir. J'ai été obligée de réagir. Ce truc ne contenait pas seulement le nom de ses maîtresses mais des détails sexuels ! Quand il est rentré, je le lui ai mis sous le nez et je l'ai forcé à regarder pendant que je le brûlais dans la cheminée. Le lendemain, je suis allée voir un avocat.

À propos de la candidature de Kanengiser aux élections sénatoriales, dont avaient fait mention les médias, Qualls précisa :

– Ça n'a pas de sens. Il faisait partie du conseil municipal tout simplement pour favoriser son quartier et sa propriété. Il savait pertinemment qu'il n'avait aucune chance d'aller plus loin, à cause de toutes ses maîtresses, justement. Je pense qu'il n'en avait même pas l'ambition. Les journaux ont complètement déformé la vérité.

– J'ai vu un discours à la télé…

– Oui, je vois de quoi vous parlez. Il m'a sorti les mêmes arguments quand j'ai fini par aborder le problème avec lui. Les hommes ne sont pas programmés pour résister aux belles femmes qui se jettent à leur cou. Il est… Il était très séduisant, tout lui réussissait, il était intelligent, il avait du charme et… il avait aussi beaucoup de qualités. C'est ce qui attirait les jolies femmes, vous comprenez ?

– Oh oui.

Voilà exactement pourquoi je m'étais imposé de ne plus sortir avec des beaux gars.

Pour moi, c'étaient les meilleurs éléments que nous avions. Mais Jerry ne serait pas d'accord. Ce qu'il voulait, c'étaient des fouets, des chaînes, de grandes femmes teutoniques et du cuir noir. D'Hanna Qualls, je ne pus soutirer grand-chose à ce propos :

– Comment le saurais-je ? Je le connaissais si mal que je suis absolument incapable de vous dire à quoi il s'adonnait ou ne s'adonnait pas.

La seule ex-maîtresse du médecin qui accepta de nous parler, Susi Bure, une femme superbe qui de mannequin était devenue agente immobilière, nous tint à peu près le même discours qu'Hanna Qualls et ne put nous fournir plus de pistes sur le sadomaso.

– Si Herm mélangeait les prénoms ? Si ce n'était que ça ! Je crois que s'il était autant porté sur le sexe, c'était pour éviter le dialogue. Il ne se souvenait jamais du nom de mes amis, de mes parents, de mon métier… Un soir de janvier, il a sonné à ma porte avec un gâteau, des fleurs, du champagne, pour mon anniversaire. Je suis née en septembre. Et il y a eu d'autres incidents du même genre pendant les deux ans que j'ai passés avec lui. Il voulait se faire prendre. Malgré tous les ennuis qu'il s'attirait pour dissimuler la vérité, d'un autre côté, il ne cessait de se trahir.

Ce qui me frappe aujourd'hui, poursuivit-elle, c'est qu'il cherchait toujours à me convaincre que c'était de ma faute, que j'exigeais trop de lui. Peut-être que j'en attendais plus que ce qu'il pouvait m'offrir, mais je n'en demandais pas autant que ce que je méritais. La leçon que j'en tire ? Quand on n'espère pas grand-chose, on n'obtient pas grand-chose.

Ouais, mais si on espère trop, on est déçu, c'est tout, pensai-je.

– Autre chose, dit-elle alors que nous remballions le matériel. Vous savez, cette pochette d'allumettes ?

– Oui ?

– Je suis sûre qu'elle n'était pas à Herm. Il ne fumait pas.

Alors qui fumait ? De toute évidence, l'assassin. Comment se faisait-il qu'on avait retrouvé les allumettes par terre dans le bureau de Kanengiser ? Étaient-elles dans le sac de l'assassin ? Ou dans sa poche ? Et elles seraient tombées quand il avait sorti les menottes ou le flingue ? Pour moi, ça voulait dire que Kanengiser n'avait peut-être rien à voir avec Anya. L'assassin, alors ?

8

Après nos interviews, je passai à la sécurité récupérer les bandes des ascenseurs du jour du meurtre et voir, dans l'éventualité où il aurait été au courant de quelque chose, ce que Pete savait (rien pour l'instant, me dit-il). Tandis que j'attendais dans le bureau de Pete que Franco m'apporte les copies des vidéos que j'avais demandées, Kerwin Schultz fit irruption, rouge, dans tous ses états. Depuis qu'il avait repris le talk-show de vingt heures, il s'en était fait une tribune du haut de laquelle il démolissait les libéraux, les athées, les syndicalistes, les écolos, les femmes actives, les mères isolées, les mères célibataires et essayait de placer ses livres J'ai raison, ils ont tort et c'est encore moi qui ai raison.

Kerwin posa violemment quelque chose sur le bureau de Pete. Une balle.

– J'ai trouvé ça sur ma pelouse ce matin.

Il se tourna vers moi et pris un ton plus doux.

– Salut, Robin, excuse-moi de te déranger. Je n'en ai pas pour longtemps.

– Je suis occupé, je suis à toi dans un instant, Ker…, dit Pete.

– Il me faut un garde du corps ! hurla Kerwin.

D'un pas lourd et bruyant, il sortit. Franco entra.

Fréquemment, Kerwin prétendait qu'on lui tirait dessus. En particulier, il avait une trouille bleue des écolos, des féministes et des activistes gays, qu'il désignait dans son émission par « les amoureux de la nature, les vilaines filles et les tapettes ». Pas exactement les catégories de personnes auxquelles je pense quand on parle de maniaques du fusil. Qui plus est, je ne vois pas pourquoi les allumés du fusil en auraient voulu à Kerwin. À mon avis, il y avait toutes les chances pour que ces gens-là soient d'accord lui.

– Tiens.

Franco me tendit une boîte contenant les bandes de l'ascenseur commercial et la photocopie d'une page du registre des sorties.

Je le remerciai sans le regarder. Les poils dans les oreilles, vous vous souvenez ?

Beaucoup de gens détestent parler à Franco parce qu'il est très avare de paroles. Quand il avait débuté à ANN, quelqu'un avait fait courir le bruit qu'il ne comprenait pas l'anglais et n'osait pas l'avouer. Depuis, il avait une ou deux fois ouvert la bouche, prouvant qu'il maîtrisait notre langue, dans la mesure où vous n'employiez pas des mots trop longs ou des expressions imagées. Franco faisait partie de la horde des sans-humour. Louis Levin avait ouvert une sorte de concours : il offrait à quiconque ferait rire Franco devant témoins une prime de deux cents dollars. Tamayo, pour ne citer qu'elle, se donnait beaucoup de mal pour remporter cette somme. Chaque fois qu'elle le croisait, elle l'assaillait de blagues à la Gomer Pyles[12] qu'elle avait apprises des Marines en poste à la base navale de Yakota, près de Tokyo. Le pauvre Franco tournait les talons dès qu'il l'apercevait. L'un des haut gradés de nos Keystone Kops[13] flippait

12 Grand benêt du sud des États-Unis, engagé dans les Marines, dans la série télé du même nom.

13 Policiers niais et empotés des vieux films muets.

devant une comique japono-américaine. Vachement rassurant.

Autre anecdote pour vous dire à quel point nos gardes inspiraient la confiance : Hector avait un jour fait sa ronde dans les bureaux, de sa démarche de représentant de la loi, un pouce coincé dans la boucle du ceinturon, l'autre main sur le flingue, sans se rendre compte, avant que Pete et Franco ne le remarquent, qu'il avait un autocollant dans le dos « Mettez-moi un coup de pied au cul ». Vous pouvez vous faire une idée du respect que nous avions pour notre Barney Fife.

– Il n'y a que les bandes de l'ascenseur commercial. Et celles du monte-charge ?

Celles-ci avaient été envoyées au commissariat sans que personne ne pense à les doubler. Il fallait donc que j'attende que les policiers veuillent bien m'en faire des copies.

Peu importe. J'avais les vidéos qui m'intéressaient le plus. Les images étaient en noir et blanc, granuleuses, mais codées à la seconde près, ce qui allait m'aider à faire le parallèle avec le livre des sorties.

De retour dans mon bureau, je les passai en lecture accélérée. Quand l'ascenseur était plein, on ne voyait pas grand-chose, à part le dessus des crânes. Après un visionnage rapide des bandes de la journée, je passai celle du soir. Les rares personnes qui avaient pris l'ascenseur étaient descendues au vingt-sixième ou au vingt-huitième, où plusieurs comptables avaient leurs bureaux. Rien de bien étonnant. Nous étions en pleine période de déclarations de revenus.

À 9:11:54, un homme monta au vingt-sixième. Sans se soucier de la caméra, il se fourra le doigt dans le nez, examina ce qu'il en ressortit et s'essuya sur la paroi de l'ascenseur. Répugnant.

Tandis que je regardais cette bande inintéressante, Phil, le très intéressant concierge, entra dans mon bureau. À mes yeux, il méritait la priorité. J'arrêtai la bande. Tous les jours, Phil venait vider la poubelle, me raconter des bobards et me rapporter les dernières rumeurs qui circulaient dans la boîte. La soixantaine bien sonnée, peut-être plus, Phil n'était aux States que depuis quelques mois. Il prétendait avoir passé les quinze dernières années à bourlinguer dans le monde, de places de concierge en travaux d'homme à tout faire. Tout au long de sa vie, il avait plusieurs fois frôlé la mort, disait-il. Ça avait commencé quand il avait quinze ans («j'en paraissais dix-huit») et servait dans l'armée britannique en Afrique du Nord. Rommel et ses Afrikakorps avaient lancé une attaque surprise contre la division de Phil. Quand Rommel s'était retiré, après l'affrontement, Phil s'était relevé, avait regardé autour de lui : il était le seul survivant. «J'avais beaucoup de chagrin pour mes amis, mais ma première pensée, ç'a été : "Ha ! Rommel, tu en as oublié un, pauvre con" », se souvenait-il. Puis il était allé rejoindre les lignes anglaises. Plus tard, il avait été pompier à Liverpool, où il avait sauvé des flammes des dizaines de bébés et de petites vieilles.

À partir de là, les aventures à la lisière de l'autre monde s'étaient succédé.

Je doutais un peu qu'il soit le seul rescapé du naufrage d'un ferry au Bangladesh, qu'il ait réchappé au crash d'un petit avion dans l'Himalaya ou qu'un cobra soit remonté dans ses W.-C. à Calcutta et ait essayé «de me mordre le cul». (Cauchemardesque, n'est-ce pas ?) J'aurais voulu, pourtant, croire à toutes ses histoires. Elles me divertissaient et, curieusement, elles sonnaient vrai. Qui plus est, j'aimais bien sa philosophie : « Je dois être trop bête pour mourir », répétait-il à tout bout de champ.

– Je suis contente de te revoir, Phil. Ça va mieux, cette grippe ?

– Oh ouais. À mon âge, c'est dur. Imagine d'où je suis revenu, ce serait con que je me fasse bouffer par un microbe ou un virus.

– Quoi de neuf à la direction ? lui demandai-je.

Depuis qu'on avait réduit les effectifs de la conciergerie, récemment, Phil ramassait aussi les ordures des cadres et des grands journalistes d'ANN.

– Madri Michaels saute de l'antenne. Ils la foutent aux Relations publiques. C'est Bianca de Woody qui la remplace.

À cause d'une réaction allergique aux cosmétiques pour gonfler les lèvres, Madri n'avait pu, pendant quelques jours, passer à l'antenne. Les rougeurs et les boursouflures avaient mis deux semaines à disparaître. Pendant ce temps, Bianca de Woody s'était approprié le créneau de dix-neuf heures. La présentatrice Madri Michaels ne faisait pas partie de mes amis. Pourtant, ça m'énervait pour elle, et pour moi. Madri n'avait qu'un an de plus que moi et, dans la chaîne alimentaire du studio, elle se plaçait un cran au-dessus de moi.

– T'as appris des trucs sur le meurtre du vingt-septième ?

– J'ai discuté avec le gars qui a trouvé le corps. Un type de l'entretien. Il est encore tout retourné.

Moi aussi, j'avais discuté avec l'employé de l'entretien, Dom Lecastro, par l'intermédiaire d'un interprète, car M. Lecastro ne parlait pas très bien l'anglais. Il ne faisait pas le ménage au vingt-septième depuis bien longtemps, ne savait rien de Kanengiser et n'avait rien vu.

– Je fais l'aile nord du trente-cinquième, ce soir, me dit Phil en quittant le bureau. Y a toutes les salles de repro là-haut. J'aurai peut-être quelque chose pour toi demain.

– Merci, Phil.

De derrière la porte me parvint un brouhaha, puis la voix de Tamayo :

– Ça va, j'y vais, pas besoin de pousser.

Je sortis. Elle était flanquée de deux gardes de la sécurité.

– On l'a attrapée en train de fumer dans un placard à balais près des Sports, disait l'un des gardes à Jerry, qui secouait la tête.

Il ne restait plus beaucoup d'endroits à ANN où vous puissiez vous cacher pour fumer une clope. Deux ou trois personnes s'étaient fait coincer par les caméras en train de fumer dans les cages d'escalier et l'une d'elles s'était fait virer parce qu'elle en était à sa deuxième récidive.

O.K., prenez une zone de haute pression, comme un studio, où les gens reçoivent des mauvaises nouvelles du matin jusqu'au soir, ajoutez l'insécurité de l'emploi, des *ego* monumentaux, des problèmes de couple, puis interdisez la cigarette. Crise générale de manque de nicotine. Et qu'est-ce que vous obtenez ? Bonne humeur et franche camaraderie. Vous pariez ?

– Je la surveille, dit Jerry en prenant le relais des gardes.

Il emmena Tamayo dans son bureau.

– Ce que tu peux être bête ! la houspilla-t-il.

Je collai mon oreille contre la paroi de verre. Je l'entendis ouvrir son grand tiroir plein de CV.

– Tu vois ça ? Ce sont les CV de tous les gens qui ne demandent qu'à prendre ta place...

Connard, va.

Une fois que Jerry eut fini de l'engueuler, Tamayo m'apporta mon courrier et mes fax. Quel personnage déconcertant. Était-ce dû à ces cheveux platine sur ce visage semi-nippon ? Ou bien à son tempérament anarchique ?

– Je n'arrive pas à me rappeler ce que j'ai fait de tes messages téléphoniques, me dit-elle. Ça ne fait rien si je te les donne tout à l'heure ?

– Écoute bien, c'est très important. Si une femme qui se présente sous le nom de Maureen Hudson Soparlo, tante Maureen ou tante Mo téléphone, je ne suis pas là.

– Jamais ?

– Jamais. Si elle appelle, je suis sur un tournage et je reviens très très tard, si je reviens.

– Compris.

– Note-le, d'accord ?

Tamayo n'avait pas vraiment la tête à son boulot – elle rêvait d'être comique – et elle ne nous aidait pas beaucoup aux Envoyés Spéciaux (sauf qu'elle était une super comique). Souvent distraite, il lui arrivait de perdre le fil de ses phrases. Un jour, elle avait pris du lait dans le mini frigo de notre salle de réunion et oublié de le refermer. Quand Jerry s'en était aperçu, sa saucisse de pâté de foie était foutue. Elle perdait les messages et oubliait de relever les bandes.

Pour compenser ses défauts, j'étais obligée de fournir beaucoup plus de travail. Ce que je faisais, parce que ça valait le coup de l'avoir pour nous amuser et harceler Jerry. Tâche à laquelle je ne pouvais me consacrer, en raison de ma nouvelle Attitude Mentale Positive.

– Quelqu'un m'a dit de te passer le bonjour. C'était qui ? Ah ! Howard Gollis.

– Ce fou.

Elle me lança un regard noir qui devait signifier: «C'est l'hôpital qui se fout de la charité.»

– C'est un créatif, répliqua-t-elle finalement. Il est branché sur douze mille volts. Tu as trouvé ça attirant quand tu l'as vu sur scène.

Elle avait raison. La première fois que je l'avais vu, quand j'étais allée voir Tamayo jouer au Duplex, je l'avais trouvé sexy, ténébreux, beau et marrant. Survolté. Un croisement entre Lenny Bruce[14] et Mel Blanc[15], avec un soupçon de Leonard Cohen. Il avait un humour vraiment exceptionnel. Grinçant mais très drôle. En plus, c'était le seul homme qui m'attirait, sexuellement parlant, depuis Eric.

– Tu m'as suppliée de te le présenter, me rappela Tamayo.

Là encore, elle ne mentait pas. Je l'avais suppliée et elle m'avait prévenue qu'il était maboul, que j'étais maboule, que nous étions tous les deux vulnérables à ce moment-là, à la suite d'échecs sentimentaux, et que nous devrions peut-être nous tenir à distance l'un de l'autre, par égard pour les innocents spectateurs, comme elle.

J'avais insisté. Elle me l'avait présenté. Nos deux premiers rendez-vous furent comme un trip à Coney Island. Howard était très rigolo et, entre nous, ça collait vraiment bien. Au troisième rendez-vous, il m'avait fait une attaque d'Angoisse de l'Intimité. Au

---

14 Grand comique des années 1950-1960, dont le discours libre et critique sur le sexe, la religion, la politique et la société effrayait l'establishment. Bob Fosse réalisa un film sur lui, *Lenny*; son rôle est interprété par Dustin Hoffman. Lenny Bruce a plusieurs fois été arrêté pour le caractère profane de ses critiques et son honnêteté, d'où le déclin de sa carrière. Décédé d'une overdose, il est aujourd'hui une référence pour bon nombre de comiques américains.

15 La voix de Daffy Duck et autres cartoons.

quatrième, nous avions failli coucher ensemble. Ça s'était mal passé. La rose s'était flétrie.

– Je n'ai pas envie de parler d'Howard Gollis. C'est de l'histoire ancienne. Tu travailles sur quoi ?

– Les formulaires de nomination pour les Palmes de la Fondation Crétine.

– La fondation Kertin, la corrigeai-je.

– Si Jerry est nommé, je continue à dire comme ça. Il m'a recommandé de laisser mes problèmes personnels au vestiaire. Je lui ai répondu qu'il avait lui aussi quelques problèmes perso, mais rien que dix grandes lesbiennes armées de battes de base-ball ne puissent résoudre. Et c'est pas une menace en l'air. Tu connais bien dix grandes lesbiennes qui ont des battes de base-ball ?

– Parfaitement.

Vous les trouverez dans mon Rolodex, répertoriées sous Justice et Autodéfense, Lesbiennes, et Gays et Lesbiennes.

– Jerry est pire que ce crétin de Yamamoto avec qui je travaillais sur le jeu télévisé au Japon.

À tout juste vingt-cinq ans, Tamayo avait déjà une carrière bien remplie. Avant d'être engagée par ANN à Tokyo, emploi qui l'avait menée à New York, elle avait travaillé à une émission de télé japonaise débile, *Incroyable mais vrai*, des reportages du genre « L'Authentique Serpent d'or vivant ». Le boulot de Tamayo consistait, comme elle me l'avait résumé, « à peindre le serpent en jaune ». Parfois, quand Jerry nous demandait des trucs journalistiquement douteux, nous nous regardions et disions : « Allez, on va peindre le serpent en jaune. »

Avant *Incroyable mais vrai*, c'était elle qui remettait les prix aux lauréats du jeu télévisé japonais qu'elle appelait « Humiliez-moi pour rien ». Je ne sais pas exactement de quoi il s'agissait, mais elle m'avait dit un jour qu'au moins, à ANN, elle n'était pas obligée de manipuler des limaces vivantes, des crayons hémostatiques et du verre en fusion.

Humiliez-moi pour rien. Les Envoyés Spéciaux en étaient-ils bien loin ?

Alors qu'elle allait franchir le seuil de mon bureau, Tamayo se retourna :

– Est-ce que je t'ai dit que Bianca avait appelé, deux fois ?

– Je la rappellerai.

– Fais-le tout de suite. Ça avait l'air urgent.

Je téléphonai à Bianca, qui me dit :

– On peut se voir ? Il faut que je te parle.

– Je t'écoute.

– Non, pas maintenant. Je préfère qu'on se voie.

– Ah, d'accord.

– Toilettes des dames, à côté des Sports, dans cinq minutes.

Elle raccrocha abruptement, sans dire au revoir.

Bianca m'attendait. À peine venais-je d'arriver qu'elle m'attira à l'intérieur.

– Qu'est-ce…

Elle me mit une main devant la bouche.

– Chuuut.

La blonde Bianca aux yeux bleus avait tout d'une pin up des années 1950. Ce n'était pas une mauvaise présentatrice, mais ses atouts se résumaient peut-être mieux au commentaire lâché involontairement par Dillon, entre un grognement et un soupir : « Cette bouche ! Oh, mon Dieu, cette bouche. » Bianca avait une belle bouche – des lèvres pulpeuses, je crois qu'on dit – et n'avait pas besoin de collagène pour l'entretenir.

J'avais déjà passé en une journée un temps considérable aux W.-C., sans parler du spectre de toilettes qu'on appelle maintenant les Envoyés Spéciaux. Sans rien dire, j'observai Bianca vérifiant que tous les cabinets étaient vides et que nous étions bien seules. Ce manège faisait très conspiration secrète, mais je restai désinvolte. À ANN, la clandestinité devenait presque la norme. Comme je suis très légèrement égocentrique, je pensais que Bianca avait un comportement étrange parce qu'elle voulait m'apprendre quelque chose au sujet du tournant qu'allait prendre sous peu mon destin dans le grand chambardement.

– Robin, c'est horrible ce qui est arrivé au docteur Kanengiser, tu ne trouves pas ? dit-elle enfin après s'être assurée que les murs n'avaient pas d'oreilles.

– Toi aussi, tu allais chez lui ?

– Ouais. C'est moi qui te l'ai recommandé. Il y a deux mois.

– Ah bon ?

– Si, quand on a déjeuné avec Tamayo, Solange et Susan Brave.

– Ah ouais.

– Mais si. Ça te dérange si je fume ? Je veux dire, tu ne le répètes pas, hein ?

– Non.

Je n'étais pas du genre à téléphoner anonymement aux Ressources humaines pour balancer un fumeur, malgré leurs encouragements à cafter. Les RH avaient même mis en place un service d'écoute vingt-quatre sur vingt-quatre, que pouviez appeler pour dénoncer quelqu'un que vous aviez surpris en train de fumer au boulot, dans la rue ou même à une soirée en dehors des heures de travail.

Bianca monta sur le lavabo, dévissa le détecteur de fumée, décolla son patch antitabac puis alluma une cigarette.

– Tu ne peux pas t'imaginer comme c'est difficile de fumer quand tu as un garde du corps qui te suit comme ton ombre.

– Qui ?

– Hector.

– Hector ?

– Pete craint que l'un de mes… fans vienne à New York. Il a chargé Hector de m'accompagner partout, quand je ne suis pas à l'antenne. Hector me prend la tête.

– C'est pour ça que tu te la joues top-secret ?

Elle ne répondit pas.

– Robin, il faut que tu me promettes de ne dire à personne que j'allais chez Kanengiser.

– Pourquoi ?

– Je suis allée le voir pour un problème gênant et je ne tiens pas à apporter de l'eau au moulin des mauvaises langues. Encore moins aux journaux.

– Je comprends.

– Je ne veux pas que Pete sache…

Bianca sortait avec notre chef de la sécurité, Pete Huculak. Avant d'être avec lui, elle avait fréquenté tout un tas de gars d'ANN, dont mon caméraman, Mike. Moi aussi, j'étais sortie avec des types de la boîte et nous avions même des conquêtes communes, mais elle s'en était fait plus que moi, et plus sérieusement. Tandis que je les choisissais au hasard et sans but précis, elle avait une mission : se trouver un homme. Bianca fait partie de ces femmes qui ne peuvent pas se passer d'un homme. Un jour, elle m'avait avoué qu'elle se sentait plus en sécurité quand elle avait un homme dans sa vie.

Compréhensible. En un an, elle avait gravi d'un bond les échelons du marché des médias. D'une petite station de sa ville natale de l'Iowa, Cedar Rapids, elle était passée à une chaîne d'envergure correcte, à Cincinnati, puis chez ANN, à New York. Déjà que Cincinnati lui avait fait l'impression d'une grande ville dangereuse, elle avait bien évidemment eu un peu de mal à s'habituer à New York. Logique qu'elle ait été attirée par un grand gars costaud et responsable comme Pete, avec lequel elle se sentait protégée.

– Il est vieux jeu, il n'accepterait pas que… c'est pas que ce soit quelque chose de grave… je veux dire, je me suis fait soigner avant Pete et j'ai… consommé, poursuivit-elle avec une note bizarre dans la voix.

La dernière fois que j'avais entendu ce ton effarouché, plein de sous-entendus, c'était quand Dolores Savoy m'avait abordée dans un couloir du lycée Hummer pour me demander un tampon : « J'ai une amie qui est venue me voir. Elle a oublié ses bagages. Tu n'en aurais pas un à lui prêter ? » m'avait-elle chuchoté.

Bianca semblait se donner tant de mal pour rester discrète sur ce pourquoi elle avait été traitée, tout en essayant de me communiquer sa détresse. Bianca avait l'air d'une gentille jeune femme, elle était même parfois très spirituelle. Mais elle avait une attitude tellement bizarre vis-à-vis du sexe et de son propre corps. Quand même, si vous ne pouvez pas parler de ça ouvertement avec une femme, dans les toilettes…

– Je ne dirai rien à personne.

– J'ai appris que tu faisais un reportage là-dessus. C'est pour ça, je voulais être sûre.

– Nous ne cherchons pas à savoir qui étaient ses patientes. Du moins, pas tant que nous avons un angle bien plus glauque à exploiter.

– Bon, je savais que je pouvais te faire confiance.

Elle tira une feuille de papier de son sac.

– Je ne peux pas te la laisser. Regarde. Ça fera peut-être avancer ton enquête.

Elle la garda à la main.

– J'ai trouvé ça hier soir en feuilletant mes dossiers médicaux. Je voulais me débarrasser de toute trace de Kanengiser, à cause de Pete…

Elle me tendit enfin le document, un relevé de l'assurance de la compagnie, qui faisait état de tous ses frais médicaux pour le premier trimestre.

– Tu remarques que six visites ont été facturées.

– Je note.

– Je ne l'ai consulté que trois fois.

– Ouah. Erreur de comptabilité ?

– Ça se peut. Mais à mon avis, ça cache peut-être quelque chose. Je voulais te mettre sur la piste.

– C'est sympa. Merci.

– Tu crois que les tabloïds vont parler de moi ? Tu vois, style « Le meurtre du gynécologue des stars de l'information télévisée ».

– Les flics ont mis ses dossiers sous scellés. À ta place, je ne m'inquiéterais pas trop. Qui d'autre allait chez lui ?

– Je n'en sais rien. Je t'ai envoyée chez lui… À part ça, je ne vois pas. Mais il était dans l'immeuble et il recevait tard. Ça ne m'étonnerait pas que d'autres femmes de chez nous y soient allées.

– Qu'est-ce que tu sais de lui ?

– Pas grand-chose.

– Tu l'as vu quand, la dernière fois ?

– Il y a quinze jours, juste pour une visite de contrôle.

– Donc, tu ne l'as pas vu le soir où il s'est fait tuer ?

– Non, j'ai travaillé toute la nuit.

– Tu es sortie avec lui ?

– Non, ça va pas. Et toi ?

– Non. Je le connaissais encore moins que toi. Tu penses qu'il était branché sadomaso ?

– C'est pas l'impression que j'ai eue de lui. Mais mon Dieu, à New York, tu ne sais jamais. Le type a l'air d'un médecin normal, charmant, et le lendemain, tu apprends que c'était un adepte du fouet et des chaînes. Je ne suis pas à New York depuis longtemps, mais je suis sortie avec des gars bien plus louches…

– Pour la défense de New York, je te signale que moi aussi, j'ai rencontré des gars louches, mais ils n'étaient pas tous new-yorkais.

– Au fait, il paraît que tu sors avec Fenn Corker, me dit Bianca en soufflant un rond de fumée qui aurait causé à Dillon un infarctus.

– Qui t'a dit ça ?

– Lui-même.

– À quel propos ?

– Oh, comme ça. C'est venu dans la conversation. Je l'ai eu au téléphone la semaine dernière.

Elle ouvrit le robinet, passa sa cigarette sous l'eau et la balança dans la poubelle.

Le système de sonorisation grésilla. On la demandait.

– La voix de mon maître. Faut que je file. Merci pour ta discrétion.

Maigre indice, mais ça me conduirait peut-être sur une piste plus prosaïque que le sadomaso, une arnaque à l'assurance ou un truc bien chiant qui convaincrait peut-être Jerry de tout laisser tomber.

9

Quand j'arrivai aux bureaux de la compagnie d'assurance, Cyndi s'apprêtait à rentrer chez elle. Laconiquement, elle me dit que toutes les informations en sa possession étaient confidentielles.

– J'ai peut-être une escroquerie à te signaler. Ça peut t'être utile. Je ne te demande pas qui il soignait, ni pour quoi. Juste de vérifier si d'autres employées de chez Jackson étaient clientes chez lui et s'il les facturait deux fois. Tu me dis oui ou non, c'est tout.

– Bon, d'accord. Je te rappelle demain.

– Tu ne peux pas regarder vite fait et me biper quand…

– Hé ! Je ne suis pas une accro du boulot, moi, comme vous, aux news. Je suis surexploitée, sous-payée et c'est l'heure.

C'est l'heure, mots qui convenaient à mon état d'esprit mieux que toutes les philosophies du monde. L'heure d'oublier le boulot et de retourner à la vraie vie. L'heure d'aller voir ailleurs, de rencontrer d'autres gens. Pour ma part, j'avais rendez-vous avec Mike, Jim et Claire au Keggers, le bar-restaurant-refuge, ringard mais sans prétention, au sous-sol de l'immeuble Jackson.

Au départ, Claire avait voulu qu'on se retrouve dans l'un de ces bars de la Vingtième-je-sais-pas-quelle Rue qu'elle aimait tant. Mais plus je vieillis, moins j'apprécie ce genre d'endroits. À moins d'être en pleine période de chaleurs et que le lieu regorge d'hommes de mon âge potables, les clubs bondés et bruyants me gonflent. Gueuler pour se faire entendre, être sans cesse bousculé et se retrouver pour finir à picoler au bar avec un type si jeune qu'il pourrait être votre fils (dans l'un de ces pays arriérés où l'on marie les filles à douze ans), merci bien.

Ça faisait plus d'un mois que je n'avais pas vu Claire Thibodeaux, et encore plus longtemps que nous n'avions pas pu discuter plus de cinq minutes. Nous nous téléphonions fréquemment toutefois. Claire était arrivée la veille de Washington pour assister aux réunions et à un brunch offert le samedi par Georgia Jack Jackson à la crème d'ANN (auquel je n'avais pas été conviée). Claire était en retard ; toutes les spéculations quant à la réunion du jour étaient permises.

Je l'attendais en compagnie de Mike et Jim à une table près du bar, à bavarder de la sexualité féminine et masculine en général. C'était Jim qui avait lancé le sujet en affirmant que Kanengiser avait raison sur un point : les hommes avaient des pulsions sexuelles plus fortes que les femmes.

Je me devais de le remettre dans le droit chemin.

– Les femmes aussi ont des pulsions sexuelles. À ton avis, quelle personne bien portante n'aime pas avoir des orgasmes, et le plus possible ? On a moins d'exutoires et on est plus pénalisées. C'est pour ça qu'on en a ras le bol.

– Toujours célibataire ? me demanda Mike avec compassion.

– Ben, ouais.

– Tu vois, la plupart des hommes ne seraient pas capables de supporter le célibat pendant des mois.

– C'est pas que je n'ai pas essayé, Mike. Je sors avec des gars. Mais chaque fois, il se passe un truc qui fait que je n'ai pas envie de coucher avec eux. C'est ça la différence.

Depuis qu'Eric et moi nous étions séparés, voyez-vous, j'avais envisagé de mener une vie sentimentale dissolue. Cette hypothèse n'était d'ailleurs pas encore exclue. En théorie, j'étais ouverte aux aventures, avec préservatif, qui n'engagent à rien. En attendant de rencontrer celui avec qui j'aurais une relation exclusive (et qui voudrait bien en avoir une avec moi), je connaissais plein d'hommes que j'admirais. En théorie.

Bien sûr, en théorie, il faut être honnête avec ces gars et j'ai remarqué que la plupart des hommes qui se disent « libérés » ne tiennent pas à ce que leurs copines ou leurs partenaires en fassent autant.

Quoi qu'il en soit, Kanengiser faisait maintenant pour moi figure d'exemple des conséquences que la liberté des mœurs peut entraîner.

– Je n'ai pas envie d'être célibataire mais tu sais, chaque fois qu'une histoire se termine, il faut que je respire un peu avant d'en entamer une autre. C'est ma façon, pour employer les termes de Carrie Fisher[16], de « me retrouver avant qu'un plus gros que moi ne me trouve ».

– C'est pas comme ça que tu vas t'envoyer en l'air, répondit Mike. Par contre, je suis d'accord : les femmes ont des pulsions sexuelles fortes. J'en ai connu quelques-unes, fallait voir…

Jim intervint.

– Le fait est que quand tu as un bébé, par exemple, la femme est tout le temps fatiguée, parce qu'elle se lève à trois heures du matin pour lui donner à manger et tout ça, et elle n'a pas de pulsions sexuelles…

Je l'interrompis.

– Ou peut-être, tout simplement, pas d'énergie.

16 Écrivaine et actrice (Princesse Leia dans *La Guerre des Étoiles*).

– N'importe. Mais le gars a les mêmes pulsions sexuelles qu'avant la naissance. Alors, qu'est-ce qu'il est censé faire, dans ces cas-là ? Attention, je n'ai jamais trompé ma femme, ajouta Jim aussitôt.

– À part quelques pipes à des soirées de célibataires, lui rappela Mike.

– En fait…

Jim ne serait jamais aussi franc que Mike, mais il ne nia pas. J'en conclus que Mike devait être au courant de quelque chose de précis. J'en apprenais beaucoup de Mike et, parce qu'il le titillait, de Jim. Comme ces entorses tacites à la fidélité : des soirées de célibataires « moins de dix minutes en dehors de la ville », ainsi que divers scénarios où l'on se retrouve piégé à la vie à la mort avec une personne du sexe opposé. Mike m'avait assurée que beaucoup de femmes étaient au courant et usaient elles aussi de ces deux derniers stratagèmes. Il avait passé suffisamment de nuits avec des femmes mariées, dans des pays en guerre où les règles habituelles sont suspendues, pour savoir qu'en certaines circonstances, les femmes peuvent être aussi débauchées que les hommes. Mike n'en était pas pour autant toujours, ni même souvent, d'accord avec moi.

Jim devait partir.

– Vous donnerez le bonjour à Claire de ma part. Dites-lui que je pouvais pas rester. Ma femme et mon bébé m'attendent.

À sans cesse parler de femmes et de sexe, on lui foutait la frousse. Ces derniers temps, il préférait ne pas laisser sa femme seule trop longtemps.

– Je suis toujours tentée de lui mentir, dis-je à Mike. Pour le tranquilliser, tu vois. Il me regarde bizarrement depuis la fois où on a parlé de vibromasseurs.

– Il veut connaître nos points de vue. C'est pour ça qu'il remet toujours le sujet sur le tapis. N'empêche, tu trouves pas que quand tu vieillis, ça devient plus difficile de mentir que de dire la vérité ?

– Noon, moi, je m'attire bien plus de problèmes quand j'essaye de dire la vérité.

– T'as peut-être raison, convint Mike en portant sa bouteille de bière à ses lèvres et en regardant tout autour du bar. Il y a des vibrations sinistres ici, ce soir, non ?

Maintenant qu'il l'avait dit, ouais, je les sentais. Il y avait beaucoup de monde au Keggers. Les gens s'agglutinaient devant le bar et presque toutes les tables étaient occupées dans la salle de resto aux fausses lampes Tiffany, aux tables en contreplaqué et aux recoins style brasserie tapissés de manchettes de journaux parus à des dates historiques. Les rumeurs de restructuration et de compression des effectifs avaient créé une atmosphère tendue. En particulier, les présentateurs et les journalistes hommes étaient très nerveux depuis que certains prétendaient avoir été la cible du tireur isolé. Ce soir, nombreux étaient ceux qui bossaient à l'antenne à être venus chercher un peu de courage au fond d'un verre.

Si jusqu'à présent le sniper n'avait visé que des hommes, plus spécifiquement Reb et Kerwin, les femmes avaient aussi de quoi s'inquiéter : la restructuration, l'affaire Kanengiser... Combien étaient allées le consulter ? En général, quand une femme trouve un – ou une – gynéco qui lui convient, elle n'en change pas. Mais quand on bosse dans l'info, on est souvent baladée d'agence en agence, d'une compagnie à une autre et, par conséquent, de médecin en médecin, de dentiste en dentiste.

Le fait qu'on n'ait pas touché aux dossiers de Kanengiser devait en soulager plus d'une. Sans doute renfermaient-ils des renseignements hautement confidentiels : grossesses, avortements, infections, MST, nombre de partenaires, etc. Le genre de données qui, grâce au bon vieux standard fluctuant dont Kanengiser était si fier, pouvait sérieusement nuire à une femme.

En parcourant la salle des yeux, je croisai le regard de Dillon Flinder. Dillon, qui ne jurait que par une norme unique, très libérale, applicable à tous sans distinction, se dirigea vers notre table et demanda s'il pouvait se joindre à nous. Mike lui désigna chaleureusement une chaise.

– Vous êtes au courant pour Kerwin ? Quelqu'un a tiré sur sa maison.

– Tu le crois ? interrogeai-je Dillon.

– J'aurais tendance à ne pas lui faire confiance, mais on a déjà tiré sur Reb…

– Reb est aussi un parano notoire, répliquai-je.

– Il a des raisons, commenta Dillon. Il a reçu une balle en Afghanistan, il s'est fait poignarder à Gaza, bombarder à Sarajevo, il a échappé à des ravisseurs à Beyrouth, à des terroristes tadjiks…

Je regardai Mike. Moi aussi, je m'étais laissé éblouir par Reb, jusqu'à ce Mike, qui avait été son caméraman et avait été pris en otage avec lui à Beyrouth, ne m'en apprenne plus à son sujet. Je me doutais qu'il détenait tout un tas de secrets à propos de Reb. Récemment, il avait craqué et démoli quelques-uns des mythes Reb « Rambo » Ryan.

Par exemple, Reb s'était vanté d'être sorti avec Kim Basinger. En réalité, il avait seulement mangé à sa table lors d'un dîner offert par la Maison-Blanche. Quant aux « terroristes tadjiks » qui avaient tenté de le kidnapper à Dushanbe, selon Mike, il ne s'agissait que de rabatteurs qui voulaient les entraîner dans un magasin de tapis.

Il y avait aussi l'incident d'Haïti que Mike, désinhibé par deux-trois bières, était en train de raconter à Dillon.

Après un périple effroyable à Chechnya, qui l'avait laissé passablement choqué, Reb avait été envoyé à Haïti. Où il avait complètement pété les plombs. D'après Mike, Reb se trouvait dans un bus avec d'autres reporters quand ledit bus était tombé en panne avant d'arriver à Port-au-Prince. Il avait paniqué. Après cinq minutes sous un soleil de plomb, M. Macho Hemingway Correspondant de Guerre avait soudain recommandé aux autres de boire leur propre urine afin de prévenir la déshydratation. À grand renfort de gestes, tel un vendeur faisant la démonstration d'une centrifugeuse dans un grand magasin, il avait montré l'exemple.

(Mon Dieu, j'espère qu'il n'a pas embrassé Kim Basinger juste après.)

Les autres journalistes l'avaient regardé bouche bée, mais avaient élevé de vives objections quand il leur avait suggéré de l'imiter. Dix minutes plus tard, on était venu les dépanner.

Quand la direction d'ANN avait eu vent de cette affaire, ils avaient décidé que Reb était sur le terrain depuis un peu trop longtemps. Ils l'avaient rapatrié aux quartiers généraux et nommé, afin qu'il décompresse, à un poste de présentateur.

Si seulement Mike m'avait raconté ça avant que je sorte avec Reb.

– C'est pas d'aujourd'hui qu'il est cinglé, affirmait Mike à Dillon. Il n'est heureux qu'en temps de guerre, quand il se sent menacé, en péril. Alors là, il prend son pied. Il est malheureux ici, il est capable de s'imaginer qu'on lui en veut parce qu'il ne s'épanouit que quand il y a du danger dans l'air. C'est ça, la normale, pour lui. Si je te dis ça, c'est juste pour que tu remettes son histoire de sniper en contexte. Par contre, tu ne l'ébruites pas, s'il te plaît.

– J'essayerai, promit Dillon.

Ce qui était le mieux qu'il puisse jurer. Dillon était d'une honnêteté à toute épreuve, mais il ne savait pas garder les secrets.

Comme moi. Quand Mike m'avait relaté l'incident d'Haïti, il m'avait priée de ne pas le répéter. Mais dans un moment d'égarement, je l'avais raconté à Claire et à Louis Levin.

– Il faut que j'y aille, les gars. J'ai un rendez-vous.

Mike posa de l'argent sur la table et ajouta :

– Dillon, s'il y a réellement un sniper, je suis sûr qu'il tire au hasard. Si j'étais toi, je ne m'en ferais pas trop. À demain.

– Je ne m'inquiéterais pas, me dit Dillon, si ce gynéco ne s'était pas fait descendre.

– Je bosse sur cette affaire. C'est stupide, mais nous avons cette bande exclusive de la sécurité…

– Tu savais que Solange allait chez lui ?

– Pour des raisons personnelles ou professionnelles ?

– Professionnelles, je pense. Ça m'intrigue. Est-ce qu'il y a un lien entre tous ces coups de feu ? Et si quelqu'un tirait sur les gens qui travaillent dans l'immeuble JBS ?

– Quoi ? Une vendetta contre Jackson ou un truc comme ça ?

– Oui. Peut-être un ancien employé qui nous en veut. Comme il ne peut pas accéder aux locaux de la chaîne pour dessouder tout le monde, il flingue un locataire et tire au hasard dans la rue sur le personnel d'ANN.

– Hmm. Tu crois que ce médecin ne s'est pas fait tuer parce qu'il était un hétérosexuel priapique, menteur et misogyne, mais pour des motifs… géographiques ?

– Je ne sais pas. C'est une éventualité qui suffit à me rendre nerveux.

– Tu délires, Dillon. D'abord, on ne sait même pas si le sniper existe. Ensuite, l'assassin se serait donné beaucoup de mal pour se cacher dans l'immeuble et tirer sur un gars parfaitement étranger à la chaîne.

Dillon ne m'écoutait plus.

– Oh mon Dieu, laissa-t-il échapper.

– Quoi ?

– Elle est là.

Je me retournai et suivis son regard ahuri, rempli d'admiration. Bianca de Woody venait d'arriver au Keggers avec Assistant Hector.

– Qu'est-ce qu'elle fout avec Hector ? Je croyais qu'elle sortait avec le super bronzé, super musclé, homuncule Pete Huculak.

– Ils ont reçu un appel anonyme : un des fans de Bianca vient de sortir de l'hôpital psychiatrique et se dirigerait vers New York dans l'automobile de sa grand-mère. Hector escorte la blonde de son boss quand Pete n'est pas disponible. Kerwin va être fou.

– Et Reb. Ils réclament tous les deux des gardes du corps. Tu vas me dire, mieux vaut garder le corps de Bianca. Oh, mon cœur, elle vient vers nous.

Bianca le rendait encore plus nerveux que le sniper. Il avait même légèrement rougi, chose qui n'arrivait jamais à Dillon, le vieux débauché cynique et blasé.

– Salut, Robin, Dillon, nous lança Bianca.

– Salut, Robin, me dit Hector.

Chaque fois qu'il me voyait, il avalait sa salive et sa pomme d'Adam protubérante montait et descendait dans son cou comme un ascenseur Otis. Je devais lui faire le même effet que Bianca à Dillon. Je souris poliment.

– Bianca, tu es ravissante ce soir, s'exclama Dillon.

– Merci, tu es gentil.

Ils poursuivirent leur chemin sans s'arrêter auprès de nous. D'une démarche experte, Bianca se faufilait dans la foule, accueillant les compliments et dispensant des « merci » sans ralentir.

Ils allèrent rejoindre Dave Kona et une bande de jeunes reporters à une table près du juke-box. Je me tournai vers Dillon.

– C'est bon, tu peux refermer cette bouche de merlan frit maintenant.

– Cette bouche… Cette bouche vaut bien trois points d'audience. Je vais aller lui demander si elle ne voudrait pas sortir avec moi un de ces soirs.

Devant mon regard sceptique, il ajouta :

– Quoi ? Je suis sûr que j'ai mes chances. Elle est bien sortie avec Kerwin. Elle peut pas avoir des goûts trop raffinés.

– Elle est sortie avec Kerwin ? Elle a bien plus mauvais goût que moi.

– Voilà ce que j'aime, une belle femme qui a mauvais goût en matière d'hommes.

– Fais gaffe, Dillon. Elle est prise.

– Qui ne tente rien n'a rien.

Et il partit sur les traces de sa proie. Un homme de bientôt soixante ans que la chasse excitait toujours autant. J'avais le pressentiment que Dillon allait mourir à un âge avancé en plein milieu d'une liaison clandestine. Comme ce président français. Comme Kanengiser. Peut-être.

Je ne restai pas longtemps seule. Louis Levin vint s'installer à ma table et me rapporter la rumeur que Bianca allait remplacer Madri et que Türk Hammermill, un gars des Sports insupportablement chiant, restait à Pékin pour les Amity Games. Puis Claire arriva. Louis fit encore un peu sa langue de pute et s'en alla, dans son fauteuil roulant, colporter ailleurs les dernier potins.

– Bisou bisou, me salua Claire.

– Bisou bisou.

Comme d'habitude, Claire était superbe. Pas étonnant, pour une femme qui s'était payé ses études universitaires en faisant des défilés de mode. Une année de journalisme lui avait donné un air plus mûr, sans parler de sa nouvelle coupe courte, très femme télé.

– Excuse-moi, je suis en retard. Je suis arrivée hier, je n'ai pas arrêté de courir.

Je levai la main pour appeler la serveuse mais la rabaissai quand Claire me dit :

– Rien pour moi. Je ne pourrai pas rester longtemps. La réunion a duré plus que prévu et j'ai rendez-vous avec Tassy au Tabac. Au fait, je suis allée au Kafka hier soir.

– Ah ouais ?

– Ouais. Ils m'ont dit que c'était dommage que je ne sois pas venue la semaine dernière. Je ne vois pas trop de quoi ils voulaient parler. J'étais à Washington la semaine dernière.

– Euh… oh.

Je me sers parfois du nom de Claire pour réserver dans les grands restaurants. Car Claire est connue à New York. Moi pas. Je réserve une table pour trois et je me fais installer en disant qu'elle va arriver. Au bout de dix minutes, je vais téléphoner, je reviens et je dis que Claire a été appelée d'urgence pour un reportage de dernière minute et qu'elle ne pourra pas venir. C'est l'avantage d'avoir des amis connus. J'ai beaucoup d'amis ou d'anciens amis qui sont devenus riches et célèbres : Joanne Armoire, mon ex-mari Burke et Claire, pour n'en citer que quelques-uns. Moi par contre, je ne souffre pas du succès. Je ne suis qu'un porteur sain.

– Désolée. Je ne fais ça qu'en dernier recours. Alors, qu'est-ce qui s'est dit à ces réunions ?

– Ils ont fait des commentaires très pertinents sur mes reportages, flatteurs dans l'ensemble. Il n'y a que ce conseiller en image qu'ils ont fait venir qui m'a suggéré de changer de nom de famille. Quelque chose de plus facile à prononcer et qui sonne « plus clean ». J'ai refusé. Il m'a proposé de ne modifier que l'orthographe, de l'écrire phonétiquement, T-i-b-a-d-o.

– Et quand t'as eu fini de te marrer comme une baleine, qu'est-ce que tu lui as répondu ?

– J'ai dit non, tout simplement. Je connais des gens qui ont changé de nom pour la télé. Mais qu'ils ne comptent pas sur moi. D'abord, au lieu de débiliser mon nom, pourquoi on ne demanderait pas aux télé-spectateurs d'être plus intelligents ?

– C'est vrai, pourquoi ? Alors, c'est presque sûr maintenant, la place à Washington ?

– Ils vont l'annoncer officiellement d'un jour à l'autre, confirma-t-elle, haletante. J'ai hâte. De toute façon, les contrats sont signés. Je commence à être tout excitée par le déménagement…

Étant une bonne copine, je la laissai continuer à m'expliquer à quel point tout marchait comme sur des roulettes dans sa vie, à quel point elle avait réussi à Washington. Son amoureux vivait là-bas et elle était tellement certaine d'avoir le job qu'elle et le beau Jess avaient déjà cherché un appartement.

Je souriais en l'écoutant décrire le fabuleux appartement qu'elle avait trouvé à Adams-Morgan, dans une maison de ville rénovée construite à l'époque du président McKinley. Mon sourire s'élargit encore quand elle évoqua la terrasse et les deux cheminées. J'étais entraînée à ce sourire maintenant, le sourire qui répond au sourire d'un ami à qui sourit la fortune. Je l'avais déjà pratiqué avec Joanne Armoire quand elle me parlait de l'appartement qu'elle briguait, sur l'île Saint-Louis, en plein cœur de Paris.

En un an et demi, Claire était passée du rang de producteur aux Envoyés Spéciaux à celui de reporter assigné aux actualités générales, puis à celui de correspondant aux Nations Unies. À présent, elle avait décroché un poste à Washington, et de là... qui sait? Claire ne cachait pas qu'elle voulait être correspondante à l'étranger et voyager dans le monde. J'étais heureuse pour elle, sincèrement. C'était une bonne journaliste, elle avait travaillé dur et elle le méritait plus que toute autre et blablabla.

Plus dur à avaler, c'est que moi aussi, j'aurais pu avoir un job à Washington. Parfaitement, on m'avait donné ma chance. Mais j'avais tout foutu en l'air en rotant bruyamment en face du vice-président. Le premier d'une longue série de désastres. Si je pouvais retourner en arrière... D'abord, je n'irais pas déjeuner dans un restaurant mexicain. Ensuite, au lieu de rester bêtement assise, morte de honte, je trouverais un truc marrant à dire, histoire de ressortir triomphante de l'humiliation.

– Et toi ? me demanda-t-elle après m'avoir fait partager sa joie pendant quinze minutes. Comment tu vas ?

– Je t'ai dit pour le meurtre du vingt-septième ?

– Ouais.

À mon tour, je vidai mon sac : comment Jerry abusait de ma gentillesse, comme il était difficile de positiver devant une femme qui donnait la fessée à un homme adulte qui se prenait pour un chien, ma tante Maureen à New York et l'avertissement de McGravy : *à quelque chose malheur est bon*. Vous avez remarqué que les gens s'en foutent de vos problèmes ? Claire m'écoutait à peine. Elle préférait se sourire à elle-même dans le miroir derrière notre table.

(J'ai cru pendant longtemps que c'était de la pure vanité, alors qu'en fait il s'agit de quelque chose de plus profond. Sa mère m'a déjà raconté que lorsque Claire avait trois ans, elle était un jour revenue du jardin d'enfants en pleurant. Des gosses de Blancs l'avaient traitée de moche, à cause de sa peau mate. Maman Thibodeaux avait amené Claire devant la glace et lui avait dit : « Regarde-toi, tu es très belle. » Elle avait appris à Claire à s'adresser des compliments sur sa silhouette, la couleur de sa peau, ses yeux, son âme, son esprit. C'était ce qui donnait à Claire la force de se fier à son propre jugement et non à celui des autres.)

– Tu sais, je suis allée le voir une fois, ce Kanengiser ; il m'a fait froid dans le dos. Je n'y suis plus jamais retournée.

– Toi aussi, tu es allée chez lui ? Hé, rends-moi un service.

– Oui.

– Quand tu rentres ce soir, regarde tes derniers relevés de mutuelle et appelle-moi pour me dire combien de fois il a facturé ses consultations.

Elle haussa les épaules.

– O.K., si tu veux. Je suis désolée que tu traverses une mauvaise passe, Robin. Ça va peut-être bientôt s'arranger. J'ai appris que Jerry avait postulé pour le poste de chef de l'agence de Berlin.

– D'où tu tiens ça ?

– C'est lui qui me l'a dit. Tu serais débarrassée de lui.

– Il l'aura pas. Mais merci d'avoir essayé de me remonter le moral.

Un vent d'internationalisme soufflait sur les quartiers généraux. Joanne Armoire avait passé de plus en plus de temps à l'étranger avant de se voir offrir une place définitive à Paris. Christine Muke avait été mutée à Tel-Aviv. Eric était producteur de terrain à Moscou. Türk Hammermill était à Pékin, et maintenant, Jerry essayait de prendre en marche le train de la mondialisation.

Bien que la compagnie ait accepté qu'il remplace pendant six semaines le chef de l'agence de Berlin, son rêve d'exercer cette fonction à plein temps me semblait assez « donquichottesque ». Il y avait peu de chances pour qu'ANN laisse partir l'une des plus grosses vaches à lait à un poste de prestige en Europe. Jerry était néanmoins persuadé qu'il avait le profil de l'emploi. Dans ce but, il suivait des cours d'allemand chez Berlitz et pratiquait tous les jours avec nous. À l'entendre, vous auriez cru qu'il réclamait d'urgence une manœuvre de Heimlich.

Je vivais parfois des après-midi horribles. Tamayo, en proie à une crise de manque de nicotine, jurait en japonais dans son bureau. Jerry répétait ses leçons d'allemand à haute voix dans le sien et moi, j'étais là, coincée entre les puissances de l'Axe.

Comment voulez-vous avoir une Attitude Mentale Positive, avec ça ?

La soudaine apparition de Reb Ryan au Keggers n'arrangeait rien. Juste devant la porte, il se tenait entre Franco et Kerwin Schultz, qui venait traîner au bar tous les soirs, sitôt son émission terminée. Concrètement, il me faudrait, pour partir, passer devant Reb. Il y avait bien une autre sortie – la sortie des employés, au fond de la cuisine –, mais je l'avais déjà trop souvent empruntée et le patron du Keggers m'avait instamment priée de m'en abstenir.

J'avais l'impression que Reb me regardait, mais comme il portait des lunettes noires, je ne pouvais pas en être sûre. Après avoir bu une bière, il se mit à les enlever et à les remettre compulsivement, à intervalles réguliers de cinq minutes.

– Pourquoi il fait ça ? me demanda Claire.

– J'en sais rien. Et puis, il arrête pas de fredonner. C'est vraiment emmerdant. À mon avis, ce type est au bord de la dépression nerveuse.

– Il voudrait repartir à l'étranger mais ANN refuse. Ils ne savent pas quoi faire de lui. Enfin, c'est ce que j'ai entendu dire. Bon, il faut que j'y aille si je veux passer chez moi prendre une douche avant d'aller dîner.

Il fallait aussi que je parte chercher Louise Bryant au bureau de son agent, Dinah. Mais d'abord, il y avait la note à régler. Claire me fit la bise et quitta le Keggers sans moi. Comme je ne voulais pas passer devant Reb toute seule et qu'heureusement un Dillon éconduit s'en allait aussi, je partis avec lui. Quand nous approchâmes de Reb, je fis semblant d'être très absorbée par ce que disait Dillon et le pris par le bras, d'un geste extra-amical.

C'est alors que la bagarre éclata.

10

Les récits des témoins oculaires divergent quant à la suite des événements. Franco, qui était assis à côté de Dillon, était sûr que Dillon avait dévisagé Reb, puis donné un coup de coude dans sa chope de bière, qui s'était écrasée par terre. Kerwin Schultz pensait que Reb avait cogné le coude de Dillon avec sa chope de bière.

Moi, je n'avais rien vu, à part la bière voler et Reb se projeter dans l'espace, tel un missile.

– C'est ça ! hurla-t-il en sautant à bas de son tabouret et en balançant son poing en direction de Dillon, bien plus grand que lui, qui pencha la tête pour esquiver le coup.

Le poing de Reb s'abattit sur mon front. Je tournoyai sur moi-même, vacillai et me rattrapai à une chaise. Kerwin saisit Reb par les bras et essaya de le retenir.

– Tu as frappé une femme, lui dit-il, contrôle-toi.

Ses efforts pour ramener la paix lui valurent un coup de coude dans les reins. Reb se dégagea et se détourna de Dillon pour s'en prendre à Kerwin.

Un attroupement s'était formé. Des cris fusaient de toute part. Mickey, le barman, gueulait :

– Foutez-les dehors, bon sang !

Franco :

– Arrêtez !

Mais les voix dominantes hurlaient :

– De la bagarre !

Dillon s'écarta du champ de bataille et me dit :
– On s'en va d'ici.

Nous tentâmes une sortie, mais la foule était trop compacte. Le « machismomètre » grimpait à toute allure, les esprits s'échauffaient. Une puissante odeur de mâle avait envahi la salle, transpiration et bière mêlées à des effluves résiduels de cigare, qui persistaient bien que le Keggers ait interdit depuis deux ans de fumer le cigare. Une odeur entêtante, qui m'étourdit. J'étais clouée au sol.

Reb et Kerwin se tournaient autour. Kerwin bondissait maladroitement de tous côtés, tel Ratso Rizzo[17]. Il tenta un faible direct, manqua son adversaire et recula promptement. Ils continuèrent à décrire des cercles l'un autour de l'autre.

Derrière moi, Louis Levin et quelques rédacteurs commentaient à la manière des présentateurs sportifs : « En direct du combat pour la Ceinture de Merde, les lauréats des Emmys, les titans de la télévision. » « Un combat que Jack Jackson ne manquera pas de diffuser, qui résoudrait tous nos problèmes d'audience pour le créneau de vingt et une heures. » Certains pariaient : « Vingt dollars que Reb va l'assommer. »

Reb simula un direct du gauche et envoya comme une brute sa droite dans la mâchoire de Kerwin. Hébété, celui-ci chancela et sa main partit claquer en pleine poire d'un caméraman des Sports. Kerwin et le caméraman échangèrent quelques coups. Reb, se sentant exclu, cherchait quelqu'un d'autre à provoquer. Son regard s'arrêta sur Franco, qui essayait de calmer le jeu.

– Toi, le garde de la sécurité, tu déconnes pas avec moi, lui lança Reb, méprisant, en levant le poing.

---

17 Le personnage de Dustin Hoffman dans *Macadam Cowboy*.

Franco était un gros balaise, plus jeune, plus fort et plus grand que le courtaud Ryan. Franco aurait pu écrabouiller le napoléonien Reb Ryan entre son pouce et son index.

Reb cherchait à exciter Franco ; Kerwin et le caméraman se bastonnaient furieusement. Autour de nous, tout le monde se poussait et se bousculait. Énervées, en proie à un sentiment d'insécurité, frustrées, la moitié des personnes présentes dans la salle étaient sans doute aussi en manque de nicotine. Avec tous ces gens tendus qui laissaient libre cours à leurs émotions, la situation risquait fort de dégénérer en bagarre générale, avec les bouteilles qui volent et tout et tout.

C'est à ce moment qu'arriva Barney Fife, le sauveur. Brandissant son arme au-dessus de sa tête, Hector se fraya un passage jusqu'au ring pour apporter son soutien à Franco qui essuyait stoïquement les insultes de Reb.

– Je n'aurai pas peur de m'en servir, mugit Hector.

La bagarre cessa aussitôt et le bar retomba dans le silence. Franco sortit son pistolet.

– Vous vous comportez comme des gamins, dit Hector. Maintenant, retournez à vos places. Et dorénavant, tenez-vous à carreau. Reb, Kerwin, je crois que Pete a deux mots à vous dire.

– Il faut que j'enregistre la bande-annonce du matin dans une demi-heure, protesta Reb.

– Ça nous laisse tout le temps, répliqua Hector.

Dingue, l'autorité qu'avait Hector avec un flingue à la main, et comme il savait s'y prendre pour la déléguer.

– Franco, tu les emmènes chez Pete.

Hector, après tout, devait s'assurer que Bianca rentre à bon port.

La foule commençait à se disperser, déçue qu'il n'y ait pas eu de sang ni de blessés. À part moi. Une petite bosse était apparue sur mon front et la peau s'était déchirée. Rien de bien grave. Après avoir stérilisé la plaie avec de la vodka, le patron me donna un sparadrap. Je quittai le bar avec Dillon. Nous prîmes chacun un taxi.

Où donc avais-je la tête quand j'étais sortie avec Reb ? Reb Ryan illustrait parfaitement mon problème : une tendance soutenue à magnifier les qualités humaines des hommes que j'admirais professionnellement. Je confonds l'homme et son œuvre. Reb était une figure de bravoure. Pendant la guerre du Viêt-nam, il avait été agent des services secrets de l'armée américaine. Capturé par les Vietcongs, il avait réussi à s'échapper d'un camp de prisonniers, ce qui lui avait valu une ribambelle de médailles. De retour à la vie civile, il avait mis ses compétences d'enquête au service du journalisme. Une tonne de récompenses lui avaient été décernées pour ses reportages de guerre. Reb avait été l'un de mes héros.

Mais il avait monstrueusement abusé de son autorité. C'était lui qui avait choisi le restaurant, le Madras Jewel, lui qui avait insisté pour commander nos deux repas au serveur – dans un tamoul parfait, avec une telle prétention que j'avais failli en vomir. J'avais eu beau l'implorer, il avait refusé de me dire ce qu'il avait commandé. Il s'avéra que c'était un cari de calmars, de calmars entiers.

Je ne suis pas un grand amateur de calmars. Les petits anneaux caoutchouteux ne me dérangent pas, mais j'ai toujours peur que les tentacules adhèrent à mon gros intestin. Je ne suis pas non plus une inconditionnelle du cari et du piment. En fait, ça ne m'étonnerait pas que le cari de calmars soit le plat qu'on vous serve en Enfer. Je m'étais vue condamnée pour l'éternité à manger en face d'un crétin pompeux comme Reb Ryan qui enlève et remet ses lunettes noires toutes les cinq minutes et vous énumère toutes les belles femmes avec qui il a couché et tous les hommes d'État qui ont essayé de le tuer.

Je ne l'avais pas embrassé.

Pendant que les mâles d'ANN se frittaient au Keggers, Louise Bryant s'était frittée avec un Teamster. D'après son agent, Dinah, c'était Louise qui l'avait agressé.

– Il ne l'a même pas provoquée, me relata Dinah. Elle lui a lacéré le mollet alors qu'il ne faisait que passer.

Dinah me garda une heure dans son bureau, à me réprimander parce que Louise n'avait pas été sage. Elle me suggéra diverses solutions pour lui faire changer de comportement.

– Pouvons-nous la droguer ? Pouvons-nous lui couper les griffes ? me demanda-t-elle.

– Non et non.

Le mauvais caractère et les griffes de Louise m'avaient sauvé la vie autrefois, indirectement, et c'était justement pour cette raison que ce putain de fabricant de bouffe pour chats l'avait engagée pour sa campagne des chats héros. Louise était très populaire. On avait parlé d'elle dans le magazine *People* et dans plusieurs émissions télévisées. Elle avait des hordes de fans. Ils ne pouvaient pas la virer. Sur leur plateau, Louise valait un gorille de quatre cents kilos.

– Attitude Mentale Positive, sermonnai-je Louise quand nous arrivâmes à la Dixième Rue Est.

J'avais songé à lui faire prendre une retraite anticipée, mais comme ma situation professionnelle était plutôt instable, mieux valait peut-être pour l'instant ne pas interférer dans sa carrière, au cas où la mienne prendrait une fois de plus un mauvais tournant. Ce ne serait pas trop minable, quand même, de vivre sur le dos d'un stupide animal ?

– Attends encore deux ou trois semaines, que je voie ce qu'il va advenir de moi.

J'ouvris la porte blindée de mon immeuble. Là, devant les boîtes aux lettres, se tenait ma voisine du dessous, Mme Ramirez, emmitouflée dans une robe de chambre en ce qui me semblait être de la peau d'ours en peluche. Dans la lueur jaune de la veilleuse, ses cheveux, normalement bleus, paraissaient teintés de vert. À ses pieds, son irritant chihuahua aux yeux écarquillés, Señor, montrait ses dents de rat et émettait des petits grognements de roquet.

Je relevai mon courrier, en lui tournant le dos et en tâchant de l'ignorer, en sifflotant, dans l'espoir qu'elle m'épargne ses coups de canne ou d'éclat. Effort ridiculement futile. Derrière moi, j'entendais le martèlement sourd de sa canne sur le sol.

Ma tactique : commencer par tenter d'être gentille avec Mme Ramirez. Je me retournai :

– Bonsoir, madame Ramirez. Vous êtes bien coiffée ce soir. Vous êtes allée vous faire refaire le chignon, aujourd'hui ?

– Le criminel et la pute travestie vous ont trouvée ? glapit-elle.

Les piles de son sonotone devaient être un peu faibles. Mme Ramirez crie toujours quand ses piles sont usées. Et généralement, elle monte le volume au maximum, pour entendre ce qui passe chez moi.

– Quel criminel ? Quel travesti ? m'enquis-je d'une voix douce.

Mme Ramirez s'imagine que je gère pendant mon temps libre un cercle de travelos call-girls. Pour elle, toutes les jeunes femmes ou tous les androgynes qui mettent les pieds dans l'immeuble sont des call-girls qui viennent me rendre visite.

– Ils sont venus vous voir, ce soir. L'un après l'autre.

– Voir Sally, la corrigeai-je.

Sally, la sorcière, organisait dans son appartement des séances de lecture sur la parapsychologie. Ses activités attiraient pas mal de gens de milieux un peu louches. Sa clientèle de base se composait pour une grande part de rockers à collier de chien et de leurs copines stripteaseuses.

– Cette femme m'a jeté un sort, siffla Mme Ramirez d'un ton accusateur, comme si j'y étais pour quelque chose.

Elle leva soudain sa canne. Instinctivement, je portai la main à mon front pour protéger la bosse bandée.

– Touchez-moi, la prévins-je, et c'est moi qui vous jette un sort.

C'est à cet instant précis que le mystérieux et démentiellement beau guitariste qui habitait au-dessus de chez moi fit son apparition dans le couloir. Pendant un instant suspendu hors du temps, nos regards se rencontrèrent. Puis il franchit la porte et le charme se rompit. Le guitariste avait emménagé deux semaines auparavant, après le décès de M. Rybynski. Comme il n'y avait pas son nom sur la boîte et que le concierge était à l'hôpital, j'ignorais comment il s'appelait. J'aurais pu me renseigner auprès du mystérieux inconnu lui-même, mais nous ne nous étions encore jamais adressé la parole. À peu près tout ce que je savais, c'était qu'il jouait de la guitare, qu'il mesurait environ un mètre quatre-vingts, qu'il devait avoir dans la quarantaine et qu'il était très beau. Un genre de beauté excentrique, un peu angoissante. De longs cheveux bruns, des yeux marron intenses et des traits anguleux marqués.

Et je savais qu'il me plaisait.

C'était ce fabuleux regard que nous avions échangé qui me donnait la certitude qu'il me plaisait. Un regard intense. Mais vraiment intense. Comme souffle de vent glacial sur la lande. Je dus me retenir pour ne pas le suivre des yeux. Un jour, je m'étais surprise à prononcer silencieusement, involontairement, le mot «bonjour». Exactement au même moment, il avait silencieusement prononcé le même mot.

Électrifiant. Pourtant, en dépit de la réputation que j'avais de parler sans réfléchir, je ne parvenais pas à me résoudre à engager la conversation. Peut-être à cause des signaux lumineux rouges et des sonneries d'alarme qui se déclenchaient au fond de mon cerveau. Peut-être parce que j'étais sûre de l'avoir déjà vu quelque part, dans des circonstances désagréables, et tant que je ne me serais pas rappelé où et quand, je ne tenais pas à faire connaissance.

À peine eut-il disparu que je me rendis compte qu'il m'avait probablement entendue me quereller avec Mme Ramirez à propos de putes et de sorts. Quelle image flatteuse se ferait-il de moi d'après ce bref échange? Sans parler de mon front pansé et de ma dégaine échevelée.

– Je les ai vus, les criminels et les travestis qui viennent tous les soirs, poursuivit Mme Ramirez. Et votre tante aussi les a vus.

– Ma tante?

– Votre tante Maureen. Une femme si bien. Dommage que vous n'ayez pas plus de son sang.

– Ma tante est venue ici?

Mme Ramirez et tante Mo. Quelle désolante association. Un peu la rencontre de la matière et de l'antimatière. Comme je l'ai déjà mentionné, Mme Ramirez me prend, à tort, pour la Pute de Babylone; elle se figure que mon appartement est un nid de pervers se vautrant dans des fluides corporels malsains. Et elle s'acharne à raconter à tout le monde qu'elle est obligée de subir mon mode de vie amoral.

Et tante Mo s'acharne à croire tout ce qu'on lui raconte à mon sujet.

J'étais doublement menacée par des vieilles femmes diaboliques. Deux de plus et c'était l'apocalypse.

À l'approche de l'heure du dîner, Louise Bryant, dans son panier, commençait à manifester son mécontentement. Je l'accusais souvent de laisser le succès lui monter à la tête mais, en vérité, Louise Bryant a toujours été arrogante et aristocratique, mi-pugiliste, mi-princesse, ce que j'admire chez un chat de gouttière. Señor gronda dans sa direction et tira sur sa laisse. J'envisageai un instant d'ouvrir le panier. Louise se sentirait sûrement à la hauteur de ce spermophile anorexique. Elle lui foutrait une branlée. Mais Señor avait de son côté une vieille qui détestait les chats, armée d'une canne-bouclier. Non, le combat ne serait pas équitable.

– Excusez-nous, lui dis-je aussi poliment que possible, en essayant de passer derrière elle avant qu'elle me bloque le chemin avec sa canne. La vieille était tenace. Il me fallut ruser pour m'esquiver sans avoir recours à l'autodéfense et à la violence.

Attention, que les choses soient claires. J'ai une politique assez stricte: je ne casse pas la gueule des petites mémés. Par contre, depuis dix ans que nous étions voisines, je m'étais ramassé quelques coups de sa grosse canne en chêne. J'avais des points de suture pour le prouver. Un de ces jours, je le craignais, elle allait me fendre le crâne et, alors, je serais obligée de lui éclater la gueule.

Un de ces jours… Aujourd'hui, si ça se trouve, pensai-je.

Il ne me restait qu'une solution, un truc que j'ai appris quand je suis arrivée à New York, encore innocente, certaine que les mauvais garçons chercheraient à profiter de ma naïveté. Les hommes essayaient toujours de m'attirer dans des plans louches, les maquereaux de me recruter.

J'avais appris à crier. Dès que je sentais qu'un homme représentait une menace, à la seconde même où je m'en rendais compte, je me retournais, le regardais et me mettais sans préavis à brailler comme un démon tout droit sorti de l'Enfer : « Aaaaaagh ! Aaaaaaagh ! Aaaaaaagh ! » Le type était mort de trouille. Plus tard, j'avais affiné ma technique : je regardais derrière lui et je hurlais. Le gars se retournait et je me barrais en courant. Une variante d'un vieux gag de Bob Hope.

Je regardai au-delà de Mme Ramirez et criai. Pas manqué, elle se retourna pour voir ce qui se passait derrière elle. J'en profitai pour décamper par les escaliers, gravissant les marches quatre à quatre, Louise Bryant rebondissant et protestant bruyamment dans son panier, jusqu'à ce que je me sente hors d'atteinte de la vieille chauve-souris.

Ça m'avait épuisée mais, ah ! ce cri m'avait fait du bien.

– On doit sûrement pouvoir se faire moins chier que ça, dans la vie, affirmai-je à Louise.

Je devrais déménager dans un quartier plus tranquille, pensai-je. Je devrais rentrer dans le moule.

Devant la porte de mon appartement, tante Mo avait déposé un panier et un mot. Le mot disait: «Hais le péché, aime le pécheur.» À sa façon, tante Mo voulait me faire comprendre qu'elle s'inquiétait pour moi. Le panier contenait des objets fabriqués par les sociétés appartenant au télévangéliste chrétien et roi du rachat d'entreprises, Paul Mangecet. Tante Mo s'était ralliée aux forces de Paul Mangecet quand elle avait eu vent de sa tentative – annoncée à grand renfort de publicité – de reprise d'ANN. Encore une trahison de sa part, qu'elle considérait cependant comme un moyen de me sauver.

La ferveur religieuse de tante Mo, qui atteignait déjà des sommets, avait connu un regain de foi quand elle était devenue VRP au service de la société Paul Mangecet Inc. qui vendait des produits amincissants, une gamme de cocktails protéinés, des compléments vitaminés, des prières et une vidéo pour faire de l'exercice, commercialisée sous le nom *Perdez du poids avec Jésus*, ou PPJ.

Perdez du poids avec Jésus. Ce titre évoquait dans mon esprit toutes sortes d'images blasphématoires: Jésus en tenue léopard en train de lever les jambes et de gonfler les pectoraux sur une cassette vidéo. J'sais pas. Je pensais que Jésus vous aimait même si vous étiez obèse. Et qu'il n'aurait probablement pas apprécié qu'on utilise son nom pour vendre de porte en porte des produits amincissants douteux qui rapportaient 16,6 millions de dollars par an. Mais tante Mo avait amassé une petite fortune avec PPJ, ce qui l'avait confortée dans ses vieilles croyances: Dieu était à ses côtés. Quand on y gagne, peut-on encore douter?

Je savais qu'avec ce paquet de produits amincissants, tante Mo me tendait le calumet de la paix, mais je trouvais ça terriblement insultant. Une preuve supplémentaire que tante Mo ne capterait jamais qui je suis et que ce n'était même pas la peine d'essayer de lui faire comprendre.

Comme j'attendais l'appel de Claire, j'enfournai précipitamment mon souper et les restes de Louise au micro-ondes et m'empressai d'aller écouter le répondeur. Il y avait un message, je présumais, d'Howard Gollis.

– La dernière fois que je t'ai appelée, j'ai oublié de te demander : tu as aimé le concert des alarmes de voitures l'autre nuit ?

C'était la voix de Ronald Reagan.

– Quel connard, dis-je à Louise.

Le message suivant était de tante Mo. Ça ne lui suffisait pas d'être venue chez moi, il fallait encore qu'elle me téléphone. Ne pouvant supporter de l'écouter, je passai en avance rapide sur son message.

Elle avait occupé presque toute la bande du répondeur. Le dernier interlocuteur, un homme, avait été coupé :

– Je sais quelque chose mais je n'ai pas pu vous le dire quand nous nous sommes vus. Je…

La bande s'arrêta et se rembobina.

Je ne reconnaissais pas la voix. Nom de Dieu, je ne pouvais qu'espérer que, qui ce soit, il rappellerait. À moins que ce ne soit Howard. Auquel cas, je l'en dispensais.

La sonnette du micro-ondes retentit.

J'avais programmé mon magnétoscope pour enregistrer *Backstreet Affair*, que je regardai en mangeant. Mauvaise idée : je faillis m'étouffer avec mes cannellonis dès le début du premier reportage. Cette fois, il ne s'agissait plus de Kanengiser, mais du député Dreyer, plus spécifiquement de la façon dont il s'était fait prendre dans son nid d'amour de l'Upper East Side avec sa distinguée secrétaire. *Backstreet Affair* avait tourné des images compromettantes du couple, prises grâce à des objectifs longue portée et des rideaux transparents. On distinguait même que Dreyer portait un boxer avec des petits éléphants gris.

Ouah. Et dire que je n'avais trouvé à son sujet que des éléments en sa faveur. Tu parles d'un homme droit… Bien, je n'avais plus qu'à remettre en question mon propre jugement. Jerry avait peut-être raison. Peut-être que j'étais devenue trop gentille pour mon métier.

Comment était-ce possible ? Je simulais la bonne attitude, les dehors positifs. Je veux dire, j'essayais, j'essayais vraiment d'être sincèrement optimiste. Mais comme ça ne me venait pas naturellement, j'étais obligée de me forcer. Est-ce que je le faisais maintenant sans m'en rendre compte ?

Claire appela pendant que je regardais l'émission.

– Je sais que tu es là. Décroche, dit-elle au répondeur.

Ce que je fis.

– J'ai du nouveau pour toi. Bianca vient de me téléphoner. Tu sais quoi ?

– Les présentateurs se sont battus au Keggers.

– Ah, ouais, je sais. Mais j'ai autre chose à te dire. On a tiré sur Dillon Flinder.

– Non ! Quand ? Où ?

– Ça vient d'arriver, disons, il y a moins d'une demi-heure. En rentrant du Keggers, il est sorti promener son chien. Ça s'est passé à ce moment-là.

– Tu déconnes ! Il n'est pas blessé ?

– Non, mais bien secoué. Les flics sont en train de chercher la balle. C'est arrivé sur la promenade de l'East River. Il se peut que la balle soit tombée dans l'eau.

– Alors, il y a peut-être bien un sniper. Dillon n'a pas pu inventer.

– Non. Je propose de faire des paris. Qui sera la prochaine cible du sniper ? Moi, je dis Sawyer Lash.

– Pour moi, tu écris Dave Kona… Non.

Je me rattrapai. Ça ne se fait pas de souhaiter du mal à ses ennemis.

– J'ai rien dit. Je suis censée avoir une bonne attitude.

– J'aime moins ta bonne attitude que ton bon vieux mauvais caractère.

– Merci pour ton soutien. Au fait, tu as regardé pour la mutuelle ?…

– Ah oui. Tu as raison. J'ai été facturée deux fois. Ça veut dire quoi ? Escroquerie ?

– Ça se peut… dans un premier temps.

Et après, qu'est-ce que ça signifiait ? Que Kanengiser avait besoin d'argent ? Avec deux ex-femmes, peut-être. Ou bien qu'il se droguait ? Qu'il avait des dettes de jeu ? Peut-être qu'on le faisait chanter.

– C'est peut-être un accident, un problème technique dans son ordinateur.

– Ouais. Je verrai demain.

– Ça fait peur ce sniper, hein ? Enfin, au moins, il ne tire pas sur les femmes.

Après avoir raccroché, j'appelai Dillon pour lui exprimer ma compassion, laissai un message réconfortant sur son répondeur, vérifiai que je ne présentais pas de symptômes de fasciite nécrosante, mis un bloc de glace sur ma bosse et allai me coucher. Un long moment, je restai éveillée, à lire la Desiderata placardée au plafond, à essayer de croire en ses paroles zen : comme tout se passe dans l'univers selon ses règles propres... Après la journée que je venais de vivre, j'avais du mal à me faire croire à toutes ces inepties. Sur un plan cosmique, quelle place revient à un sniper ?

Ou à cette bosse sur mon front ? Peut-être était-ce une sorte de justice supérieure. Sans doute la méritais-je pour avoir manqué sur toute la ligne de discernement avec Reb ? En fait, j'étais sûre que Reb avait poussé sa bière dans le coude de Dillon pour provoquer cet incident et lui régler son compte, parce que nous avions l'air si intimes.

J'aurais dû affronter Reb, être honnête, lui dire que je ne voulais pas ressortir avec lui, au lieu de me trouver des excuses ou de jouer à ces jeux puérils, comme l'éviter ou me réfugier derrière Dillon au Keggers. Est-ce que n'étais pas aussi minable que Kanengiser, dans une moindre mesure, incapable d'être franche et de prendre des risques ? Mais après tout ce que m'avait raconté Mike sur Reb, j'avais peur de lui parler, de dire quelque chose qui puisse le mettre en rogne.

Kanengiser aussi redoutait d'être honnête, réalisai-je. Je ne pouvais pas totalement le condamner. O.K., le discours qu'il avait prononcé à cette association n'était qu'un ramassis de conneries rétrogrades. Quant à ses mœurs légères, à son manque d'honnêteté... Il voulait baiser plein de femmes, mais les femmes ne cessaient en retour de lui demander un engagement et parce qu'il ne voulait pas les offenser, il leur faisait croire qu'il avait des sentiments à leur égard. Peut-être qu'il ne le leur faisait même pas croire. Peut-être qu'il se contentait juste de ne pas les en dissuader. Peut-être qu'il s'était fait tuer à cause de son manque d'honnêteté. Mais peut-être aussi qu'après avoir mené pendant des années cette vie éprouvante, il avait avoué à quelqu'un toute la vérité et s'était fait descendre pour ça. Les gens n'aiment pas plus l'honnêteté que la malhonnêteté.

Si Kanengiser était un exemple extrême, à ma façon, je connaissais bien ce genre de lâcheté. Quand j'avais été sincère avec Howard Gollis, il s'était mis à me harceler. J'appliquais la leçon que j'en avais retirée avec Reb, en ne le remballant pas franchement chaque fois qu'il me demandait de sortir avec lui, en ne faisant jamais de mouvements brusques, rien qui puisse l'alarmer ou le froisser.

J'essayais d'être gentille.

11

En raison d'un dysfonctionnement des sas à la *Star Trek* le lendemain matin, je restai coincée cinq très longues minutes entre deux portes, à attendre qu'Hector me libère. Quand il y parvint enfin et que je sortis du périmètre de sécurité, il m'emboîta le pas.

– Salut, Robin, m'apostropha-t-il nerveusement.

– Salut, Hector.

– Entre nous…

– Quoi ? Qu'est-ce qu'il y a entre nous ?

– Le docteur qui s'est fait assassiner ?

– Eh ben ?

– Il recevait plein de visites très tard le soir. On a reçu pas mal d'appels pour nous signaler du tapage dans son cabinet.

– Quel genre de tapage ?

– Tu sais, hm, ils faisaient, tu sais…

– Ils baisaient ?

– Ouais, acquiesça-t-il en baissant les yeux.

– Je te remercie, lui répondis-je pour lui faire plaisir.

Il baisait dans son bureau : tu parles d'une info, à côté de tous les trucs bien plus dégueulasses que j'avais appris sur Kanengiser…

– Est-ce que par hasard tu saurais qui le docteur se payait après le boulot ?

Il rougit. Ce n'est pas bien de jouer avec lui comme ça, pensai-je.

– Non, bredouilla-t-il. J'ai cru bon de te prévenir. Pete, Franco et moi, on est d'avis que c'est une de ses amies qui l'a buté.

– Et comme vous faites partie des forces de l'ordre, vous ne pouvez pas vous tromper. Merci, Hector. Merci de réduire les hypothèses. Ça nous laisse juste assez de suspects pour remplir le Yankee Stadium.

– Je voulais me rendre utile, marmonna-t-il en virant au cramoisi.

– Tu l'as été.

Ce garçon avait besoin d'une bonne partie de jambes en l'air. Incapable de prononcer le mot « baiser » devant une femme sans être frappé d'une embolie massive. Comme Bianca. Un langage codé.

Je fis une pause au département médical pour discuter avec quelqu'un qui n'avait pas un gros manche à balai dans le cul, en l'occurrence Dillon Flinder. Qui, après avoir frôlé la mort la nuit précédente, paraissait étrangement serein.

– Maintenant qu'on m'a tiré dessus, je suis tranquille, me dit-il. Jusqu'à présent, le sniper n'a encore jamais visé deux fois la même cible. C'est comme si mon nom était rayé de la liste.

– Tu l'as vu, le gars ?

– Je n'y ai vu que du feu, mon cœur. Ta bosse s'estompe. Je suis désolé.

– Tu n'y es pour rien, Dillon.

– J'allais juste descendre à la cafétéria me prendre un petit déca. Tu viens avec moi ?

– Je peux pas. Il faut que j'appelle la mutuelle et après, on part avec l'équipe interviewer une autre dominatrice. En fait, dis-je en regardant ma montre, je peux téléphoner de ton poste ?

– Je t'en prie.

Cyndi, de la mutuelle, venait juste de commencer à vérifier les notes d'honoraires de Kanengiser.

– J'te rappelle, tu verras bien quand, me rétorqua-t-elle quand je la bousculai un peu.

Putain ! Il y en a qui ont une de ces mauvaises attitudes !

Dernier arrêt avant de rejoindre l'équipe pour l'entrevue avec Mistress Lina : le Mur de la Démocratie. Rien de nouveau à propos de la restructuration. Une mise en garde contre le sniper, à la suite de l'agression de Dillon, le planning des réunions de la direction et quelques lettres de fans ou de téléspectateurs. En voici une dont je vous livre le contenu : « Chers libéraux cocos d'ANN, vous êtes des puants ! Vous êtes des puants ! Vous êtes des puants ! » Et ainsi de suite jusqu'à vingt-cinq « Vous êtes des puants ! », signés « Sincèrement, un Américain Fier ».

Normal, qui ne serait pas fier d'avoir pondu un tel texte ?

Au milieu de tout ça, une imitation d'affiche pour la retransmission sur une chaîne du groupe du Combat des Stars, représentant deux lutteurs grotesquement musclés, avec les têtes de Reb Ryan et de Kerwin Schultz.

Une Épreuve de force brute entre mÂles virils, annonçait le poster. Kerwin « la guerre, pas l'amour » Schultz contre Reb « ce n'Était pas de la biÈre que je buvais » Ryan.

L'œuvre de Louis Levin. Jamais je n'aurais dû lui répéter l'incident d'Haïti.

Mistress Lina, une dominatrice avec qui l'on pouvait prendre rendez-vous par téléphone, comptait dans sa clientèle bon nombre de médecins. Je la préférais à Anya, pour son sens de l'humour. Sur sa carte de visite était imprimé « Sans supplice, pas de bénéfice ». Elle nous dit encore qu'elle considérait son boulot comme un service rendu à la société parce que : « Vous savez combien il y a de personnes en ce bas monde qui ont désespérément besoin d'une bonne raclée ? »

Personnellement, je suis contre les raclées. N'empêche que c'était une bonne réponse.

Alors que Mistress Anya s'était montrée totalement insensible et froidement autoritaire, Mistress Lina était plus chaleureuse, plus réaliste et plus manipulatrice. Pour l'interview, elle avait troqué sa panoplie de dominatrice contre un ample cafetan à fleurs. Elle nous reçut dans sa cuisine, décorée dans des tons d'orange et de brun. Assise sous un chlorophytum suspendu au plafond, elle sirotait une infusion. Les feuilles de la plante verte tombaient si bas que leurs extrémités en forme d'araignée semblaient sortir de ses frisettes brunes. Lina avait elle aussi un esclave, un homme d'un certain âge, petit, avec une frange brune coupée à la moine et des lunettes, prénommé Harvey. Vêtu d'une chemise en flanelle rouge impeccablement repassée et soigneusement rentrée dans un pantalon marron, il allait et venait dans la maison à pas feutrés. Si Lina ne se sentait pas obligée de le faire parader en combinaison de cuir, tel un toutou en compétition à l'Exposition canine de Westminister, à la façon dont elle lui aboyait ses ordres et dont il obéissait sans broncher, elle ne laissait planer aucun doute quant à qui commandait.

– Apporte à Maman la liste des magasins de bondage, lui intima-t-elle en désignant du doigt le frigo.

La liste y était aimantée par un magnet en forme de biscuit au chocolat, à côté d'un avion dessiné par un enfant et d'une note pour lui rappeler une réunion de l'association des parents d'élèves du collège.

– Va chercher à Maman une autre tasse d'infusion et une cigarette.

Ce « Maman » était assez odieux, compte tenu qu'Harvey avait au moins dix ans de plus qu'elle.

– C'est le médecin dont on a parlé dans les journaux ? demanda-t-elle en aspirant la fumée de sa Benson & Hedges longue. Non, je ne l'ai jamais eu comme client et je ne me souviens pas de l'avoir vu dans les clubs. Qu'est-ce qui vous fait dire qu'il était branché BD ?

– Une pochette d'allumettes de chez Anya's.

Lina tressaillit légèrement.

– Vous la connaissez ?

– J'ai travaillé pour elle, répondit-elle sèchement.

– Et ?

– Je n'ai rien à ajouter à son sujet.

– Comment était-elle quand…

– Rien à ajouter. Ici, c'est moi le boss. Parlons plutôt de moi. Vous vouliez savoir comment j'en étais venue au sadomaso, non ?

Lina avait trouvé sa vocation tout à fait par hasard. Elle était autrefois femme au foyer dans le New Jersey : elle partageait sa voiture avec un groupe de personnes du quartier, faisait des barbecues, du macramé et se préoccupait sincèrement de savoir si Omo lavait plus blanc que Persil. Quand son mari était décédé, dans un accident de la route, elle s'était remise à fréquenter les hommes. C'était l'un de ses anciens amants qui l'avait initiée aux plaisirs de la douleur.

– Un soir, alors que nous étions en train de folâtrer, il m'a demandé : « Ça te choque si je te demande de me faire mal ? » Au début, oui, ça me dérangeait. Mais au bout d'un moment, j'ai commencé à y prendre goût. Avant, j'étais plutôt masochiste dans mes relations, émotionnellement. Ça complètement changé ma vie, ma façon de voir. Ça m'a donné de l'assurance, de l'autorité.

– Les masochistes deviennent souvent sadiques ?

– Certains sont de purs masochistes, d'autres de purs sadiques. Mais la plupart des gens alternent entre les deux. Moi-même, je suis sadique avec Harvey et mes clients, mais pas avec mes enfants. Je les gâte horriblement, pas vrai, Harv ?

Harvey rigola faiblement et hocha la tête.

– Je ne leur donne même jamais de fessée, précisa-t-elle en faisant tomber une longue cendre dans le cendrier en argile.

– Pourquoi ?

– Parce qu'ils sont petits et sans défense. Les types que je frappe sont des adultes consentants. Ça fait une différence de taille. Harvey, va chercher une autre cigarette à Maman.

Elle se retourna vers moi.

– J'essaie d'arrêter, c'est pour ça que je laisse les cigarettes au salon.

Mesure peu dissuasive quand on a un esclave prêt à faire la navette toutes les trois minutes.

– Je suis devenue pro, reprit Lina, quand un gars m'a offert de l'argent pour que je le fesse. C'est tellement facile. Regardez, on se fait bien plus de fric qu'en vendant des produits Avon. Je choisis mes horaires et je gagne suffisamment d'argent pour subvenir aux besoins de toute la famille.

– Vous avez des codes ?

– Poisson rouge et pomme.

– Ça fait combien de temps que vous êtes avec Harvey ?

– Deux ans. Deux ans, hein, Harv ?

Elle lui sourit. Il lui rendit son sourire et acquiesça.

Vous voulez que je vous dise ce qui me perturbait le plus ? C'est qu'ils avaient l'air heureux – plus heureux, même, que la plupart des couples que je connais. Elle aimait fesser, il aimait être fessé. Tout était pour le mieux dans le meilleur des mondes.

Nous étions sur le point de remballer, mais je ne pus m'empêcher de tenter une autre question sur Anya.

– S'il vous plaît, dites-moi quelque chose à propos d'Anya. Ça peut être important.

Elle envoya Harvey chercher une cigarette, qu'elle alluma avec le mégot de la précédente. Après avoir inhalé une grosse bouffée de fumée, elle répondit :

– Je ne veux pas dire ça devant les caméras. Je ne tiens pas à avoir un procès. Si on coupait ?

– O.K., on coupe.

Une interview non enregistrée, c'est comme un baiser à son frère.

– Mike, arrête tout.

– On ne peut pas faire confiance à Mistress Anya. J'ai travaillé pour elle. Cette femme est incapable de garder un esclave. Elle en a eu sept ou huit depuis la mort de son mari. Elle les appelle tous Werner.

– Elle est passée à Charles maintenant.

– Il paraît. Je n'ai jamais su quoi penser d'elle. C'est une menteuse notoire.

– Comment vous le savez ?

– Harvey était Werner numéro un. Il l'a quittée pour moi et j'ai démissionné.

Harvey approuva. Il ouvrit la bouche pour parler, regarda Lina, qui donna son assentiment. Je m'attendais à une grande révélation, mais tout ce qu'il avait à m'apprendre se résuma à :

– Je suis resté trois mois avec elle.

– Pouvez-vous me parler de ces trois mois ?

À nouveau, il se retourna vers Lina et, avec son accord, répondit :

– Terribles.

– Vous voyez, Anya ne comprend pas que la discipline ne suffit pas. Il faut aussi de l'amour. Moi, j'aime Harvey, pas vrai, Harv ?

– Si, confirma Harvey avec une insupportable réticence.

– Anya est incapable d'aimer. Elle ne garde jamais ses esclaves longtemps. Et ils laissent de plus en plus à désirer. Il y en a même un qui s'est retourné contre elle et lui a collé un œil au beurre noir. Ne lui parlez pas de moi, elle me déteste.

– Elle est vindicative ?

Question idiote, à propos d'une femme qui manie le fouet.

– À votre avis ? Quand on est partis, avec Harvey, on a eu des menaces téléphoniques pendant des mois. Et le Noël suivant, on a reçu un paquet avec un animal écrasé, bien emballé dans du papier cadeau, avec un joli nœud. C'est dégueulasse. Il était adressé à l'un de mes enfants. Je suis sûre que c'est elle. On ne peut pas exercer les mêmes fonctions dans la même communauté. Nous nous évitons.

– Est-ce qu'elle est violente ?

Deuxième question stupide.

– Vous voulez dire, est-ce qu'elle serait capable de tuer ? Je ne sais pas.

– Quel genre d'hommes…

– Écoutez, je voulais juste vous informer que c'est une menteuse. O.K. ? Vous n'avez pas besoin d'en savoir plus.

Sur quoi, elle mit fin à l'interview, non pas abruptement, comme Anya, mais avec une certaine convivialité empruntée.

– C'était un plaisir. Harv, quand tu auras raccompagné nos invités, fais couler un bain à Maman. Je vais dans ma chambre.

En quittant la pièce, elle laissa encore quelques ordres flotter derrière elle.

– Mets des sels marins, pas des huiles. Et sors un loofa neuf. Le vieux commence à sentir…

Si Lina avait des arguments convaincants contre Anya, je suspectai cependant que c'était Cyndi, de la mutuelle, qui détenait la clé de cette affaire.

Nous étions en train de charger le camion quand celle-ci me bipa. Je la rappelai du téléphone de la voiture.

– Tu avais entièrement raison. Le docteur Kanengiser facturait ses patientes deux fois. J'ai contacté d'autres compagnies d'assurances. Il les a arnaquées – comme nous d'ailleurs – d'au moins cinquante mille dollars par an. Et c'est tout ce que nous avons découvert, pour l'instant.

Bingo ! Confirmation que la surfacturation de Claire et de Bianca n'était pas une simple erreur de comptabilité.

Bien, ça expliquait pourquoi Kanengiser pratiquait dans le privé, il pouvait facturer deux fois. Du fait que ses patientes n'avaient même pas à remplir une feuille de soins pour se faire rembourser, il n'y avait que peu de risques pour qu'elles remarquent une quelconque irrégularité. Moi-même, je ne jette qu'un œil distrait sur les relevés trimestriels que m'envoie la mutuelle, si tant est que je les regarde. En général, je les fourre dans un tiroir.

De retour à mon bureau, je téléphonai à Vicki Burchill, l'assistante : Kanengiser traitait lui-même toutes ses notes d'honoraires. Véritablement abasourdie quand je lui révélai l'arnaque, elle le fut encore plus quand je lui demandai si Kanengiser se droguait ou jouait. Elle prétendit qu'elle n'en avait aucune idée.

Maintenant que Kanengiser était mort, j'en savais tellement sur sa vie privée, tellement de trucs troubles et peu reluisants... Il était un don Juan phallocrate et rétrograde, un escroc, un connaisseur en vins fins, un remarquable joueur de raquette, un membre de l'association des personnes ayant un Q.I. supérieur à 148 et un passionné de voile.

Bizarre. Dire que j'étais prête à payer pour qu'il enfonce son bras en moi, un gars qui m'était totalement étranger, juste parce qu'il avait un diplôme affiché au mur. Je ne sais pas. Certes, vous êtes en droit d'attendre de votre gynéco qu'il aime son métier. Mais pas trop, quand même.

Tandis que je réfléchissais à la question, le soleil passa de l'autre côté de la tour. Le seul rayon de la journée qui pénètre dans nos bureaux, le soleil de fin d'après-midi, traversa les étroites fenêtres en hauteur pour se répandre dans la pièce en faisceaux rectilignes dans lesquels tourbillonnait la poussière. J'étais seule. Les bureaux étaient calmes.

Quelqu'un entra. Je m'apprêtai à me lever et à sortir pour voir si c'était Jerry quand j'entendis une voix féminine.

– C'est très monacal.

Tante Maureen.

– Voici les Envoyés Spéciaux. Ça ne paye pas de mine, mais nous nous sentons chez nous. C'est d'ici que sortent les séries les plus regardées.

Jerry.

– J'en ai vu une que ma nièce a réalisée. Ça ne m'a pas du tout impressionnée. Je ne les regarde plus.

À quatre pattes, je me dirigeai vers la porte, de façon à ce qu'ils ne voient pas mon ombre à travers le panneau vitré, et la fermai à clé. Tout aussi furtivement, je retournai me cacher sous mon bureau.

– Disons que Robin a un mauvais goût qui lui est propre. Vous savez, je vais à l'église tous les dimanches. J'ai essayé de convaincre Robin d'être un peu plus pratiquante…

Il secoua la porte.

– C'est fermé. Robin ?

Je retins ma respiration. Une femme de trente-sept ans, divorcée, indépendante, contribuable, journaliste professionnelle, recroquevillée sous son bureau comme une gamine de quatre ans. Je savais que j'aurais dû aller ouvrir et les affronter telle une Femme. Mais les deux réunis, Jerry et tante Mo…

– Elle doit être encore en retard. Vous voulez l'attendre ?

Non ! hurlai-je silencieusement.

– Je ne peux pas. J'ai un séminaire de vente et, après, une réunion du comité d'action politique.

– Oh, vous faites de la politique ?

– J'envisage de me présenter au comité de gestion scolaire, l'an prochain.

– Je vous souhaite bonne chance. J'ai été ravi de votre visite.

– Eh bien, je suis contente d'avoir rencontré quelqu'un des médias qui ne soit pas issu de la contre-culture de gauche. Dites à Robin de m'appeler de toute urgence. De toute urgence. Je veux l'aider, la sauver.

– Elle en a grand besoin.

Tante Maureen partie, il me restait encore un problème à négocier : comment quitter mon bureau sans que Jerry s'en aperçoive ? Sans sortir de ma cachette, j'attrapai mon téléphone et appelai Louis Levin. À voix basse, je le priai de trouver un prétexte pour éloigner Jerry quelques minutes du bureau.

– Revoilà notre Robin, me répondit Louis.

Une minute s'écoula et le téléphone de Jerry sonna. Il décampa comme une flèche.

(Plus tard, j'avais demandé à Louis comment il s'y était pris : « Je lui ai dit que des stripteaseuses se dirigeaient vers le studio de Solange Stevenson pour une émission sur les implants. Pas la peine d'être subtil. »)

Quand Jerry revint, déçu, j'étais assise derrière mon bureau, souriante.

– *Guten Morgen Fraülein.*

Il ajouta quelque chose en allemand que je ne compris pas, une grossièreté ou une obscénité, sans doute. J'en étais presque certaine, pour avoir entendu le mot *Nacktheit* qui, je présume, signifie « nudité ».

– Ta tante est passée. Tu l'as loupée de cinq minutes. Elle allait à un séminaire.

– Ma tante ? répétai-je en prenant un air innocent.

– Ouais. La sécurité a appelé. Elle a dit qu'elle venait te voir, alors je suis descendu la chercher.

– Comment t'as su que c'était pas une fan déglinguée ou une tarée ?

– Elle m'a montré sa carte d'identité et des photos de famille où vous êtes toutes les deux.

– Elle est restée longtemps ?

– Oh, à peu près une heure. Je lui ai fait visiter le studio, on a bavardé. Une femme charmante. Elle m'a dit plein de trucs sur toi. Elle semble se faire beaucoup de souci à propos de ce que tu fais en dehors de tes heures de boulot.

– Pourquoi ? Qu'est-ce qu'elle t'a dit ?

– Juste qu'elle était très, très inquiète et qu'elle voulait te parler. Oh, elle m'a aussi raconté quelques anecdotes de ton enfance. Ta trouille des bigoudis. Je savais pas ça, Robin.

– N'importe quoi, répliquai-je sans développer.

– Comment était Lina ?

– Intéressante mais hors sujet, à mon avis. Écoute, j'ai une piste pour l'affaire Kanengiser.

– En rapport avec Anya's ? demanda Jerry avec impatience.

– Eh bien, non. Il se peut que Kanengiser n'ait rien à voir du tout avec le sadomaso. Il s'avère qu'il facturait deux fois les compagnies d'assurances de ses patientes. Jackpot. Au moins cinquante mille dollars l'année dernière.

– Arnaque à l'assurance. (Bâillement.) Tu le mentionnes dans le script, O.K., mais tu ne vas tout de même pas insinuer qu'il s'est fait tuer parce qu'il gonflait ses notes ? Si c'était le cas, ce ne serait qu'un symptôme de ce qui n'allait pas chez lui.

– Il avait peut-être des dettes de jeu, un dealer de coke à payer… Et j'ai même entendu la théorie selon laquelle on l'aurait assassiné parce qu'il travaillait dans la tour JBS. Il est tout à fait possible qu'il n'ait jamais été branché sadomaso.

– Deux choses : menottes, pochette d'allumettes.

– Kanengiser ne fumait pas. Ce qui implique que les allumettes sont probablement tombées de la poche de l'assassin. Donc, ouais, peut-être que l'assassin était un adepte du sadomaso, ou avait vaguement quelque chose à voir avec Anya, mais je ne crois pas que le meurtre soit lié à ça. L'arnaque à l'assurance laisse penser que Kanengiser avait des problèmes financiers…

– Pour moi, ça confirme le lien avec le sadomaso. Peut-être qu'il culpabilisait à cause de toutes ces femmes ou pour l'escroquerie à l'assurance. Peut-être qu'il allait chez Anya's pour se faire punir, pour expier, pour soulager sa conscience. Les femmes font toujours regretter aux hommes ce que la nature les a poussés à faire. Ça me paraît parfaitement sensé.

Avant que j'aie pu élaborer une contestation polie et non conflictuelle, il ajouta:

– Tu n'abordes pas le sujet sous le bon angle. J'ai le pressentiment qu'il s'est fait tuer à cause du sadomaso. Vous, les femmes, vous attachez de l'importance à ces trucs, hein? Pressentiments, comment vous appelez ça, l'intuition?

Moi, j'appelle ça traitement conjoint de l'information par l'hémisphère droit et l'hémisphère gauche du cerveau. Mais je retins ma langue.

– Samedi soir, tu vas chez Anya's et tu ramènes du croustillant. J'envoie Tamayo aussi, en sous-marin. Dimanche, tu rédiges, tu me faxes le script à la maison, on enregistre et on monte.

– En sous-marin? Mistress Anya nous a invités au club et tu…

Je m'interrompis, sentant poindre le sarcasme dans ma voix. Se plier sous le souffle du vent…

– Bien sûr, me rattrapai-je. Et si on trouve rien? Si le meurtre n'est pas élucidé d'ici lundi? Ce qui sera sûrement le cas.

J'essayais d'être aussi aimable que possible, mais Jerry ne souffrait rien qui ressemblât, même de loin, à une contradiction. Je n'étais pas sûre de pouvoir le supporter encore longtemps. Mais si je démissionnais, je n'aurais de solution pour gagner ma vie que de faire de la publi-information, vanter les mérites de Coiffez-vous-à-la-Hâte ou du kit de nettoyage pour moquettes Rug-O-Rama.

– Robin, c'est ton boulot ! Tu piges ? Si tu mettais autant d'énergie à trouver un lien avec le sadomaso qu'à le réfuter, on n'en serait pas là. Ton job n'est pas de trouver l'assassin. On te demande de découvrir ce que Kanengiser avait à voir avec le sadomaso. Tu comprends ? Après, on rentre un peu plus en profondeur et on observe les gens qui évoluent dans ce milieu. Tu me traites ça comme un meurtre non classé. Pas besoin de prouver qu'il fréquentait Anya's régulièrement, juste un rapport, c'est tout. Kanengiser, menotté, pochette d'allumettes d'un club sadomaso en vue, le meurtre est-il lié à ça ? Suivez-nous dans ce sombre univers. C'est pas une émission intello, Robin. Gagne ta croûte.

Il fut un temps où Jerry avait soi-disant le béguin pour moi. Il était alors bien plus agréable, si je puis dire. Mais cette toquade malsaine lui avait passé et depuis, il était impitoyable.

– Mais Jerry…

– Tu as compris ce que j'attends de toi, maintenant ? Ou tu veux que je parle plus lentement ?

Aurait-on pu me blâmer si, à cet instant, j'avais bondi sur son bureau, l'avais attrapé par le collet et giflé comme une dingue, style dessin animé ? Pourtant, je baissai les yeux et répondis :

– Oui, je comprends.

– Il s'agit des Envoyés Spéciaux, pas de Crime et Justice. Nous pouvons aborder les sujets sous n'importe quel angle. C'est ça, la beauté du truc.

Vaincue mais furieuse, j'approuvai, afin de lui épargner d'avoir à me montrer son tiroir plein de CV.

En fait, Jerry avait des couilles en or, moi pas. Et il avait le pouvoir, sur un simple coup de fil, de mettre un terme à ma carrière.

Je retournai dans mon bureau et puisai l'inspiration dans la citation inscrite sur mon pot à crayons : L'HOMME (OU LA FEMME) SAGE EST CONSCIENT QUE L'ON NE MÈNE QU'EN SUIVANT. Non, ce n'était pas de Confucius. Celle-là venait d'un biscuit chinois gracieusement offert par le resto English No Problem. (Qui s'appelle en réalité Kung Pao Kitchen. Mais les immigrants de fraîche date qui le tiennent ont mis une grosse pancarte dans la vitrine : ENGLISH NO PROBLEM. C'est pour cette raison que tout le monde l'appelle comme ça.)

Cet adage était venu remplacer une déclaration faite par Mark Messier, le capitaine des Rangers de New York, quand leur équipe avait remporté la coupe Stanley, libérant la ville d'un sort qui planait au-dessus d'elle depuis cinquante-quatre ans : IL NE FAUT PAS AVOIR PEUR DE TUER LE DRAGON. En jouant au con avec les dragons, on ne risque que de se brûler, avais-je décidé un jour. J'avais alors enlevé la citation de Messier en faveur de la sagesse millénaire des biscuits chinois en matière d'agression passive.

12

L'inspecteur Mack Ferber me rappela finalement dans l'après-midi.

– Du fait que vous couvrez l'affaire, je ne suis pas censé vous renseigner, me dit-il, à contrecœur toutefois, me sembla-t-il.

– L'inspecteur Bigger travaille avec vous sur ce dossier ?

– C'est lui qui s'est proposé.

– Ne vous fiez pas à ce qu'il dit de moi. Il me déteste. Une histoire de sumac vénéneux…

– Ne vous en faites pas. Je me fous de ce qu'il peut avoir à me raconter sur vous. Par contre, il a décrété le black-out total vis-à-vis des médias, pour préserver la vie privée des patientes.

– Vous savez que Kanengiser escroquait les compagnies d'assurances en les facturant deux fois ?

– Oui.

– Vous savez ? Ah bon… Est-ce qu'il avait de grosses dettes de jeu ou de drogue ?

– Je ne suis pas censé vous répondre mais… O.K., je vous accorde cinq minutes pour me poser toutes vos questions. Bigger revient dans cinq…

– Bon, est-ce qu'il avait des dettes de jeu ou de drogue ?

– Ni l'un ni l'autre.

– Alors où passait cet argent ?

– L'escroquerie n'est apparemment pas liée au meurtre.

– Vous en êtes sûr ?
– Presque.
– Vous avez un suspect ?
– Non, pas encore.
– Des présomptions ?
– Je ne peux rien dire.
– Vous êtes au courant ? On a cherché à éliminer plusieurs personnes d'ANN.

Je lui rapportai que Dillon, Reb et Ryan affirmaient avoir été visés et lui exposai la théorie de Dillon : la vengeance d'un ex-employé. L'hypothèse était tirée par les cheveux, je sais : pourquoi un ex-employé rancunier se serait-il donné tant de mal pour se cacher dans l'immeuble et tuer un type totalement étranger à JBS ? Mais maintenant que les pistes du chantage et de l'escroquerie finissaient en eau de boudin, j'espérais quand même de tout mon cœur trouver de ce côté-ci des indices qui, au moins, détourneraient l'enquête du SM.

Ferber me remercia.

– À votre service, lui répondis-je.

Tandis que nous discutions, je compulsai frénétiquement mes notes, afin de ne pas omettre de questions importantes avant que l'évasif Ferber ne raccroche. Deux mots me sautèrent aux yeux : livre noir.

– L'une des ex-femmes du médecin a parlé d'un petit livre noir, qu'elle a brûlé, mais qu'il a dû remplacer. Vous l'avez retrouvé ?
– Je passe.
– Ça veut dire oui ou non ?
– Ça veut dire « je passe ».

Je perçus le sourire dans sa voix.

– Écoutez, ajouta-t-il, quand vous aurez bouclé l'enquête, donnez-moi un coup de fil. On pourra bavarder homicides et tout ça. J'aurais peut-être un autre sujet pour vous.

– Un meurtre ?

– Non. J'entraîne une équipe de gamins au softball, dans le cadre de la Police Athletic League. Vous connaissez ?

– Bien sûr.

La PAL est une organisation créée par les policiers pour les enfants défavorisés.

– Ça fait un moment que les médias n'ont pas parlé de la PAL. Vous faites ce genre de reportages ?

– Non, mais j'aimerais bien.

J'étais déçue. Déçue d'avoir cru qu'il me draguait alors qu'il ne cherchait qu'une occasion de se faire de la pub. De la pub pour une bonne cause, certes, mais je m'étais fait avoir.

N'empêche que ça pouvait me servir. Un petit service en vaut bien un autre.

– Je vais y réfléchir. Entre-temps, si vous avez des suspects… n'hésitez pas à m'appeler. Quand vous voulez.

– Je ferai ce que je peux.

J'entendis la voix de l'inspecteur Richard Bigger. Ferber raccrocha.

Franco attendait sur le pas de ma porte, une nouvelle boîte de bandes à la main : celles des monte-charges, quatre bandes de six heures, de six heures du matin, le jour où Kanengiser avait été assassiné, à six heures le lendemain. Il était sur le point de dire quelque chose quand la voix de Tamayo retentit dans le vestibule. Il battit en retraite pour échapper à ses blagues de Marines.

Ces vidéos me furent bien moins utiles que celles de l'ascenseur public, dans lequel une voix mécanique annonçait les étages. Dans les monte-charges, impossible de savoir à quel niveau les gens s'étaient arrêtés. Je ne pouvais que deviner. Toute la journée, le personnel de l'entretien et de la sécurité était monté et descendu. Rien ne me frappa. Personne n'avait pris l'ascenseur entre dix-neuf heures quarante-cinq et vingt-deux heures vingt, heure à laquelle était monté le pauvre gardien qui avait découvert le corps. La sécurité ne tarda pas à le suivre, puis la police.

Pas grand-chose d'intéressant, pour ne pas dire rien, si ce n'est les conversations. De nos jours, on est tellement habitués aux caméras qu'une fois sur deux, on ne les voit même pas. Les gens parlaient librement, comme s'ils étaient chez eux. Même Pete Huculak, qui aurait pourtant dû y être plus sensibilisé, se permit sur la bande deux de faire une remarque peu prudente à un garde que je ne connaissais pas : « Ces reporters, c'est tous des mollassons, des poules mouillées, je te dis. » Le garde de la sécurité non identifié descendit et Pete poursuivit seul son ascension.

Au début de la deuxième heure de la troisième bande, Phil, le concierge, confia à Hymie, l'aveugle qui tient le kiosque à journaux de l'entrée, quelques ragots sur Pete et Bianca : « J'allais juste entrer pour vider les poubelles, ils s'engueulaient. Et puis tout est redevenu calme et, d'un coup, j'ai entendu comme des chants de baleine, tu sais ? Après, comme une soprano prise dans un piège à ours. C'est là que j'ai compris qu'ils étaient en train de baiser. »

Pas étonnant que la sécurité ait rechigné à me remettre ces bandes.

« Et ce gars des Envoyés Spéciaux, Jerry Spurdle ? Je mettrais ma main à couper qu'il baise dans son bureau, lui aussi », continua Phil.

Brrr. Avec qui Jerry baisait-il ? me demandai-je. Peut-être avec cette danseuse orientale à qui il faisait la cour depuis si longtemps, une fille de dix-huit ans avec un tatouage: «Embrasse-moi, j'ai des gros seins».

Phil sortit le premier de l'ascenseur. Aussitôt, Hymie dit «Hello?» pour s'assurer qu'il était seul. Puis il lâcha un gros pet sonore et poussa un soupir d'aise. Il monta un ou deux étages plus haut. Le monte-charge resta vide jusqu'à ce qu'une femme de ménage ne le prenne, quelques niveaux plus haut. À la voir tordre le nez et s'exclamer «Ben mince, alors!», j'en déduisis que le pet de Hymie planait encore dans l'ascenseur.

Au fait, pourquoi Hymie empruntait-il le monte-charge?

– Le monte-charge? Quand est-ce que j'ai pris le monte-charge? me dit-il quand je lui téléphonai. Ah ouais, c'était pour apporter ma déclaration de revenus au vingt-huitième.

– Oui, mais pourquoi le monte-charge?

– Eh bien, comme je suis employé par JBS, je suis passé à la Comptabilité pour récupérer une copie de mon T-4. Ça me faisait chier de retourner jusqu'aux ascenseurs commerciaux.

– Il faut redescendre dans l'entrée et remonter par un autre ascenseur.

– Ouais, le concierge…

– Phil?

– Je ne me rappelle plus son nom. Il m'a laissé monter avec lui.

Ça paraissait se tenir.

Donc, comment pouvait-on monter sans être vu? *A priori*, ce n'était pas possible. C'était forcément quelqu'un qui était déjà dans l'immeuble, quelqu'un qui était entré dans la journée, aux heures d'affluence, et s'était caché quelque part au vingt-septième. Après le crime, il ou elle était resté(e) caché(e) jusqu'au lendemain pour repartir incognito. Ça pouvait être n'importe qui. Mais sûrement pas un acte commis au hasard.

L'une des compagnies d'assurances avait prévenu All News Radio. Quand je rentrai chez moi, 1010 WINS relatait l'escroquerie de Kanengiser.

WINS était même allé plus loin : ils avaient réussi à se procurer le suivi informatisé des cartes de crédit de Kanengiser. Ces éléments détruisaient complètement mes théories sur la drogue ou le jeu. Visiblement, l'argent détourné avait été dépensé en fleurs, bijoux, parfums et lingerie. À elles seules, les sommes laissées chez les fleuristes étaient déjà colossales. Si l'on en croyait le fleuriste, qui déclara que la plupart des cartes de Kanengiser commençaient par les mots « Je suis désolé », le bon docteur faisait pas mal de cadeaux « d'excuse ».

– Donc il arnaquait l'assurance pour financer sa dépendance à l'amour, ou au sexe, ou aux deux, dis-je à Louise, qui, assise sur le rebord de la fenêtre au-dessus des toilettes, me regardait retoucher mon rouge à lèvres. Tu m'étonnes qu'il était désolé. Moi, j'appellerais pas ça un meurtre, plutôt une délivrance. Tu te rends compte, un nombre de femmes en pleine croissance exponentielle, le risque d'être soupçonné par les assurances… Hanté par les secrets et les démons. Peut-être Kanengiser voulait-il vraiment être puni, expier. Peut-être qu'il était réellement désolé.

En d'autres termes, peut-être le meurtre était-il effectivement lié au sadomaso, au rachat de ses péchés. N'empêche que j'avais du mal à l'accepter. Que le médecin soit allé une ou deux fois chez une dominatrice pour une thérapie par le fouet, d'accord.

Mais je ne pouvais digérer l'idée que Jerry avait raison sur toute la ligne.

NE PAS SE PRENDRE LA TÊTE. Le post-it rose collé sur le lavabo attira mon regard tandis que je me remettais du mascara.

Car j'avais rendez-vous ce soir-là. Oh, rien d'important. Depuis Eric, j'acceptais les invitations plus par obligation sociale que dans un esprit d'aventure romantique, un peu comme on fait ses devoirs d'école, ou comme si j'avais un ticket à faire poinçonner x fois avant de rencontrer un homme que j'aimerais vraiment beaucoup. Ou de déclarer forfait.

Ces derniers temps, je penchais plutôt pour l'abandon définitif du jeu car, voyez-vous, je ne suis pas très douée dans ce domaine et je ne peux tout simplement pas me faire confiance. Combien de fois, absolument convaincue que j'étais amoureuse, m'étais-je retrouvée le cœur transpercé de clous ?

Et je ne vous dis pas combien de fois j'avais rampé aux pieds de gars dont j'étais complètement dingue. Par exemple de Chuck Turner, fils à papa dans la plus pure tradition à l'ancienne, que j'avais bien l'intention d'épouser. Jusqu'au soir où, pendant que nous faisions l'amour en silence sur le divan de la salle de jeux de la demeure familiale, j'avais regardé par-dessus son épaule. Mes yeux s'étaient posés sur la pendule de bar démodée, sur le mur d'en face. J'avais eu une vision de mon avenir. Je m'étais vue en train de laver ses caleçons, de les servir à table, lui et ses amis, d'écarter les jambes à la demande et de fermer à tout jamais ma grande gueule. Car chaque fois que je l'ouvrais, Chuck m'accusait de chercher à le ridiculiser. J'avais compris que si je me mariais avec lui, jamais plus je n'aurais d'idées personnelles et jamais plus je ne m'éclaterais au lit. La vie en moi s'était mise à bouillonner. Je m'étais enfuie. J'avais pris un avion pour New York.

De toute évidence, nous n'étions pas compatibles, mais parce que je traversais une phase de violent conformisme, je refusais de l'admettre. Je ne peux pas lui en vouloir, car je n'ai jamais vraiment tenté de lui révéler mon véritable caractère. Il m'aurait larguée. Quoiqu'il ne se soit jamais montré si intéressé que ça par ma personnalité. Pendant quelque temps, j'avais joué mon rôle comme il faut. Si j'avais eu toute ma tête à cette époque, j'aurais rompu immédiatement après que tante Mo eut déclaré: «C'est un jeune homme formidable.» Eh oui, en dépit du fait qu'il plaisait à tante Mo, j'étais restée avec lui pendant deux ans. Allez savoir pourquoi.

Sans doute parce qu'il était beau. Comme les hommes, les femmes ne pensent pas toujours avec la bonne partie de leur anatomie. C'était aussi un joueur de foot adulé au collège Hummer. Dans la ville, tout le monde considérait comme un grand honneur d'être l'élue de son cœur. Parce que le fils Turner m'avait désignée comme le réceptacle à vie de son sperme, on me traitait comme si j'étais Grace Fucking Kelly. Non pas que j'aurais été son seul réceptacle – Chuck était coureur et je n'ai jamais été l'unique – mais au moins, j'aurais été le premier violon.

Le fait est que pendant un certain temps, j'avais été folle amoureuse de Chuck Turner. Il suffisait qu'il entre dans ma chambre pour que je sente sur ma peau le baiser de Dieu.

Ouais, Kanengiser avait réveillé ce problème de beaux gars. Dire que pendant la première consultation, il m'avait fait fantasmer! Quelle drôle d'idée. S'il était séduisant, en même temps, il me mettait mal à l'aise. Peut-être qu'inconsciemment, j'avais senti que

Kanengiser, à sa manière, était une variante grande ville et Q.I. élevé de Chuck Turner.

Quant à mes autres aventures désastreuses, je vous en épargnerai les détails.

Et pourtant… Je garde un souvenir ému de la plupart des hommes que j'ai connus, même de mon ex-mari, Burke. Avec Eric aussi, on s'était bien marrés, mais il s'était avéré que nous n'étions ensemble que pour rigoler. Nous venions tous deux d'être échaudés et ni l'un ni l'autre ne songions à une relation sérieuse. Si bien que quand il était parti pour Moscou, j'avais été toute surprise de constater à quel point il me manquait.

Les bons moments du passé m'apportaient tout l'espoir dont j'avais besoin. Voilà pourquoi je m'appliquais consciencieusement à fréquenter des hommes. À me remettre en selle.

Fennell Corker, le critique cinéma d'ANN, en l'occurrence mon cavalier pour la soirée, travaillait à L.A. Il n'était à New York que pour les réunions. En sortant avec lui une fois, je minimisais les risques. Je ne le connaissais pas bien et il n'était pas vraiment mon genre – trop bronzé, les cheveux trop gominés, avec un petit côté WASP chauviniste sur le retour d'âge. Mais comme mon genre ne m'avait causé que des chagrins d'amour, je trouvais plus sage de les choisir dans l'antigenre. Fenn n'était ni trop beau, ni trop vilain, ni trop jeune, ni trop vieux et il avait eu une carrière intéressante : après avoir travaillé pour *Photoplay* et *Daily Variety* au début des années 1960, puis pour les trois grands réseaux de télévision du pays, il avait bossé pour une agence spécialisée dans la vente par abonnement d'articles et de reportages, où ANN l'avait déniché. Sans doute avait-il quelques anecdotes croustillantes sur le Rat Pack[18], Marilyn, Annette et Frankie[19]. Dans tous les cas, c'était mieux de passer le vendredi soir avec lui que seule.

Je ne dis pas que ce n'est pas super d'être une Femme Libérée, de vivre une grande aventure pleine de périls et de princes charmants, avec à la clé de fabuleuses récompenses, pour employer les mots de Tamayo. Je mène ma barque comme j'en ai envie, en dehors du boulot bien sûr. Je fais ce que je veux, sauf au travail. Je n'ai pas à supporter les habitudes chiantes d'un autre ou de culpabiliser à cause des miennes. Sauf au boulot. Je jouis intensément de ma solitude – mais parfois je me sens seule. Et quand vous vous sentez seule et qu'un gars semi-intéressant vous propose de sortir avec lui, vous ne vous posez pas trop de questions. Vous n'êtes que trop contente d'avoir une compagnie décente pour la soirée et n'espérez qu'être pour lui une compagnie décente, sans vous préoccuper de savoir s'il y aura un second rendez-vous ou non. Même si, souvent, vous ne souhaitez pas que ça mène à un autre rendez-vous.

J'avoue, j'étais quand même un peu inquiète. Plusieurs personnes m'avaient mise en garde contre Fennell. Mais j'imagine que d'autres l'avaient également mis en garde contre moi. De toute façon, je préférais me faire ma propre opinion plutôt que me fier aux cancans de bureau. Voilà pourquoi j'avais accepté l'invitation de Corker. Quelle était la pire chose qui puisse m'arriver ? En retirer une leçon ?

En effet, j'allais apprendre qu'il est parfois payant d'écouter les commérages de bureau. Je m'en rendis

---

18 Frank Sinatra, Dean Martin, Sammy Davis Jr., etc.

19 Annette Funicello et Frankie Avalon ont joué dans *How to Stuff a Wild Bikini* et autres films de plage du début des années 1960.

compte dès l'instant où il vint me chercher en taxi. La critique n'était pas seulement son gagne-pain mais sa vie tout entière, sa mission. Aucune facette de la condition humaine n'échappait à son jugement, depuis l'odeur corporelle, très humaine, de notre chauffeur de taxi («Eurk ! Je viens d'avoir un relent de fermentation d'évier bouché. Mon bon monsieur, vous ne prenez jamais de bain ?») jusqu'à mes chaussures («Robin, fais-toi une faveur, achète-toi une bonne paire de chaussures. Ces petites tennis font vraiment mauvais effet.»)

– On devrait peut-être remettre cette sortie à plus tard, lui dis-je pour tenter d'avorter la soirée. Tu n'as pas peur du sniper qui tire sur les présentateurs ?

– Sniper, s'esclaffa-t-il. Tu sais, les plus gros poids lourds d'Hollywood m'ont menacé de me casser les bras et les jambes. Je ne crains rien. Sniper ne sait sans doute même pas que je suis à New York. Reb et Kerwin se prennent pour des durs, mais c'est tous les deux des tapettes.

Ah, Fenn avait une façon aussi charmante que Jerry de s'exprimer.

– Quant à Dillon, il est taré. Quand je pense que ce type a baisé une pastèque, putain de bordel de Dieu !

Exact. Mais au moins, Dillon n'était pas hypocrite. Et en plus, il était mon ami. Fennell commençait à sérieusement me taper sur le système, mais je me calmai. Sans doute n'était-il sorti de chez Betty Ford[20] que depuis peu. Et il était persuadé d'être très

---

20 Betty Ford, la femme de Gerald Ford : après avoir arrêté l'usage des calmants, elle a fondé les centres de désintoxication Betty Ford, très réputés aux États-Unis et en Grande-Bretagne, où vont se faire traiter les célébrités.

pertinent. Lâchons-lui un peu les rênes, me dis-je en descendant du taxi devant le Doppelganger Café.

Le Doppelganger est un bar très à la mode du centre de New York. Le personnel y est recruté selon un thème, la dernière manie des restos branchés. Au Lucky Cheng's, tous les garçons de salle sont des drag-queens asiatiques et au Skinny's, tous les serveurs et toutes les serveuses sont chauves. Et je vous passe les restaurants où ils ne le font pas exprès, par exemple ceux qui n'emploient que des Français dépressifs chroniques.

Au Doppelganger Café, il n'y a que des jumeaux. De beaux jumeaux, dois-je préciser. *A priori*, on se dit que ça ne doit pas être facile de trouver autant de beaux jumeaux qui veulent travailler dans la restauration. Pourtant, le Doppelganger est le seul établissement new-yorkais qui n'embauche que des jumeaux. Il y en a un autre à côté du Elaine's, dans l'Upper East Side, qui applique la même politique.

Là où je vais franchement rire, c'est quand un resto n'emploiera que des frères siamois.

Malgré toutes mes tentatives pour paraître enjouée, le dîner fut une catastrophe. On nous assigna comme serveuse la Jumelle Maléfique et nous eûmes beaucoup de peine à savoir qui s'occupait de nous, elle ou sa sœur. La bouffe était médiocre et Fennell n'arrêtait pas de rouspéter. Après s'être enfilé deux gins, il me sortit un répertoire interminable de blagues galvaudées à propos de perroquets qui parlent. La soirée promettait d'être très longue.

Claire n'avait peut-être pas tort: je ne sortais qu'avec des hommes dont j'étais sûre de ne pas tomber amoureuse, des types qui confirmaient mon désir de vivre seule. Non pas que mes intentions fussent si ouvertes. À l'exception d'Howard, je n'étais sortie avec tous ces gars qu'avec une certaine réticence, d'une part parce qu'ils avaient insisté, d'autre part parce que je pensais qu'il valait mieux être une chic fille que de leur dire d'aller se faire voir ailleurs. Je sais, je ne suis moi-même pas du gâteau. C'est pour ça que je tolérais leurs excentricités. Et puis ce n'était pas comme si les hommes équilibrés et heureux faisaient la queue pour m'inviter.

Après dîner, nous allâmes à la projection d'une nouvelle comédie sur les accros à l'héroïne. Au milieu du film – heureusement avant ces scènes hilarantes où les gars se shootent –, mon bipeur sonna.

Merci mon Dieu, sauvée par le gong, me dis-je. La parfaite excuse pour mettre fin à cette soirée.

– Je suis désolée, chuchotai-je à Corker. Il faut que je parte.

– Je viens avec toi.

– Chuuuut, firent les spectateurs derrière nous.

– C'est bon, tu peux rester.

– J'insiste.

– La ferme ! hurla un type.

Dans l'entrée du ciné, j'essayais encore de me débarrasser de Fennell.

– J'ai un coup de fil à passer et... tu devrais retourner voir la fin du film.

– Un navet, du réchauffé.

– Laisse-moi juste téléphoner.

Je me rendis au téléphone public et composai le numéro pendant que Fennell faisait les cent pas dans mon dos. Le hall sentait le pop-corn rance.

– Inspecteur Mack Ferber.

– Inspecteur Ferber, Robin Hudson. Vous m'avez bipée ?

– Ouais. Je crains d'avoir à vous parler. Vous pouvez passer à mon bureau ?

13

– Nous avons découvert le corps dans la soirée, dans un immeuble désaffecté à trois blocs de chez vous, m'annonça Ferber en étalant devant moi des photos d'identité judiciaires. Le corps n'est pas dans un très bel état. Nous allons devoir procéder à partir des épreuves.

– Vous dites qu'il s'appelait Joey Pinks ?

– Ouais. C'est un ancien prisonnier, précisa l'inspecteur Richard Bigger, debout au-dessus de moi tel un busard. Il a écopé de quelques années pour une tentative d'assassinat contre sa mère – elle est décédée depuis, de mort naturelle. Il a aussi été condamné deux ou trois fois pour faux et usage de faux, puis transféré dans une institution psychiatrique. Il en était sorti il y a un ou deux mois.

J'étudiai attentivement les clichés. Difficile de lui donner un âge : la trentaine, peut-être la quarantaine. Son visage était très très blanc, rondouillard, quelconque. Sur une photo prise par les policiers, on distinguait une cicatrice rouge en travers des doigts de la main droite. Seul signe particulier, avec un tatouage « Repenti ».

– Non, je ne crois pas l'avoir déjà vu.

– On a trouvé ça sur lui, me dit Ferber en me soumettant un sachet.

Ma carte de visite, avec mon adresse personnelle inscrite au dos.

– C'est mon adresse.

– Votre écriture ?
– Non.
– Le gars avait aussi ça sur lui. Un ticket de course du Belmont. Il avait parié sur un cheval nommé Robin's Troubles…
– Merde…
– Ainsi qu'un joint, quelques dollars et une clé de l'hôtel Bastable, compléta Bigger. Pinks s'est fait descendre d'une balle dans le cœur, même calibre que celle de Kanengiser. Et il avait votre carte sur lui. Nous pensons que le meurtre est lié à celui de Kanengiser. La balistique confirmera.
– On leur a envoyé des renforts, précisa Ferber.
– Je suppose que ce type venait me voir.
– Et quelqu'un l'a arrêté avant.
– Peut-être qu'il avait quelque chose à me dire à propos de Kanengiser. Probablement la clé de tout ce mystère. Seulement voilà, il est mort. Et ce qu'il savait est parti avec lui.

Dans ce bureau saturé de testostérone, j'étais entourée de policiers, pour la plupart des hommes : des jeunes gars bien foutus en uniforme bleu et des plus vieux et plus grassouillets, en civil, qui avaient tombé la veste et remonté leurs manches. Je croisai les jambes et me remémorai la règle : ne pas sortir avec des policiers, surtout plus jeunes que toi. Et encore moins des beaux gars, policiers et plus jeunes que toi.

Non pas qu'un agent m'ait jamais demandé quoi que ce soit…

– J'ai eu un message bizarre sur mon répondeur. Un homme. Je ne sais pas qui, ni pourquoi il appelait. Le message a été coupé. Mais je me demande…

Un agent en uniforme entra dans le bureau.

– M'sieurs dames, le compagnon de Mme Hudson veut savoir pour combien de temps elle en a.

Fennell avait insisté pour m'accompagner à Manhattan South. Il m'attendait dans le couloir, sur un banc. Sans doute était-il en train de critiquer le décor du poulailler ou de faire des remarques désobligeantes sur les odeurs corporelles.

– Je crois que nous en avons terminé, dit Bigger avec une pointe de suspicion dans la voix.

De toute façon, il me soupçonnait toujours de quelque chose. Ce qui l'emmerdait, c'est qu'il ne savait pas de quoi.

– Nous vous appellerons si nous avons d'autres questions.

Quand je rejoignis Fennell, il me dit :

– Tu es certainement la fille la plus intéressante avec laquelle je sois sorti, ces derniers temps. Allez viens, on va boire un coup.

– Oh, je te remercie. Je viens de passer une journée longue et éprouvante. Je préfère rentrer. Vraiment.

Pour des « raisons de sécurité », Fennell insista pour me raccompagner. En d'autres circonstances, j'aurais refusé, mais pourquoi prendre des risques inutiles ? J'acceptai qu'il me dépose avant de regagner son hôtel.

Arrivés devant chez moi, au lieu de me « déposer », malgré mes protestations, il descendit du taxi et le renvoya. Je compris alors que ses intentions n'étaient pas honnêtes.

– Je te remercie pour cette merveilleuse soirée. On se revoit à la télé.

– Je vais monter.

– Non, je te remercie, je ne risque plus rien maintenant.

– Je ne vais pas te mordre. On peut discuter un moment, c'est tout.

– Non, je ne crois pas. Il est tard. Merci encore pour cette formidable soirée.

– Tu ne me fais pas confiance ! s'exclama-t-il, offensé. Je pensais qu'un peu de compagnie te plairait, rien de plus.

Quoi ? J'étais peut-être tombée de la dernière pluie ? Oh, je ne connaissais que trop bien ce petit manège. Depuis le dernier party de la fratrie de l'université à laquelle j'étais allée en 1981, ça ne marchait plus. Je n'étais pas censée caresser ce fragile artiste dans le sens du poil, l'assurer que j'avais confiance en lui, qu'il pouvait venir boire un café et me faire la conversation. Pour, une fois en haut, devoir recommencer un nouveau cycle de pourparlers.

– Je suis fatiguée, je te remercie. J'ai besoin de dormir.

En général, à ce stade, j'ai droit au « Tu te crois trop bien pour moi ? Ne te surestime pas » ou bien à un discours sur le sexe sympa, pour me faire culpabiliser parce que je n'apprécie pas le gars à sa juste valeur et que je l'ai blessé.

Mais Fenn tenta une approche plus audacieuse.

Alors que j'allais tourner les talons, il m'empoigna, me fit faire volte-face, me prit dans ses bras et essaya de m'embrasser. Je dis bien essaya, car il était hors de question que j'embrasse ce type. Je tournai la tête dans tous les sens, me tortillai pour me délivrer de son étreinte, tout en l'implorant :

– Non, Fennell, arrête.

Parfois, je suis trop gentille. Je savais comment me débarrasser de lui. Mais ce que j'ignorais, c'était comment m'en dépêtrer GENTIMENT.

Passant outre mes supplications, il me colla sa grosse bouche lippue sur les lèvres.

Si mes bras étaient plaqués contre mon corps, mes mains étaient libres. Je me laissai tomber en arrière sur la voiture la plus proche. L'alarme se déclencha. Fennell paniqua. Je saisis l'occasion pour filer à toute allure dans mon immeuble. Fennell resta planté dans la rue à crier comme un sourd. Je ne sais pas ce qu'il me gueulait, à cause de l'alarme et tout ça. Je ne voyais que sa bouche grande ouverte et ses yeux exorbités.

Faut pas déconner: parce qu'il m'avait payé le resto, il se croyait en droit de me fourrer sa langue dans la bouche, en dépit de mes protestations? Je n'avais même pas voulu qu'il m'offre le repas. Justement pour éviter ce genre d'incident, j'avais tenu à payer ma part. Mais Fennell avait INSISTÉ. Au bout de dix minutes de palabres, je l'avais laissé régler cette maudite addition. Pauvre con.

Et encore, il s'en tirait bien. Dans mon sac, j'avais mon très cher pistolet à colle à prise ultrarapide, avec deux embouts: jet normal et pulvérisation. Si je n'avais pas été aussi gentille, j'aurais pu lui balancer une grosse boulette de colle brûlante dans la gueule.

Nom de Dieu ! Qu'est-ce que j'ai de si irrésistible ? S'il y a une chose que je ne supporte pas, c'est bien les hommes qui ne comprennent pas quand on leur dit non. Et je m'en étais tapé un paquet, récemment.

Alors que je rentrais, le diaboliquement beau voisin du dessus sortait. Encore une fois, nos regards se croisèrent. Mon cœur faillit s'arrêter de battre. Il me murmura le mot « salut », presque timidement. Je me surpris à lui murmurer le mot « salut », avant de rapidement m'esquiver.

Je ne parvenais tout simplement pas à me décider: le fuir ou engager la conversation ? Il m'avait causé un tel choc que j'en étais un peu déboussolée. Juste devant les boîtes aux lettres, je rentrai tout droit dans Sally.

– Ouah ! Cette aura ! me dit-elle en reculant d'un pas.

– Quoi ? Qu'est-ce qu'elle a, mon aura ?

– Très puissante, très sombre.

– Désolée.

Avec sa tartine de fond de teint blanc, ses yeux soulignés au khôl, son rouge à lèvres rouge vif et un scorpion noir tatoué au bas de sa nuque rasée, elle dégageait elle-même une aura relativement noire. Je compatissais un peu avec la pieuse Mme Ramirez. Je pouvais comprendre que rien qu'à la regarder, la vieille chauve-souris en ait les boyaux qui se tordaient. Il faut discuter un minimum avec Sally pour s'apercevoir que c'est une très gentille fille. Étrange, mais gentille. J'admets néanmoins qu'elle puisse foutre la frousse à une vieille dame aux cheveux bleus qui n'a pas eu d'homme dans sa vie depuis 1942.

– Tu devrais venir à une séance de tarot, me proposa Sally.

– Un de ces quatre. Tu as vu Gladys Kravitz[21], ces jours-ci ?

– Ramirez ? Elle rôdait dans le couloir tout à l'heure. Et puis elle a reçu de la visite. Elle n'est pas encore ressortie de son parloir.

– De la visite de qui ?

– Une vieille.

– Une grosse qui fait peur avec une coiffure bouffante blond platine ?

Sally hocha la tête.

– Don Rickles[22] en travelo.

---

21 La voisine qui fourre son nez partout dans *Ma Sorcière bien-aimée*.

22 Comique américain réputé pour insulter son public.

– Écoute, tu ne m'as pas vue.
– Pourquoi…
– C'est quelqu'un que je tiens à éviter.
– O.K. Au fait, j'ai appris un truc sur le gars d'au-dessus de chez toi, celui qui joue de la guitare.
– Quoi ?
– Il s'appelle Wim Young. Il est acteur ou artiste.
– Comment tu sais ? Tu lui as parlé ?
– Je ne l'ai vu que deux fois et les deux fois, il était pressé. J'ai demandé à Mme Fitkis du deuxième. Elle a discuté avec lui.

Mme Fitkis était une communiste acharnée, veuve d'un docker. Il faudrait que je passe boire le thé chez elle un de ces jours, histoire de papoter sur la lutte des classes et le voisin diaboliquement beau. Une fois que j'aurais décidé si je voulais vraiment en savoir plus sur lui.

– Il faut que je te prévienne, me dit Sally. J'ai additionné les chiffres de l'adresse de Wim Young, le numéro de la rue plus le numéro de l'appartement. Et tu sais ce que ça donne ? Crois-le ou non : 666.
– Merci, Sally.
– C'est gratos pour toi. Si tu veux, je peux lui jeter un sort.
– Non, merci.

Ce que fait Sally, c'est juste sa religion, sa manière à elle de tenter de trouver un ordre dans l'univers, de croire qu'elle exerce une influence sur les éléments, par la pratique de rituels, le chant et le respect de certaines règles, dans son cas, les règles du bon karma. Comme pour tante Mo et le pape – et, en un sens, Lina et Harv – sa foi apaise sa peur de l'inconnu.

Moi, j'ai un pistolet à colle.

Je pris soudain conscience que tante Mo était dans les parages. Je sentais sa présence. Arrivée à mon appartement, j'introduisis prudemment la clé dans la serrure et poussai la porte en essayant de faire le moins de bruit possible, afin que Mme Ramirez ne m'entende pas. J'enlevai mes chaussures à talons et, en collant, refermai doucement la porte.

Louise Bryant réclamait son souper. En silence, je lui fis sauter sa pâtée. On sonna à la porte. À pas de loup, je me dirigeai vers l'entrée et regardai par le judas.

De l'autre côté, se tenait tante Mo, comprimée dans un corset, à deux doigts de l'accident vasculaire.

– Robin, tu es là ? cria-t-elle.

Je ne répondis pas.

– Robin, si tu es là, ouvre-moi. Je veux t'aider, Robin. Tu as besoin d'aide !

Je retins ma respiration. Dans le couloir, des chaînes cliquetèrent, des portes s'ouvrirent.

– Elle n'est pas là, Dulcinia.

Mme Ramirez avait dû l'accompagner.

– Ça ne devait pas être elle. Bon, appelez-moi une voiture.

Elle partit.

Anxieusement, je guettai par la fenêtre, en partie parce que je me faisais du souci – la nuit tombée, le quartier est dangereux pour une femme âgée –, mais surtout parce que j'avais hâte de la voir déguerpir. L'alarme s'était arrêtée.

Un homme dans la rue observait ma fenêtre. Je me concentrai pour essayer de distinguer son visage. Ce n'était pas Fennell. C'était… Howard Gollis, charmant dois-je dire, en jean noir et veste de cuir noire, très chic. À l'instant où je le reconnus, il aperçut mon visage derrière la vitre.

– Robin ! Robin ! hurla-t-il, imitant à la perfection Brando dans le rôle de Kowalski. Laisse-moi entrer.

J'éteignis les lumières, en espérant qu'Howard comprenne le message.

La voiture de tante Mo arriva.

– Excuse-moi pour le bandeau, d'accord ?

Il faisait allusion à la fois où nous avions failli coucher ensemble.

– Je croyais que t'aimais ça. Excuse-moi !

Tante Maureen apparut sur le seuil de la véranda. Je redoutais qu'elle ne parle à Howard et qu'il ne lui dise que j'étais chez moi. Ne voulant pas me montrer, je m'aplatis contre le mur. Malheureusement, ma vision périphérique ne me permettait pas de voir ce qui passait en bas. Je n'entendis que tante Mo vociférer « Ne me touchez pas », puis la portière claquer et les pneus de la voiture crisser.

Je jetai un œil dans la rue. Howard était toujours là, les yeux levés vers ma fenêtre. Ridicule. J'étais persuadée que si Howard arrivait jamais à me conquérir, il se sentirait très vite pris au piège et me briserait le cœur. J'avais relevé des indices lors de nos quatre premiers rendez-vous et suffisamment d'autres détails pour saisir que nous n'étions pas compatibles à long terme. Des détails du style du petit soliloque qui s'ensuivit.

– Mégère ! Salope, idiote, sanscœur ! Laisse-moi entrer maintenant ! Tu peux te sauver, mais tu peux pas te cacher. Tu sais que tu me veux.

Je m'éloignai de la fenêtre et montai très fort le son de la chaîne – va te faire foutre, Mme Ramirez – pour noyer ses paroles. Puis j'appelai Pete Huculak et laissai un message à Bianca au sujet de Joey Pinks. J'arrosai mon sumac vénéneux, vérifiai que je ne présentais pas de symptôme de fasciite nécrosante, pris une Valium et allai me coucher.

14

Le lendemain matin, samedi, la guillotine était de retour. Qu'est-ce que ça voulait dire ? Si Le Chaos Règne la déposait « au hasard », comment se faisait-il qu'elle soit revenue ici ? Comme si la foudre tombait deux fois au même endroit.

– Pas bon signe, dis-je à Louise Bryant.

J'appelai la bibliothèque et le service de documentation d'ANN pour leur demander de faire une recherche Lexis-Nexis sur Joey Pinks. Surmenés, sous-payés, comme nous le sommes presque tous, ils se montrèrent assez désagréables. En général, je m'impose de faire moi-même mes recherches mais nous étions samedi, j'avais passé une semaine pourrie et je n'avais pas envie d'aller au bureau juste pour entrer un nom dans l'ordinateur. Les flics s'occupaient de l'affaire, et patati, et patata.

En plus, j'avais autre chose à faire ce matin-là : aller boire le café avec Claire et Bianca. Sans doute reviendraient-elles du brunch offert par Jack Jackson à la crème des stars d'ANN avec plein d'infos internes sur la restructuration.

Avant d'aller les rejoindre, j'achetai les journaux du jour. Le meurtre de Kanengiser était éclipsé par des nouvelles plus salaces sur la famille royale d'Angleterre. Pas un mot sur Joey Pinks. Mais les journaux avaient peut-être été imprimés avant que la police identifie le corps.

De toute façon, ce qui m'intéressait, c'étaient les résultats des courses de Belmont. Évidemment, Robin's Troubles avait gagné d'une longueur sa course de la veille. Ouaouh. Trop cosmique. Bien sûr, on pouvait trouver différentes interprétations au triomphe de Robin's Troubles, karmiquement parlant.

Il m'arrive parfois de parier. Quand je me sens en période de chance, je vais au champ de courses et je parie sur n'importe quel cheval qui a un nom porte-bonheur. Une fois, j'ai misé cinq dollars sur Hudson Queen, une autre fois sur Eric's Chance. À chaque coup, les picouilles que j'avais choisies sont arrivées dernières.

Je m'en fous, je n'espère pas gagner. Je ne parie que parce que j'ai tendance à croire beaucoup trop aux présages, aux coïncidences et autres trucs de ce genre. De temps en temps, j'ai besoin de me prouver, sans perdre trop de temps ni d'argent, que c'est débile.

Si Joey Pinks avait acheté ce ticket, il avait ses raisons. Ça devait lui paraître cosmique, à cause de ce qu'il savait, ou de ce qu'il voulait me faire.

Au demeurant, Robin's Troubles me permettait de tirer le maximum de ma théorie optimiste/pessimiste et accomplissait en même temps diverses fonctions. D'abord, j'avais une anecdote à raconter à Claire et à Bianca, au Tofu or Not Tofu, sur l'Avenue A, ensuite je pouvais plaisanter et frimer à propos des dangers auxquels je m'exposais pour un reportage et, enfin, rire de la trouille que me foutait toute cette affaire.

– Ce type avait mon adresse perso sur lui. Et on le retrouve mort à quelques blocs de chez moi.

– Ça me fait penser à ces vieilles histoires de fantômes qu'on se racontait en colonie de vacances.

Claire s'interrompit pour boire une gorgée de son infusion sans caféine.

– Vous savez, le gars qui a un crochet à la place de la main et qui s'échappe d'un asile pour psychopathes et s'en prend aux jeunes amoureux et…

– Et juste quand ils démarrent, il plante son crochet dans la portière de la voiture, termina Bianca.

Hector était garé de l'autre côté de la rue, à surveiller Bianca.

– C'est exactement l'impression que j'ai eue quand j'ai appris ça : la chute d'une histoire d'horreur. Mais attendez, c'est pas fini. Il avait misé sur un cheval nommé Robin's Troubles et le cheval a gagné. Ça lui rapporte cinquante fois sa mise…

– Joey devait sûrement croire que c'était son jour de chance. Et regardez comment ça s'est terminé, dit Claire.

– Pas de quoi être optimiste. Le bol, c'est que ton cheval gagne et que t'empoches une belle petite somme…

– L'ennui, c'est que t'es trop mort pour la dépenser. Mais toi, toi, tu as eu vachement de pot.

– J'sais pas. À mon avis, il avait quelque chose à me dire.

– Ou il te voulait du mal, Robin ! Il a quand même essayé de tuer sa mère, non ?

– Ouais, mais je suis sûre que ça avait à voir avec Kanengiser.

Bianca, qui n'avait encore rien dit, tressaillit manifestement quand je prononçai le nom de Kanengiser.

– Tu as prévenu la sécurité ? me demanda-t-elle, les yeux rivés au fond de sa tasse.

– Ouais, ils m'ont dit que j'avais eu de la veine. Pete m'a proposé Hector comme garde du corps, quand il en aura fini avec toi.

– Tu devrais peut-être accepter son offre, suggéra Claire.

– Bianca, tu te sens en sécurité avec Barney Fife ?

– Pas vraiment.

– Tu vois ? dis-je à Claire. Je lui fous mon pied au cul quand je veux. Alors t'imagines s'il a affaire à une grosse brute débile ? C'est moi qui le protégerais plus qu'il ne me protégerait. Enfin bon, laisse tomber Joey Pinks. Qu'est-ce qui s'est dit au brunch ?

– Oh, Jack Jackson a pas mal parlé de lui, comment il a débuté en répondant à une petite annonce dans le journal du dimanche…

– Rien sur moi ?

– Sur ton travail, tu veux dire ? Non, désolée.

Le portable de Bianca sonna. Elle prit l'appel. C'était Pete qui l'informait qu'il n'allait pas tarder à partir d'ANN et qu'elle devait aller l'attendre chez elle. La voix de son maître. Elle se tourna vers moi, de façon à ce que Claire ne la voie pas et articula silencieusement : « Tu ne dis rien. »

Je souris et lui fis un signe discret de la tête. Cette paranoïa permanente avait pour effet d'exciter ma curiosité qui, merci bien, n'avait pas besoin ces temps-ci d'être trop stimulée. Je me demandais quel secret honteux elle tenait tant à cacher à Pete. Avec Bianca, ça pouvait être n'importe quoi : d'une simple chlamydia à un avortement, en passant par une candidose vaginale.

Après de rapides au revoir, elle nous quitta.

– Eh ben dis donc, il la visse, dis-je à Claire.

– Elle n'a que vingt-trois ou vingt-quatre ans, ça lui passera.

– J'espère. Si ça se trouve, elle va finir par se rebeller, comme Mistress Lina, paillasson un jour, dominatrice le lendemain. Enfin bref, je me serais sentie plus menacée si ce Pinks était entré en contact avec moi, même si ce n'était pas après moi qu'il en avait, tu vois ce que je veux dire ?

– Oui. Tu penses que comme on l'a tué avant qu'il ne te révèle quoi que ce soit, tu ne risques rien. Et ce reportage, ça avance ?

– Ça va être nul, mais je m'en tape. Je m'en débarrasse et je passe à autre chose.

– Moins tu en sais sur ce meurtre, moins tu cours de danger.

Cette remarque me déplut.

– Tu sous-entends que je ne fais pas mon travail comme il faut ?

– Qu'est-ce que tu peux être susceptible. J'ai pas dit ça. En tout cas, tu as eu de la chance.

Ouais, soyons optimiste, j'avais eu de la chance que ce type se soit fait tuer. Au moins un truc positif. Jusqu'à ce que ce communiqué de l'IRA à Margaret Thatcher ne me revienne soudain en mémoire. Après l'attentat à la bombe qui avait détruit son hôtel de Brighton, d'où elle était ressortie indemne, ils l'avaient prévenue : « Vous avez eu de la chance, pas nous. Mais dites-vous bien qu'il suffira pour nous d'un seul coup de chance alors que vous, vous devrez avoir de la chance tout le temps. »

– C'est pas que j'aie peur. J'ai plein de pistes qui détourneraient l'enquête du sadomaso, mais Jerry insiste pour qu'on traite le sujet sous cet angle. Il a un « pressentiment »...

– Et une bande exclusive.

– Et quelques dominatrices qui ne demandent qu'à se faire de la pub. Mais Claire, s'il avait raison et moi tort ? C'est peut-être moi qui suis bouchée...

– Sans connaître tous les détails, entre toi et Jerry, je parierais que neuf fois sur dix, c'est toi qui as raison.

– Peu importe. Demain, il faut que je monte un reportage dont la plus grande partie sera consacrée à des démonstrations de sadomaso bidon. Je n'ai aucune idée de la personne qui a tué Kanengiser, ni de la raison. Et maintenant, je me retrouve avec un autre cadavre sur les bras.

– Ah, des fois ça me manque, le sale travail des Envoyés Spéciaux, me répondit Claire avec nostalgie.

Insidieusement, elle détournait la conversation. Ces meurtres avaient beaucoup plus d'importance à mes yeux qu'aux siens. Pas facile de susciter l'intérêt de gens comme Claire, qui revenait du Rwanda, ou Mike, qui était allé, au cours de ces cinq dernières années, dans tous les pays en guerre, pour deux gars qui s'étaient fait tuer à Manhattan.

– Ouais, ça doit être la barbe de tout le temps interviewer des ambassadeurs et des chefs d'État chiants.

– Non, on peut pas dire ça. C'était cool aux Envoyés Spéciaux, d'une certaine façon. On n'était pas obligés de prendre notre travail au sérieux. On a bien ri sur le coup de la banque du sperme. Et quand on a interviewé le TDC sur Satan ? Mémorable.

– Ouais, répondis-je doucement. C'est facile d'en rigoler, maintenant que tu es partie.

– Au fait, j'y pense, Jess a un ami qui cherche quelqu'un pour lui écrire ses discours…

– Quoi ?

– Ça pourrait être sympa d'aller travailler dans une autre ville…

– Tu penses que je devrais changer d'emploi ? T'es au courant de quelque chose ? Ils vont me balancer, c'est ça ? Si tu sais quelque chose, Claire, dis-le-moi. Pourquoi…

– Mon Dieu, Robin, calme-toi. Tu as dit toi-même tout à l'heure que tu songeais à chercher un nouveau travail et tu n'arrêtes pas de te plaindre que c'est horrible de travailler aux Envoyés Spéciaux… Je me suis souvenue que le sénateur Kiedis cherchait quelqu'un pour rédiger ses discours. Je vais te dire, il n'y a pas que le journal télévisé dans la vie, si c'est ce qui t'inquiète.

Malgré l'insistance avec laquelle Claire s'acharnait à me convaincre qu'elle ne savait rien de mon sort, je n'étais pas rassurée. J'avais l'impression que tout le monde m'envoyait des messages codés pour me préparer à encaisser le coup, soit parce qu'ils étaient trop polis pour me le dire franchement, soit parce qu'ils redoutaient ma réaction si la nouvelle me tombait dessus sans préambule.

– Au fait, comment ça s'est passé, ta soirée avec Fennell ?

– L'enfer. Il ne t'a pas raconté ?

– Je ne l'ai pas vu.

– Il n'était pas au brunch, ce matin ?

– Non.

– Bon, je vais te dire. C'est un porc, un connard, un poivrot. Il était bourré. Il a pas arrêté de tout critiquer. Il a essayé de m'embrasser de force…

– Mon Dieu, Robin ! Mais pourquoi tu sors avec des types comme ça ? Il y a pourtant des tas de gars bien à New York.

Ouais, et Claire se les était tous faits. Claire était une monogame en série. Je crois que c'est le terme pour désigner une femme qui se tape plein de gars, mais toujours un à la fois. Pour vous donner une idée, ça faisait sept mois qu'elle était avec Jess, son amant du moment, l'un des rares jeunes démocrates fraîchement élus à la Chambre des représentants : son record de longévité. Malgré une vie sentimentale dissolue, Claire se permettait de me donner des conseils.

– Pourquoi tu t'embêtes à chercher quelqu'un à ANN ? Tu ferais mieux d'aller voir en dehors de la famille.

– Quand j'ai fait mes débuts à la télé, Bob McGravy m'a prévenue que ça allait chambouler ma vie, que je n'aurais plus jamais d'horaires normaux. Il m'a dit que si je voulais avoir une vie sociale, j'avais deux possibilités : sortir avec des gars de la boîte ou sortir avec le cuistot de nuit de l'International House of Pancakes. Ce qui ne m'a d'ailleurs pas empêchée de me faire des hommes qui ne travaillaient pas chez nous… J'ai fréquenté, et je me suis mariée, avec Burke Avery.

– Tu parles, il travaillait quand même dans l'info, sur une autre chaîne, c'est tout.

– Et je suis sortie avec ce comique, Howard Gollis, et celui de Seattle…

– Et avec Eric Slansky, et avec Reb Ryan…

– T'avais promis de ne pas parler de Reb Ryan. Pour ma défense, je n'étais pas encore au courant de l'incident d'Haïti. Et puis d'abord, il n'y a pas que moi qu'il a fait flasher, avec ses récompenses et ses médailles. Bianca est sortie avec lui, Susan Brave aussi. Qui sait combien ont succombé à sa réputation surfaite ?

– O.K., O.K., un peu d'humour, s'il te plaît.

Claire s'efforçait d'être sympathique mais vu que tout pour elle marchait plus ou moins comme sur des roulettes, elle avait quelques difficultés à compatir.

– Allez viens, me dit-elle, on va faire les magasins, regarder les gars et parler un peu de moi.

Il faisait un temps splendide, ensoleillé, avec un air vif, mais pas froid. Il y avait beaucoup de monde sur l'Avenue A, en quelque sorte la grand-rue bohème-anarcho-punk-criminelle. Il fut un temps où cet honneur revenait à St. Mark's Place, mais le quartier était devenu un peu trop touristique. L'humanité tout entière défilait sur le trottoir défoncé : des vieux, des jeunes, des Blancs, des Latinos, des Noirs, des Asiatiques, des gens aux cheveux verts avec les sourcils et les lèvres percés. Même les gens de la rue en habits couleur de boue qui vendaient des bibelots et de vieux magazines passaient inaperçus.

Ça faisait du bien de prendre l'air.

– J'adore New York, dis-je à Claire. Ça me manquerait de ne plus habiter ici. Si tu savais le nombre de personnes qui ne sont pas de New York qui me regardent comme si j'étais une cinglée quand je leur dis ça. Pour ma tante Maureen, c'est l'endroit le plus épouvantable de la terre.

– Qu'est-ce qu'elle pense de ton quartier ?

– J'en sais rien. Je l'évite. Mais j'imagine. Elle ne verrait que le désordre, le délabrement, les squats, les sans-abri.

Je sais quelle est l'image que les gens comme tante Maureen se font de New York. Mais pour moi, c'est la plus belle ville du monde. Pas le centre de l'univers, mais un microcosme représentatif de tout l'univers. J'adore mon quartier, son brassage ethnique, l'art sauvage, l'art populaire, si curieux, les vieilles espadrilles que les enfants attachent dans les arbres au printemps. J'ignore pourquoi ils font ça, je ne les ai jamais vus le faire. Dès que reviennent les beaux jours, les branches bourgeonnent de vieilles chaussures. Dans la Neuvième Rue, les squatters décorent leurs maisons avec n'importe quoi, mais c'est magnifique.

Par exemple, des jambes de mannequin à l'envers, peintes de couleurs vives, forment comme une clôture tout autour du toit d'un immeuble. J'adore aussi les terrains vagues jonchés d'éclats de verre étincelants et multicolores, de carcasses de voitures rouillées. Et les clochards qui dorment à Tompkins Square Park pendant la journée, parce que depuis les émeutes de 1988, la ville ferme le parc la nuit. Je ne sais pas pourquoi j'aime tout ça. Ça me touche d'une façon que je ne peux pas expliquer, c'est tout.

– C'est quoi ?

Claire s'était arrêtée devant un mur graffité, couvert de symboles – un langage composé de petits dessins minimalistes, pratiquement impénétrable aux adultes. Avec les vêtements troués par de véritables balles (fabriqués industriellement et vendus en l'état dans les boutiques branchées), c'était la dernière tendance qui faisait fureur dans la jeunesse new-yorkaise.

– J'adore ce mur.

Chaque semaine, quelqu'un y ajoutait de nouveaux hiéroglyphes. Je sentais bien qu'une histoire se construisait sur le mur et je trouvais très frustrant de ne pouvoir la décrypter. Peut-être existait-il une pierre de Rosette, propre à la ville, permettant de déchiffrer le code. J'avais demandé à deux gamins du quartier : ils avaient ri mais n'avaient pas répondu. C'est ce jour-là que j'avais compris que j'appartenais à la « génération des vieux ».

Même si je ne comprenais pas, le mur m'émouvait. Peut-être parce que le seul symbole que je reconnaissais était un cœur.

– C'est curieux, dit Claire, mais étrangement beau.

Alors que nous étions plantées devant le mur, sous le charme, perplexes, le diaboliquement beau voisin passa derrière nous, allant dans la direction opposée à la nôtre. Ça peut paraître bizarre, mais je sentis sa présence avant de l'apercevoir du coin de mon œil. Je vis qu'il avait vu que je le regardais et je fermai les yeux jusqu'à ce qu'il nous ait dépassées.

Ce bref échange de regards périphériques suffit à me causer un choc violent. Après qu'il eut disparu, son absence me laissa soudain épuisée, somnolente. C'était ridicule. Est-ce cela qu'on appelle le coup de foudre ? Ou une dangereuse attraction ?

Claire était en train de disserter sur la dégénérescence du langage. Je ne l'entendais plus. Ce gars me faisait un effet terrible. Quand il était là, je ne voyais que lui et tous les sons autour de moi se brouillaient.

– Ouah ! s'exclama Claire. C'était qui ?

– Hein ? Oh. Le gars qui a emménagé au-dessus de chez moi.

– Whoa. Comme vous vous êtes regardés. Comment il s'appelle ?

– Wim Young. Il est acteur, ou artiste, ou un truc comme ça. J'en sais pas plus. J'sais pas. Il est très réservé. J'arrête pas de le croiser…

– Tu ne lui as pas parlé ?

– Non, je…

– Ma chérie, qu'est-ce qu'il a qui cloche ? C'est un gars comme lui qu'il te faut.

– Il me rend nerveuse… Il est… Je sais pas. Je ne suis pas prête. Il joue souvent de la guitare.

– Et alors ? Tu ne serais pas amoureuse, toi ?

C'est également ce que me disait une petite voix dans ma tête. Mais cette voix avait déjà fait de grossières erreurs. Heureusement, une autre voix se manifestait aussi. La voix de la raison, vous savez. Impossible, décréta mon cerveau, quand mes cellules cognitives se furent enfin reconnectées. Tu ne peux pas être amoureuse d'un homme que tu ne connais même pas, même si tu penses qu'il te dit quelque chose.

Tout à coup, je me rappelai où je l'avais déjà vu, et même plus d'une fois. Oh, ce n'était pas tout à fait le même chaque fois – il est très malin –, mais je le reconnaîtrais entre mille. Pour paraphraser John O'Hara dans *Butterfield-8*, je le reconnaîtrais au fond d'un puits de mine un jour d'éclipse totale. C'était l'écrivain hongrois au visage sinueux, dissimulé derrière un voile de fumée, avec ce merveilleux accent d'Oxford, qui avait posé sur moi ses yeux noirs dans l'Orient-Express, entre Budapest et Paris, il y a des lunes de cela. C'était le riche Suisse-Italien aux yeux marine qui parcourait l'Amérique sac au dos en 1986 et le divin blond Teuton avec un charmant « strabisme de journaliste » que j'avais épousé.

C'était le Diable.

Et je ne plaisante qu'à moitié.

– Un musicien, Claire ? À mon âge ? Tu déconnes, je ne peux pas être amoureuse de lui. C'est la Crise de la Quarantaine de Margaret Trudeau. Je dois encore réfléchir avec mes organes génitaux.

– C'est vrai, j'oublie tout le temps que tu es si vieille.

– Soyons réalistes…

– Cot cot cot cot cot, gloussa-t-elle.

Seconde allusion de la journée à ma « couardise ».

– Lâche-moi un peu.

– Écoute, je dois aller voir une pièce dans laquelle un de mes amis joue. Ça te dit ?

– Non. Je suis crevée. Et j'ai une course à faire. Merci quand même.

Jusqu'à ce que Claire me fasse remarquer que moins j'en savais, moins je risquais, je pensais rentrer chez moi en la quittant. Peut-être qu'elle n'avait pas voulu dire que j'étais une peureuse, mais c'était comme ça que je l'avais pris. Après tout, peut-être que j'étais trop susceptible. Quoi qu'il en soit, ça avait suffi pour me décider à faire un détour par l'hôtel Bastable.

Autrefois, l'hôtel Bastable, à huit ou neuf rues de chez moi, était une pension pour hommes correcte, qui accueillait de jeunes immigrants. Puis il était devenu le havre des écrivains et des artistes fauchés et galériens. O. Henry y avait vécu quelque temps, avant que la fortune lui sourie et qu'il déménage dans des appartements plus chics, au Chelsea Hotel. Depuis, l'hôtel Bastable ne cessait de se dégrader. Les chambres simples qu'il proposait comptaient parmi les plus miteuses de la ville. Même Charles Bukowski n'aurait pas voulu y habiter. Et ça fait déjà quelques années qu'il est mort.

Une nuit au Bastable coûtait dix dollars et cinquante cents. Au mois, ils louaient la chambre deux cent cinquante dollars. C'est ce qu'indiquaient les tarifs crasseux affichés à côté de la réception, dans le « hall ». Des effluves d'urine, de désinfectant et de friture planaient dans l'entrée. Un pensionnaire y était endormi sur une chaise, les poings sur les hanches, mort peut-être.

– Je voudrais des renseignements sur un type qui a séjourné ici, Joey Pinks, dis-je au type assis derrière la vitre pare-balles de la réception, qui me dévisageait d'un air goguenard.

– Il est parti, me répondit-il froidement.

– Je sais. Vous n'avez rien d'autre à me dire ? Il est arrivé quand…

– Je ne peux rien vous dire.

De façon suggestive, il se frotta la paume de la main. Il parlerait pour de l'argent. Bien. Ça me posait deux problèmes. D'abord, je ne pratique pas le journalisme carnet de chèques. D'accord, pour des raisons de curiosité, j'aurais pu pour une fois enfreindre mes convictions morales, mais de toute manière, le second problème annulait le premier : je n'avais sur moi que trois dollars quarante-sept et le pressentiment que M. Information se sentirait insulté si je lui offrais trois billets froissés de un dollar et une poignée de petite monnaie.

Je retournai dans la véranda et restai là un instant, à regarder dans la rue, d'un côté, puis de l'autre. Deux types traînaient sur le trottoir : un Noir avec des lunettes de soleil et un Blanc, petit, avec une tête de lutin, qui n'arrêtait pas de se gratter, machinalement. Il s'approcha de moi. Je reculai un peu, ne tenant pas à ce que le truc qui le démangeait me saute dessus.

– D'l'herbe ? me chuchota-t-il.

– Non, merci.

– Ecstasy, cocaïne.

– Non, merci.

– Vous avez l'air perdue.

Cette remarque existentielle me frappa par sa justesse.

– Vous habitez ici ? lui demandai-je.

– Ouais. Et vous ?

– Non.

– Ça m'aurait étonné.

– En fait, je cherche un gars du nom de Joey Pinks.

– Ouais, ouais, je le connais, dit-il en se grattant d'une main dans l'oreille, de l'autre, celle qui tenait une cigarette, le cou.

Le bout rouge frôla le lobe de son oreille.

– Un maigrichon. Il est arrivé il y a deux ou trois jours. Il s'est fait descendre. Les flics sont venus.

Il n'arrêtait pas de se gratter. Surprenant qu'il ne se soit pas encore complètement arraché la peau.

– Vous avez parlé avec lui ?

– Vous êtes policier ?

– Non.

– Il m'a acheté de l'herbe le premier jour. On a un peu parlé. Il a eu pas mal de problèmes. Il était revenu à New York pour chercher un ami, en ménage avec une femme. À mon avis, ça n'a pas marché.

– Il recevait des visites ?

– Non. Mais je l'ai vu téléphoner de la cabine du hall une ou deux fois.

– Vous avez entendu ce qu'il disait ?

– Des trucs à propos d'un agenda.

– Un agenda ?

– C'est tout ce que je sais.

Un agenda ou un petit livre noir ?

Tandis que je m'entretenais avec lui, une berline bleu foncé qui était garée au bout de la rue démarra et s'approcha lentement. Elle s'arrêta devant nous, au milieu de la chaussée, en face du Bastable. Un chauffeur la conduisait. À travers les vitres teintées, je ne parvenais pas à distinguer s'il y avait un passager à l'arrière.

Si son manège louche avait attiré mon attention, je n'y attachais pas plus d'intérêt : probablement un yuppie riche en quête de dope. Ce coin du Lower East Side est réputé pour être un gros marché de la drogue. L'homme-qui-se-grattait eut sans doute la même pensée que moi. Il se dirigea vers la bagnole. Il allait aborder le chauffeur quand celui-ci remonta vivement la vitre et démarra en trombe.

– Enculés de touristes, me dit-il en revenant.

– Il y a beaucoup de touristes qui viennent ici ?

– Des tonnes. Des bus, même, des fois. Ils font fuir les clients.

– Bon, pour en revenir à Joey Pinks…

– Qu'est-ce que vous lui voulez, puisque vous m'avez ?

Il commençait à me draguer, ponctuant ses phrases de clins d'œil (sans cesser de se gratter). De toute évidence, il fonctionnait à la loi des cinq minutes : si une femme passe plus de cinq minutes avec moi, c'est que je lui plais.

– On va faire un tour ?

Parler aux gens de la rue figure au nombre de mes compétences. Sur un CV, ça ne fait pas très bien, mais je suis vraiment très douée pour ça. S'ils me draguent, j'ai deux techniques, ça dépend des vibrations qu'ils m'envoient. Soit je déconne, mais à la dure et un peu burlesque, genre « Vous ne sauriez pas par quel bout me prendre ». Soit je me comporte comme si j'étais incroyablement flattée. Pas comme une snob. Au contraire, je fais semblant d'être très très honorée d'être invitée par un dealer sans client, atteint d'une maladie dermatologique, probablement contagieuse, qu'il a chopée dans un hôtel à puces. Le super coup, quoi.

– Non, je vous remercie. C'est extrêmement sympa de votre part, mais je suis pressée. Merci de votre aide.

Sur quoi, je m'éloignai. Un demi-pâté de maisons plus loin, l'homme-qui-se-grattait me héla. Il me suivait. Je hâtai le pas, il accéléra. Merde. Il n'allait pas me lâcher.

Pourquoi suis-je si irrésistible ?

Arrivé à ma hauteur, il me lança :

– Vous savez que vous avez de la gomme au cul ? Je préfère vous le dire.

Je me retournai. Effectivement, j'avais de la gomme sur les fesses. À en juger par les saloperies qui s'y étaient collées, il devait même être là depuis un certain temps – des petites bourres noires, un morceau de cure-dent, un Tic Tac orange.

Seigneur, pensai-je, avais-je de la gomme au cul quand le diaboliquement beau voisin était passé derrière moi ?

15

« Habille-toi de façon à te fondre dans la masse. » Telles avaient été les instructions de Jerry pour le tournage du samedi soir chez Anya's.

Comment doit-on s'habiller pour aller à une flagellation publique ? Ma garde-robe n'était tout simplement pas adaptée. Après avoir essayé plusieurs tenues, nulles, j'optai pour un vieux jean, un sweat-shirt noir délavé et une paire de bottes noires démodées, les bottes pour « se fondre dans la masse ». J'avais choisi cet ensemble en repensant aux conseils de l'aventurier sexuel Dillon Flinder : « Si tu vas dans un club privé, mets des vêtements qui ne se tachent pas. »

Berk.

Tamayo avait eu plus de facilité à trouver des vêtements de circonstance. Sa garde-robe s'y prêtait mieux que la mienne. Tout en cuir et en latex noir, très chouette, elle avait même les accessoires : le collier de chien clouté, la chaîne en guise de ceinture et une mèche noire, réalisée à la teinture temporaire, qui partageait en deux ses cheveux blonds décolorés, à l'inverse de Susan Sontag.

– Qu'est-ce que t'en penses ? me demanda-t-elle en venant me chercher. J'ai pas l'air trop nulle ?

– Non, tu es super.

Je levai les yeux. Mme Ramirez nous épiait de derrière ses rideaux en dentelle. Dieu seul savait ce qu'elle allait s'imaginer de Tamayo.

– Ben toi, Robin, tu as l'air…

Tamayo ne termina pas sa phrase. Le taxi arrivait.

– J'ai le compteur qui tourne, nous dit le chauffeur.

Nous montâmes dans la voiture. À l'angle de la Quatorzième Rue, un gros camion-citerne vert, sur le flanc duquel était inscrit FOSSES D&L, nous doubla. Le gars klaxonna et nous fit signe.

– Ça sent l'accident tragicomique, fit remarquer Tamayo tandis que le taxi essayait de rattraper le camion FOSSES D&L.

Il le suivit sur plusieurs rues, d'un peu trop près à mon goût.

– Il est mignon. Dommage qu'il nettoie les fosses septiques, dis-je.

– Je savais même pas qu'il y avait encore des fosses septiques. Comment ça doit faire de sortir avec un gars qui vide les fosses ?

– J'sais pas. Si je sortais avec lui, tu crois qu'il viendrait me chercher en camion ? Rien que pour ça, ça vaudrait le coup. Et professionnellement, je suis sûre qu'on aurait beaucoup plus en commun que je ne voudrais l'admettre.

– Courage. Tu vas peut-être rencontrer l'homme de ta vie ce soir, chez Anya's.

Le taxi s'arrêta devant le club.

Anya's se trouvait tout près de Gansevoort et de Little West Twelfth Street, en plein cœur du Meatpacking District. Le Meat Rack, comme certains l'appellent, est un dédale de ruelles pavées, bordées d'immeubles bas avec des rideaux de fer. Le jour, c'est le quartier du commerce de la viande morte ; la nuit, celui de la chair fraîche. Outre les boucheries et les clubs privés, il y a aussi des appartements, des bars et des restaurants, comme le Hogs & Heifer, le Kafka et le Florent, et tout un tas d'entrepôts abandonnés. Des gens banals se mêlent ici à une faune avant-gardiste et à tous les types de prostitué(e)s possibles et imaginables. Le Meatpacking District est un coin qui vous prend aux tripes, voire lugubre la nuit. Le genre de quartier où la lumière des réverbères ne fait qu'accentuer les ombres.

Jim et Mike attendaient dans une rue perpendiculaire, dans le camion pour les tournages en sous-marin. Après avoir réglé la balance de la caméra cachée dans le sac de Tamayo, ils la raccordèrent au son. La plus grande partie ce qu'elle filmerait ne serait de toute façon pas exploitée – elle avait reçu la recommandation de ne pas prendre les visages et le département des effets spéciaux brouillerait ce que tante Maureen appelle « les parties intimes ».

Un peu plus loin, deux gars négociaient une transaction avec une femme, devant une file de taxis et de limousines de location, prêts à ramener chez eux les clients du club dès qu'ils en sortiraient.

– Allez, m'enjoignit Tamayo, on va peindre le serpent.

Nous descendîmes les marches qui menaient à la porte. Après avoir payé notre entrée (quinze dollars pour les femmes, cent pour les hommes), sous la pancarte « LAISSEZ TOUTES VOS ARMES AU VESTIAIRE – À L'EXCEPTION DE CELLES QUE DIEU VOUS A DONNÉES », nous franchîmes un rideau noir pour nous retrouver dans une espèce de donjon au bar duquel on ne servait que des cocktails sans alcool, le salon public de l'établissement, une salle basse de plafond, avec des pierres apparentes, très faiblement éclairée, sinistre.

En dépit de la pancarte, une collection d'armes impressionnante y était exposée : des petits fouets, des chevalets, des cages, des raquettes et des chevaux d'arçons pour se faire fesser.

Nous confiâmes nos manteaux au gars qui s'occupait du vestiaire, un travesti à la voix rauque, avec de longs favoris, vêtu d'un tartan. Puis j'allai attendre Anya au bar. Tamayo partit de son côté, incognito. Mike et Jim étaient entrés par-derrière, afin que leur matos n'effraie pas les clients. Personne ne se doutait que Tamayo filmait.

Je hais les tournages incognito.

Anya's est un club glauque, certes, mais assez sélect, dirais-je. C'était la première fois que je mettais les pieds dans un club SM, mais je savais, pour avoir interviewé des dominatrices pour un précédent reportage, qu'il existe des lieux bien plus sordides, où il se passe des choses vraiment atroces. Chez Anya's, les activités de base se limitaient au jeu de rôle, à l'exhibitionnisme et au voyeurisme. Au milieu du donjon, un homme était penché au-dessus d'un cheval d'arçons, fesses à l'air. La femme qui le frappait, malgré sa combinaison de cuir noir, distillait de fortes vibrations d'institutrice. Les autres, principalement des hommes, habillés ou nus, masqués pour la plupart, regardaient.

À l'aise, Blaise. N'empêche que les clubs privés, c'est pas mon truc. Pendant notre voyage de noces, mon ex-mari Burke et moi, nous étions allés voir un spectacle porno live pour touristes friqués, à Amsterdam. Nous étions assis à côté d'un couple d'Anglais, charmants, très collet monté, de l'Essex. Sur le plateau, des paires de fesses se succédaient, rebondissant sur des rythmes disco. J'avais été frappée par le côté pathétique et mécanique de ce numéro, qui évoquait plus un cours d'aérobic qu'une joyeuse bacchanale érotique. Une, deux, devant, derrière, plus que six, devant, derrière, devant, derrière, plus que quatre.

Un homme masqué s'était approché de moi, désinvolte, complètement à poil, à l'exception du masque, de ses chaussures noires éraflées et d'une paire de chaussettes de tennis. (Normal, moi non plus je ne marcherais pas pieds nus dans un endroit pareil.) Il me dévisageait.

– Je peux vous lécher les bottes ?

– Non, je vous remercie, répondis-je, plus polie que jamais, en reculant un peu.

Tout compte fait, j'aurais de loin préféré le nettoyeur de fosses… Le type en face de moi était pourtant certainement un analyste financier de Wall Street ou quelque chose dans ce style. Un bon parti, quoi. Anya avait dit que les gens de Wall Street venaient se faire fouetter chez elle.

Je me considère peut-être comme une libre penseuse mais jamais je ne me serais imaginée papotant avec un banquier à poil. Je n'osais regarder personne en face, de crainte de pouffer de rire. Il faut que je connaisse un minimum les gens pour faire des trucs osés avec eux. Sinon, je suis incapable de garder mon sérieux.

À propos, que je vous raconte la fois où j'ai failli coucher avec Howard Gollis, également la dernière fois où j'ai bu de la vodka. Les opérations s'étaient déroulées sans heurt. Après avoir procédé en règle aux préliminaires – haletants, en sueur, sur le point de nous arracher mutuellement nos vêtements –, Howard s'était levé et m'avait décoché un sourire vicelard.

Puis il avait sorti un bandeau de sa poche.

« C'est pour toi ou pour moi ? » lui avais-je demandé.

« Pour toi. »

« Non, je ne crois pas. »

Pendant une demi-heure, je n'avais pas pu m'arrêter de rigoler.

Quant à Howard, pour un comique, il n'avait pas un sens de l'humour très développé. Il me traita de prude. Merde. Quel genre de type faut-il être pour vouloir bander les yeux à une femme la première fois ? Soit un sadique, soit un homme horriblement défiguré, je dirais. Ou bien les deux.

Cette soirée chez Anya's était donc un défi. Ne surtout pas se marrer. Comme Dillon m'en avait informée : « Si tu te moques d'eux, les masos t'en apprécieront d'autant plus. Si tu leur dis de se casser, ils t'adoreront. Si tu les insultes et si tu essayes de les chasser, ils te vénéreront jusqu'au jour de leur mort. Les masos, c'est comme les sables mouvants. »

Pour moi, le plus grand risque qu'une femme courait chez Anya's, c'était d'être idolâtrée à vie par une bande d'hommes-chiens baveux.

– Ah, vous êtes là, me dit Anya. Je vais vous faire visiter le club, puis nous monterons à la Salle Sacher-Masoch. Votre équipe est déjà là-haut, je crois ?

– Ils devraient.

– Suivez-nous, m'enjoignit-elle en tirant sur la laisse de Charles.

Au-dessus du salon public, une pièce était réservée aux couples. Anya était assez fière de son buffet gratuit.

– Le ragoût de ziti est excellent. Servez-vous.

J'hésitai.

De derrière le mur, me parvenaient des grincements et des crissements mécaniques.

– Qu'est-ce qu'on entend ?

– La fabrique de hamburgers d'à côté, me répondit Anya, ne voyant là apparemment aucune ironie. L'équipe de nuit.

Pour un antre de la débauche, le club me paraissait somme toute très banal. Ça venait peut-être de tous ces hommes nus, masqués, en baskets et chaussettes de tennis, qui mangeaient des cubes de fromage jaunes et blancs dans des assiettes en papier fleuries.

Au troisième étage se trouvaient la Salle Justine, pour les mâles dominateurs et les femelles soumises – fermée ce soir en raison d'une fuite dans les canalisations –, et la Salle Sacher-Masoch, pour les femmes dominatrices et les hommes soumis. Au dernier étage, les bureaux d'Anya.

– C'est Gus, feu mon mari, qui a tout aménagé. Les chevaux d'arçons, les crochets dans les murs, tout. Il a tout fait de ses propres mains.

– Sacré gars, ce Gus.

– Je ne vous le fais pas dire.

– Est-ce que Charles vous suit partout ?

– Plus ou moins.

Anya tapa un code sur le pavé de touches d'une large porte bleue, qui s'ouvrit sur la Salle Sacher-Masoch.

À l'intérieur, des femmes faisaient parader leurs esclaves en laisse, pour Mike et Jim, postés dans un coin.

– Le chenil de l'Enfer, me chuchota Mike tandis que les hommes-esclaves défilaient.

Dans la même pièce se tenaient encore un grand costaud, sanglé dans un harnais, livré à deux dominatrices, et une femme seule dans un coin, fouet à la main, que l'on me présenta comme Carlotta, la « lieutenante » d'Anya.

– Ce sont nos joueurs, me dit Anya en me conduisant vers les premiers.

Ils ne donnèrent que leurs prénoms. Tous n'étaient pas masqués, mais tous présentèrent une décharge signée, fortement recommandée lorsqu'on filme ce genre de scènes.

– Mme Hudson a quelques questions à vous poser, leur annonça Anya avant de me laisser la parole.

Je fis circuler la copie d'une photo de Kanengiser.

– Avez-vous déjà vu cet homme, au club ou ailleurs ? Il s'appelle Herman Kanengiser.

– Oui, moi, affirma l'un des esclaves.

Sa maîtresse tira légèrement sur sa laisse.

– Où l'as-tu vu ? lui demanda-t-elle sur un ton moqueur.

– Euh…

– À la télé, intervint un autre esclave. Il est passé à la télé la semaine dernière, c'est ça ?

– C'est ça.

– C'est sûrement là que je l'ai vu, confirma le premier esclave.

– Vous en êtes sûr ?

– Sûr.

– Connaissez-vous quelqu'un qui le connaissait ? insistai-je.

Ils se contentèrent de tous me regarder fixement. Je fis passer la photo de Joey Pinks.

– Non, connais pas, dirent les esclaves.

Difficile de savoir si l'on pouvait se fier à eux, avec ces maîtresses autoritaires qui ne trahissaient aucune émotion et tenaient leurs laisses bien serrées. Croyez-moi, je n'aurais pas fait une partie de poker avec ces Amazones de série B.

Il ne restait plus qu'à espérer que Tamayo ait plus de chances de son côté.

Anya reprit la situation en main. Cette femme ne pouvait s'empêcher de tout contrôler. Elle nous pria d'assister à une démonstration de fessée – puis deux, puis trois. Les deux dominatrices attachèrent ensuite l'homme harnaché à un crochet et le lacérèrent de coups de fouet. Puis Anya, le talon aiguille planté derrière la tête de Charles, se mit à l'insulter : ver méprisable, chien, pâle substitut d'homme… et autres doux et tendres qualificatifs.

Mike était inhabituellement silencieux.

Tout comme moi. Je n'avais plus du tout envie de rire. Il ne s'agissait plus d'un jeu de rôle inoffensif. L'envie me démangeait d'arracher le fouet des mains d'Anya, de le casser en deux et de lui coller mon poing dans la gueule. J'aurais voulu relever ce pauvre homme qu'elle tyrannisait, lui dire de se défendre et de reprendre sa dignité humaine. Un souvenir d'enfance me revint en mémoire : tandis que mes camarades de classe brutalisaient un nouveau, j'étais restée à les regarder, sans rien dire, parce que j'étais contente de ne pas être leur bouc émissaire. À présent, je me faisais horreur de ne pas réagir, même si les esclaves étaient tous des adultes consentants, qui désiraient, pour une raison ou pour une autre, être traités de la sorte.

J'avais la tête qui tournait, la nausée. Mes jambes commençaient à flageoler quand j'entendis dans mon oreille la voix réconfortante de Mike : « Artichaut, artichaut, artichaut. On remballe et on se casse. On en a bien assez. »

Mistress Anya ne cacha pas son mécontentement de nous voir couper court au tournage. Sans doute allait-elle appeler Jerry, qui me passerait un savon pour avoir gâché de la bonne bande. Qu'il aille se faire foutre ! Je ne pouvais pas supporter ce spectacle une minute de plus. Finalement, je suis peut-être bien une prude.

En bas, je récupérai Tamayo.

– On y va.

– O.K., acquiesça-t-elle sans grand enthousiasme.

Elle s'éclatait. Plein de gars lui avaient proposé de lui lécher les bottes. Elle prétendait qu'elle ne comprenait pas bien l'anglais. « Oh, vous voulez me lacer les bottes », leur disait-elle, puis elle s'éloignait. Pour s'amuser, elle avait quand même laissé un type lui lécher les bottes.

– C'était pas mal, me rapporta-t-elle. C'est pas si gênant que ça.

– Quelqu'un a reconnu Kanengiser ?

– Deux personnes ont dit qu'elles n'étaient pas sûres. Les autres ont toutes dit non sans hésiter.

– Bon, on a fait de notre mieux.

– Ma femme ne va jamais me croire, dit Jim en chargeant le pupitre son à l'arrière du camion.

– Allez, on se barre, le coupa Mike.

– On va boire un coup ? suggéra Tamayo.

– Pas ce soir, répondis-je.

– Tant pis. Moi je vais au Hogs & Heifer. On prend un taxi ensemble ?

– Je t'emmène, Robin, proposa Mike. Jim ramène le camion au Q.G. J'ai ma caisse juste là. Si tu veux, je te dépose au bar, Tamayo.

Avant que je puisse protester, Tamayo accepta.

– Oh, impec.

Je ne tenais absolument pas à monter en voiture avec Mike. Vu que c'était Jim qui conduisait tout le temps, je n'étais même pas sûr qu'il ait le permis. Mais je ne voulais pas non plus le vexer, ni montrer que j'avais peur. De toute façon, Tamayo s'était empressée de s'installer à l'arrière. Je montai devant.

Après avoir laissé Tamayo au Hogs & Heifer, Mike me demanda :

– T'es sûre que tu ne veux pas aller manger un morceau ?

– Il est tard.

– O.K., je proposais juste.

– Merci. Je n'ai qu'une envie, rentrer chez moi et rester une heure dans un bain de désinfectant.

Mike ne m'écoutait pas. Il avait les yeux rivés sur le rétroviseur.

– Y a une bagnole qui nous suit depuis West Street.

Je me retournai et regardai par le pare-brise arrière. Une berline foncée roulait derrière nous.

– Tu es sûr ?

– Certain. Elle était garée derrière nous. Elle a démarré en même temps que moi. Enculé de pervers, on va lui montrer.

La voiture ressemblait à celle que j'avais vue passer devant le Bastable.

Mike freina. Quand la berline freina, juste derrière nous, il appuya à fond sur l'accélérateur et grilla un feu rouge.

– Dirige-toi vers un commissariat. On verra bien s'il continue à nous suivre, lui conseillai-je, judicieusement, en relevant le numéro de la plaque d'immatriculation dans mon bloc de journaliste.

Mais Michael O'Leary avait d'autres plans en tête.

– On va les semer.

Il passa une vitesse et grilla un autre feu.

– On n'est pas à Sarajevo, Mike.

La voiture nous talonnait toujours.

– On a un code de la route, ici. Enfin, il me semble.

– Regarde sous ton siège, tu veux, il doit y avoir mon arme.

– Ton arme ? T'as une arme ? T'es fou. Il est hors de question que je te la passe.

Mike tourna brusquement dans Washington Street, en faisant crisser les pneus, puis fonça dans les rues pavées de Tribeca et s'engagea à toute allure sur West-Broadway. La bagnole n'était plus en vue.

– On l'a semé, cet enfoiré.

– J'ai changé d'avis, Mike. On va boire un coup. J'en ai besoin.

Nous nous arrêtâmes au premier bar que nous trouvâmes sur notre chemin, un petit trou dans le mur d'une ruelle transversale. Les trois clients et le barman n'échangeaient pas un mot. À en juger par les détritus qui jonchaient le sol, il y avait eu du monde un peu plus tôt. Après avoir fait la fête ici, ils étaient sans doute partis ailleurs, ne laissant derrière eux que les misanthropes.

De la cabine des toilettes, j'appelai Ferber et Huculak pour leur signaler l'incident. Peut-être devrais-je changer de travail, me dis-je après avoir raccroché. Peut-être devrais-je sérieusement envisager une réorientation professionnelle. Même si je survivais à la restructuration, je n'avais que peu de chances de réintégrer l'actualité générale dans un futur proche. Ce qui signifiait encore au moins un an, voire plus, à traquer les call-girls et les nababs de l'industrie du postiche criblés de dettes qui déménagent à la sauvette. Un an à supporter les insanités de Jerry. Et après ? Après, j'aurais un an de plus et des reportages de plus en plus douteux à rajouter sur mon CV. Peut-être qu'il était plus sage de démissionner avant qu'ils me foutent à une place débile, hors antenne, jusqu'à l'expiration de mon contrat.

Le problème, c'est que je ne savais pas où aller. Depuis toute petite, j'avais rêvé d'être reporter télé. Ça doit vous paraître triste, triste comme un petit garçon qui a hâte de grandir pour devenir membre du Congrès. Mais c'était mon rêve et je n'étais pas encore prête à y renoncer.

Je rejoignis Mike au bar.

– Tu crois que tu es suivie ?

– J'ai déjà vu cette bagnole. Hier soir ou… il y a deux jours. Je ne sais même plus quel jour on est… dimanche ? Et les flics ont retrouvé le corps d'un ex-prisonnier avec ma carte de visite sur lui et un ticket de course pour un cheval nommé Robin's Troubles.

Et vous voulez avoir une Attitude Mentale Positive avec tout ça ?

– Qu'est-ce que vous prendrez ? me demanda le barman.

– Une vodka, répondis-je sur-le-champ.

Rien à foutre de Max Guffy. Rien à foutre d'Howard Gollis. Enfin… presque.

– Non, une Budweiser.

– Une Grolsch pour moi, commanda Mike.

– Je suis sûre que tout est lié à l'affaire Kanengiser. À mon avis, quelqu'un croit que je sais quelque chose. C'est pour ça qu'on me cherche. Alors que je ne sais rien ! Les policiers ne veulent rien lâcher, Jerry veut que je me serve du meurtre comme d'un prétexte pour faire un sujet sur le sadomaso, toutes les femmes que Kanengiser a eues sont des suspects potentiels et, de toute façon, elles refusent presque toutes de parler…

– Tu devrais t'acheter une arme, Robin.

– Je hais les armes. Mais je ne vais peut-être pas tarder à m'en procurer une. Tout le monde est armé. Pourquoi t'as une arme, toi, hein ?

– Pour me protéger.

Mon Dieu ! Les présentateurs se faisaient tirer dessus et ils voulaient s'armer pour pouvoir riposter. Des cadavres surgissaient de derrière les tas d'ordures, maris et femmes se faisaient sauter la cervelle et les balles pleuvaient fréquemment sur la Maison-

Blanche. Dans certaines villes des États-Unis, la loi exige même qu'il y ait un flingue par tête de pipe dans chaque foyer. Le Chaos Règne.

Je me rendis compte soudain que je devais avoir l'air complètement paniquée. Mike posa sa main sur la mienne et fit signe au barman de m'apporter une autre bière.

– T'as pas eu envie d'aider ces esclaves à s'enfuir, tout à l'heure ? C'était horrible, non ? lui demandai-je.

– C'étaient tous des adultes consentants. Et puis, il n'y a pas eu mort d'homme. On ne peut pas en dire autant des guerres. Ce qui m'a frappé, par contre, c'est le comportement étrange de Charles. T'as pas remarqué qu'il n'arrêtait pas de remuer les oreilles ?

– Non.

– Je te montrerai la bande, lundi. Il était nerveux. Je l'ai trouvé bizarre. J'ai un sixième sens pour ça.

– Maladie de Carré ?

Mike sourit. Un gars charmant, ce Mike. Son visage était quelconque, mais animé d'une telle personnalité farfelue d'Irlandais que quand vous le connaissiez un peu, après avoir bu quelques verres, vous ne pouviez que le trouver vraiment beau. Mais pas beau.

– Ils avaient tous l'air nerveux, ces esclaves. Quelle drôle d'idée, de choisir de son plein gré la condition d'esclave. Le cuir, les jeux de rôle, je comprends, mais l'humiliation…

Je m'interrompis. Le vent dans la salle avait tourné et l'odeur de Mike m'envahit les narines. Il sentait la quincaillerie, le caoutchouc huilé et le papier kraft, avec juste une pointe de savon, pas d'after-shave. J'adore l'odeur des hommes.

Maintenant que j'avais senti son odeur, ça me faisait tout drôle de parler de sexe avec lui.

– J'avoue que c'était choquant. Ça m'a rappelé quand j'ai été pris en otage au Liban.

Mike et Reb avaient été capturés à Beyrouth. Ils s'étaient échappés au bout de trois semaines. Normalement, Mike n'en parlait pas. Mais comme il avait bu quelques bières, je me permis d'insister, parce que Reb m'avait raconté deux versions.

– Vous vous êtes échappés comment, exactement ?

– Entre nous, on ne s'est pas vraiment échappés.

– Hein ?

– Tu as lu cette nouvelle de O. Henry, *La Rançon du Chef Rouge* ? Des gredins kidnappent un gamin et essayent de soutirer une rançon aux parents. Mais le petit est tellement insupportable que les parents n'en veulent plus. Le gamin rend ses ravisseurs fous, il ne veut pas partir, ils n'arrivent pas à s'en débarrasser…

– J'adore cette histoire.

– Ben pour nous, ça s'est passé un peu comme ça. Reb s'est mis à chanter et à fredonner sans arrêt. C'est un truc qu'il a appris au Viêt-nam, pour faire le vide dans son esprit pendant les interrogatoires. Mais à Beyrouth, il ne se taisait que quand il dormait. On aurait dit qu'il ne pouvait plus s'en empêcher.

– Il chantait quoi ?

– N'importe quoi. Des tubes des années 1960, de l'opérette, *Peggy Lee*, des chansons à boire anglaises, des chansons à boire irlandaises, *La Marseillaise*, des jingles de pub des années 1950. Il abusait un peu. Les gardes lui disaient sans cesse de se la boucler, ils le frappaient avec des bâtons : il ne la fermait pas. J'ai cru qu'ils allaient nous pendre. Heureusement, d'un point de vue stratégique, ils n'avaient pas intérêt à nous liquider. Une nuit, après l'exercice, ils nous ont ramenés dans notre cellule. Ils ont oublié de nous menotter, oublié de fermer la fenêtre. Ils ont même laissé une caisse en bois dessous. Comme par hasard, le veilleur de nuit était absent et il y avait un taxi qui attendait pas loin. Reb me tuerait s'il apprenait que je raconte ça.

– Eh bien ! Ce n'est pas du tout ce qu'il m'a raconté. J'ai eu droit à la version dans laquelle il a rogné de ses dents ses sangles en cuir, brisé une fenêtre, t'a aidé à sortir et où vous avez marché pendant des kilomètres avant qu'un camion chargé de melons vous prenne en stop. Et à la version dans laquelle le camion transportait des poulets halal.

– Il croit vraiment qu'on s'est échappés. Et il est persuadé qu'il est Irlandais, ou Irlando-Américain.

– Il l'est pas ? Reb Ryan ? Ça fait irlandais, comme nom.

– Nah, il a changé d'identité il y a des années. Il est originaire d'Europe de l'Est, il me semble. Mais maintenant, il se prend pour un Irlandais pure souche.

– Pourquoi tu n'as pas signalé à la direction qu'il était dingue avant qu'ils n'apprennent l'incident d'Haïti ?

– Parce que, j'sais pas. Par principe. Tous ceux qui bossent sur le terrain sont à moitié frappés. Reb est un bon reporter, en dépit de tout le reste. C'est drôle, quand il est devant la caméra, c'est la personne la plus incisive et la plus véridique que j'aie jamais rencontrée. Hors de ça, il délire complètement. Tu ne peux pas croire un mot de ce qu'il dit.

– Comment tu fais pour pas perdre la boule, Mike ? Je veux dire, tu as dû en voir, des atrocités ?

Il rigola.

– Si je suis revenu, c'est pour pas devenir fou. Enfin, ce n'est pas que pour ça. J'étais mal vu à cause d'une ou deux cascades que j'ai faites en bagnole, au Rwanda.

Mais la vraie raison, c'est que mon ex-femme, elle est Américaine, était revenue ici, avec notre fille. Je ne voulais pas rester si loin de Samantha.

Sa fille, Samantha, avait dix ans.

– Je suis sûre que tu es un super papa.

Il se commanda une autre bière et me montra des photos. Jim et Mike sortent leurs photos à tout bout de champ. Ils sont adorables.

– T'aimerais avoir d'autres gamins ?

– J'chais pas. J'crois pas.

Quelques bières et il redevenait très Irlandais.

– Pas 'vec c'job et c'te vie que j'mène. En fait, je passe pas assez de temps avec Sam. En plus, j'suis d'une famille de sept mômes. J'ai des pleines charrettes de neveux et de nièces. Et toi ?

– Je ne peux pas avoir d'enfant, à moins de subir un traitement médical long, coûteux et risqué et... De toute façon, ce ne serait pas pratique pour moi. Qu'est-ce qui s'est passé entre toi et ta femme ?

– Oh, on a divergé. Elle voulait un mari plus présent, quelqu'un qui s'occupe d'elle sept jours sur sept. Ça fait cinq ans qu'on a divorcé, cinq ans que je roule ma bosse de guerre en guerre. J'crois, j'sais pas, j'crois qu'j'avais b'soin d'un gros conflit en dehors de moi pour me faire oublier le conflit en moi. Ma fille, mon job, ça m'a pas mal secoué. J'ai déclaré une paix unilatérale et je suis revenu aux États-Unis.

– Elle fait quoi, ta femme ?

– Elle illustre des bouquins pour enfants.

– Il paraît que c'est mieux de s'accoupler avec quelqu'un qui travaille pas dans l'info.

– Qui t'a dit ça ?

– Claire. Mais je le savais déjà. Les histoires avec des collègues de travail, ça ne va jamais bien loin dans le milieu de l'info. Regarde Elsie et Pat, Solange et Greg Browner, Reb et son ex-femme…

– Ton ex-mari est reporter, non ?

– Ouais.

– Qu'est-ce qui a foiré entre vous ?

– Au début, ça marchait bien. Mais à long terme, nous n'avions pas la même façon de voir les choses. Je crois qu'on a dû diverger, nous aussi.

– Qu'est-ce qui t'avait plu chez lui ?

Ces Irlandais, ça ne les gêne pas de parler d'amour. Et ils ne font jamais mauviette, ni macho. Mike entretenait un intérêt soutenu, sain et légèrement cynique pour le sujet. Il n'avait pas peur de poser des questions.

– Burke est un beau gars. On s'est rencontrés à un procès pour meurtre. On se voyait tous les jours au palais de justice. On avait l'impression de vivre la même aventure, tu vois ? Il souhaitait un peu de chaos et moi, je cherchais à mettre un peu d'ordre dans ma vie. On a tous les deux été bien servis.

– Aide-toi et le ciel t'aidera…

Mike exerça une pression sur ma main. Je ne sais pas si c'était le danger ambiant, les bières ou le fait que depuis deux mois nous travaillions ensemble, nous étions si proches l'un de l'autre, mais ce geste me causa une violente contraction pelvienne. Ou alors, c'était parce qu'il était sexy sans être beau, parce qu'il avait ce super accent irlandais, parce qu'il racontait des histoires passionnantes ou parce que quand je regardai dans ses yeux, à cet instant, j'y découvris de la douceur et de la fragilité. J'en oubliai totalement les vingt-sept chiens pakistanais.

– Je crois que je suis comme ce gars, Phil, trop folle pour aimer et trop bête pour mourir. J'en ai marre de ces jeux d'autorité, marre des illusions.

– Ah, mais on n'est jamais sûr, hein ? Tu crois que tu t'es assagi et que tu ne tomberas plus amoureux et hop, badaboum, une créature fantastique apparaît dans ton champ de vision.

Comme je suis très légèrement égocentrique, je crus qu'il parlait de moi. Je pensais qu'il me faisait du charme parce que nous avions tous les deux été pris dans une course-poursuite et que nous nous étions tapé quelques bières ensemble. Je m'apprêtais à mettre un terme à cette longue journée, à lui dire que j'étais fatiguée et que j'allais appeler un taxi quand il me dit :

– Je t'ai déjà dit comment les Afghans se disent adieu ?

– Je ne crois pas.

– Il faut que tu connaisses ça. « Ne sois pas fatigué. » Quand je sens que je suis sur le point de tout laisser tomber, c'est ce que je me dis : « Ne sois pas fatigué. »

Ne sois pas fatigué. Ça me plaisait.

Peut-être que c'est pour ça que je m'invitai chez lui.

16

Quand je me réveillai, Mike dormait encore. Sans un bruit, je m'habillai et quittai son appartement de Greenwich Village, la tête dans le seau, les idées embrouillées.

Il était à peu près six heures du matin. Un dimanche ensoleillé s'annonçait. Mes yeux me piquaient. Après m'être assurée qu'une berline bleu foncé ne rôdait pas dans les parages, je relevai le col de mon manteau et pris le chemin de chez moi.

Les rues étaient presque désertes. Cette scène m'avait un air de déjà-vu. Je l'avais souvent vécue dans mes cauchemars : je me réveille, il fait beau, mais je suis la seule personne sur Terre.

Oh, mon Dieu, me dis-je, j'ai couché avec un homme avant même notre premier rendez-vous. Ça ne me ressemblait pas du tout. Qu'est-ce que je savais de ce lui ? Qu'il était charmant, dur et plein d'humour…

Ça commence toujours comme ça. Je sympathise avec un collègue, on se retrouve au lit et ça se termine par une relation orageuse où tout le monde laisse des plumes. Je reproduisais la même erreur qu'avec Burke, qu'avec Eric.

Certes, j'avais pris mon pied, mais le long célibat que je venais d'endurer n'y était sûrement pas pour rien. Coucher avec un gars, c'est toujours bon après une longue période de continence. C'est comme la vieille blague du gars qui se donne des coups de marteau sur les doigts. Un type lui demande pourquoi il fait ça. « Ça fait du bien quand je m'arrête. »

Eh oui, c'était moi qui l'avais agressé. J'assume toute la responsabilité. Mais il fallait maintenant que je cesse de me faire des nouveaux types, surtout ceux que je côtoie tous les jours.

Sur la Sixième Avenue, j'achetai le *New York Times* et hélai un taxi.

La guillotine était toujours devant chez moi, mais Dieu merci, personne ne m'attendait devant les boîtes aux lettres. Des effluves douceâtres de fleurs et d'herbes brûlées empestaient la cage d'escalier. Non pas que cette odeur soit carrément déplaisante, mais elle a quelque chose de sinistre et de morbide. Soit Sally momifiait un pharaon, soit elle était en train de jeter un sort ou de préparer un philtre d'amour irrésistible pour quelque âme en peine, ou pour elle-même. Je retins ma respiration, afin d'éviter tout contact avec les puissances supérieures. Tomber amoureuse… Oublie…

Deux messages de tante Maureen m'attendaient – je les fis défiler en avance rapide – ainsi qu'un de Pete Huculak, qui me demandait de le rappeler. Ce que je fis.

– Je viens d'avoir un coup de fil de la police. Ils ont vérifié le numéro de la plaque d'immatriculation.

– Ouais.

– C'est une voiture de location avec chauffeur, retenue pour la journée par Maureen Hudson Soparlo. Ça te dit quelque chose ?

– Malheureusement, oui.

Nom de Dieu, tante Maureen me suivait. Bordel de merde, elle me suivait. Cette femme me suivait. Ça signifiait qu'elle m'avait vue traîner devant l'hôtel

Bastable avec des dealers de came, rentrer et sortir d'un club privé.

Putain de merde. Elle n'en aurait que plus de raisons de croire aux conneries qu'on lui avait racontées sur moi.

Bien sûr, le côté positif de la chose, c'est que je n'étais pas poursuivie par un criminel. Seulement par tante Mo. Voilà de quoi être optimiste, me dis-je. Enfin, si l'on veut.

Après avoir donné à manger à Louise Bryant, je pris une longue douche presque brûlante et vérifiai que je ne présentais pas de symptôme de fasciite nécrosante. Tout ce à quoi j'aspirais, c'était enfiler mon pyjama en flanelle et regarder pour la trente-septième fois *Quatre mariages et un enterrement.* Mais il fallait que j'aille au boulot monter ce reportage débile sur le gynéco et le sadomaso.

En général, les week-ends, on s'amuse bien à ANN. Le samedi et le dimanche, l'actualité tourne souvent au ralenti. L'atmosphère est plus détendue, plus légère.

En temps normal, le studio est le reflet même de l'anarchie ordonnée : tous les bureaux sont occupés, les gens courent dans tous les sens et il y a toujours un vacarme terrible – sonneries, signaux sonores et alarmes « info urgente ». Mais les fins de semaine sont généralement plus calmes, si calmes que l'on entend même le cliquetis faible et régulier des vieux téléscripteurs que l'on garde en cas de défaillance du système informatique. Les week-ends, les supérieurs ne mettent pas les pieds au studio, qui se transforme en terrain de foot – balle en mousse uniquement – où l'on pratique aussi le lancer à la sarbacane de boulettes en papier mâché et les concours de farces.

Première étape : la bibliothèque. J'y récupérai deux articles sur Joey Pinks, des papiers datés relatant comment Joey, à l'âge de trente-quatre ans, après avoir vécu la plus grande partie de sa vie avec sa mère, sans la moindre anicroche, lui avait subitement tiré dessus.

« C'était une vraie sorcière, toujours en train de crier », avaient témoigné les voisins. Selon eux, la mère Pinks avait conduit prématurément deux époux au cimetière et l'un de ses fils, le demi-frère de Joey, à l'asile, bien avant que Joey n'ait l'idée de se servir de l'arme à feu familiale.

Quant à Joey, c'était « un garçon très gentil, dévoué, serviable, calme ». « La blessure infligée à sa mère lui a causé beaucoup de chagrin et de remords. »

D'autres le voyaient cependant d'un œil légèrement différent : une fois sa mère endormie, il faisait le mur pour aller traîner dans les clubs sadomaso californiens où il endossait parfois le rôle du « mâle soumis », parfois celui du « mâle dominateur ».

Certainement en rapport avec Anya's, pensai-je.

Je visionnai une nouvelle fois les bandes tournées par Tamayo. Rien ne me frappa. Puis je passai les prises de Mike et regardai les scènes de Charles dont il m'avait parlé. L'esclave paraissait effectivement agité. Mais qui ne le serait pas, à suer dans une combinaison en cuir, au bout d'une laisse tenue par une femme au cœur de pierre, fouet en main ?

Je fis défiler en lecture rapide quelques-uns des autres rushs, notamment l'interview d'Anya. Là non plus, rien à relever. Tous ces visages masqués ne m'avançaient pas à grand-chose. Anya avait beau se targuer que les adeptes du sadomaso étaient plus honnêtes que la majorité dans tout ce qui touchait à l'amour, à la douleur et à la discipline, que la confiance revêtait dans ce type de relations une importance capitale, ils n'échappaient pas pour autant à l'hypocrisie : les masques, les codes... Et Anya qui ne pouvait faire confiance à ses amants qu'au bout d'une laisse.

Elle soutenait être restée au club la nuit où Kanengiser, qu'elle affirmait ne pas connaître, avait été assassiné. Autant que je me souvienne, elle avait prétendu ne pas avoir quitté Charles de la soirée. Mais si l'on ne pouvait se fier à ce type lorsqu'il disait « non » et « arrête », un gars qui se trimbalait à quatre pattes pour s'attirer les faveurs de sa maîtresse, comment être sûr qu'il ne mentait pas à propos de ce que celle-ci avait fait deux nuits auparavant ?

J'avais à présent une nouvelle théorie. Peut-être Kanengiser avait-il eu, dans sa vie dissolue, une liaison avec Anya. Peut-être était-il l'un de ses Werner. Peut-être qu'elle avait appris qu'il avait des maîtresses. Et que ça l'avait rendue folle. Anya ne devait pas être du genre à supporter le rejet ou la perte de pouvoir.

Je l'imaginais très bien sortir les menottes de son sac et faire tomber quelques pièces et une pochette d'allumettes. Comme elle avait les mains pleines, le flingue dans l'une, les menottes dans l'autre, elle n'avait pas pris la peine de les ramasser. Peut-être était-elle en train de parler ou d'écouter le plaidoyer de Kanengiser. Ainsi avait-elle par mégarde laissé un indice.

Mais comment lui faire avouer ? Elle avait déjà au moins deux fois nié le connaître. Elle avait son alibi à quatre pattes.

Et où était ce journal, ce petit livre noir ? Le nom d'Anya y figurait-il ?

Malheureusement, je n'avais ni le temps ni l'autorisation d'enquêter en ce sens. Jerry m'avait laissé un mot sur mon bureau.

« Tu traites le sujet comme un meurtre non classé. Si par hasard on arrête l'assassin avant la diffusion, un présentateur le précisera à l'antenne. Donc, tu ne mentionnes pas dans le script si on a identifié ou non l'assassin. Juste les circonstances de la mort, les menottes, la pochette d'allumettes et tu passes direct à la bande tournée en sous-marin par Tamayo chez Anya's. Il devait y avoir du monde… Exploite ce qu'ont dit certains… » Blablabla. « Le reportage est programmé pour demain. »

Jerry voulait que je lui faxe le script d'un « cinq minutes » avant midi. Quand je lui téléphonai, il me dit que je devais « absolument » parler de Joey Pinks comme d'un meurtre corollaire non classé, émettre des spéculations quant au livre noir et lui envoyer le script avant midi. Le reportage monté devrait être sur son bureau lundi matin, à l'heure où il arriverait, quelle qu'elle soit.

Mission impossible, songeai-je. Cinq minutes, ça peut paraître court, mais rédiger un script de cinq minutes demande beaucoup de temps et de travail. Bien sûr, ce que j'allais écrire importait peu. Jerry allait tout modifier et me retourner mon texte. Je pondis donc un script, le faxai, attendis les corrections et apportai les bandes et le script au montage.

Auquel je n'assistai pas. Le dérushage avait déjà été fait, le script ne présentait pas de difficulté particulière et franchement, je ne pouvais supporter d'entendre ma voix sur ce sujet ni de revoir encore ces vidéos. Pour moi, le reportage était bouclé. Je pouvais passer à autre chose.

Je partis donc tuer le temps au studio, où j'eus la surprise de découvrir Louis Levin.

– Qu'est-ce que tu fais là ?

– Je fais des heures sup pour avoir deux jours de congé en plus le mois prochain. On a commandé des pizzas pour le déjeuner. Ça te dit ?

– Non, merci.

– On m'a mis au courant pour l'ancien prisonnier qui s'est fait tuer. Ça fait flipper.

– Non, je ne trouve pas. Je crois qu'il voulait me dire quelque chose à propos de l'affaire que je suis en train de traiter. Mais il s'est fait descendre avant, dommage.

– Comment ça se fait qu'il voulait te parler à toi ?

– C'est moi qui couvre l'affaire…

– Pourquoi il est pas allé à *Hard Copy* ou à *Backstreet Affair* ? Ses efforts auraient été récompensés.

– Je ne sais pas…

– Bizarre.

J'étais en train d'y réfléchir quand Louis me demanda :

– T'as su pour Fennell ?

– Quoi ?

– Comme il est pas allé se bourrer la gueule au brunch avec les autres, ils se sont inquiétés. Il est au Saint Vincent's Hospital. Il s'est pris une balle dans la rotule, l'autre soir.

– Oh mon Dieu !

– La balle est entrée dans sa prothèse. Il aurait dû être plus sympa avec le dernier film de Steven Segal, tu crois pas ?

– Bon, il n'est pas grièvement blessé.

– Eh bien, le genou est bousillé. Il va falloir qu'il s'en fasse refaire un. Fennell aussi est blessé, parce qu'il était à bloc. Quand son genou a lâché, il est tombé sur une grille. Il s'est cassé la mâchoire et a perdu connaissance. Quelqu'un en a profité pour lui tirer son fric et ses papiers.

Pas drôle du tout.

– Ça s'est passé où ?

– Quelque part dans le centre-ville. Il sortait d'un bar.

Après m'avoir quittée, Fennell avait dû s'arrêter pour boire un coup.

– Il a vu le type ?

– Non. Encore un sniper planqué. Tu savais qu'il avait un genou artificiel ?

– Non.

– Il paraît que c'est des truands d'Hollywood qui lui sont tombés dessus, dans les années 1960.

D'après Louis, les « talents » masculins étaient tellement nerveux qu'au moindre bruit de pot d'échappement – ou tout autre son similaire, violent et pétaradant –, ils se couchaient tous à plat ventre.

Reb avait été vu dans le parking en train de regarder sous sa Jeep avec un ustensile qui ressemblait à un gigantesque instrument de dentiste, une grande perche métallique munie à son extrémité d'un miroir rond. Il avait également demandé la permission, tout comme Kerwin, de porter au boulot des armes de poing.

– Enfin bref, je suis content que tu sois passée. J'ai plein de surprises pour toi, fillette. Tu veux voir ce que j'ai fait de ta nécro ?

Il la sortit de son tiroir et l'inséra dans le lecteur de son pupitre.

ANN a des nécrologies toutes prêtes pour diverses célébrités et les personnalités de la chaîne, dont je fais partie. Elles sont maintenant remises à jour quatre fois par an. Le dernier script est stocké dans l'ordinateur. De sorte que si une personne connue meurt à l'improviste, on peut vérifier que le script a bien été réactualisé et réenregistrer la bande pour la diffuser au plus vite.

Le problème, c'est que le script informatisé de Robin Jean Hudson, reporter, ne correspond pas à la bande de sa nécrologie. Louis et moi avons recruté des gars des Arts Graphiques et des Effets Spéciaux pour réaliser une fausse nécro dans laquelle j'apparais, habillée en vamp, dans une superbe robe rouge et talons aiguilles assortis, en superposition sur diverses scènes historiques, à la Zelig ou Forrest Gump. Si je venais à claquer subitement, le monde entier me verrait conseiller Kennedy, entreprendre l'ascension de l'Everest, remplacer temporairement le juge Ito, et patiner tout autour de Madison Square Garden, la coupe Stanley à bout de bras.

– Je ne vois pas de différence, dis-je en regardant la vidéo.

– Attends, ça vient. Tu te rappelles quand Kim Il Sung est mort ? Les séquences qui montraient des milliers de Coréens accablés de douleur, prostrés devant les photos géantes du Grand Leader ?

– Tu as mis mon portrait à la place de Kim Il Sung ! Génial, Louis. J'ai hâte de mourir. Merci. Au fait, tu as du nouveau à propos de la restructuration ?

– Tout le monde sait que Joanne va à Paris, Claire à Washington, Rappoport à *Perspective* et Madri aux RP. À part ça, tout peut arriver. T'es sûre que tu ne veux pas une pizza ?

– Non. Dès que j'ai foutu cette putain de bande sur le bureau de Jerry, je rentre chez moi.

– Tiens, emporte ça.

Louis me tendit une coupure de journal.

– Décidément, t'as des surprises à gogo, aujourd'hui.

– Ça parle d'un Anglais qui ne peut pas allumer sa télé parce que ça tape sur le système de son singe. Le singe devient dingue et il se met à arracher les cheveux de tout ce qui traîne sur son passage.

– J'en connais, des comme ça.

– Ça tape sur le système de mon singe, j'aime bien cette expression, dit Louis.

Il interpella un assistant nonchalant penché sur un pupitre, occupé à draguer une rédactrice.

– Hey, on ne s'appuie pas sur le mobilier. Ça tape sur le système de mon singe.

– Ça ne veut rien dire.

– Plus que « ça me rend chèvre », raisonna Louis.

– Si les téléspectateurs savaient quelles préoccupations hautement philosophiques trottent dans la tête des tout-puissants médias…

– Les téléspectateurs, répliqua Louis, tapent sur le système de mon singe.

Parce que j'avais des remords vis-à-vis de Fennell, avant de rentrer, je fis un détour par Saint Vincent. Avant de monter dans sa chambre, j'achetai une énorme composition florale dans un panier. Si je ne regrettais pas de ne pas avoir embrassé ce porc, j'étais néanmoins consternée qu'on lui ait tiré dessus. Si je ne le respectais pas en tant qu'homme, j'avais au moins de l'estime pour le professionnel et je tenais à lui exprimer ma considération.

Quand il me vit, Fennell grommela quelque chose à travers sa mâchoire cassée et grillagée, quelque chose qui ressemblait à :

– Uunnh. Ah hé heur !

Pauvre Fennell. Son visage enflé et tuméfié était maintenu par un treillis métallique.

– Je ne comprends pas, dis-je en posant le panier de fleurs sur sa table de chevet.

Il écarquilla les yeux. Il attendait quelque chose de moi. Tout à coup, il se redressa, m'attrapa par les revers de mon manteau et m'attira vers lui. Je crus qu'il allait encore chercher à m'embrasser à travers le grillage. Pas du tout, il se mit à me cracher dessus.

Puis il hurla de douleur. Puis il se remit à cracher. Puis il poussa un autre cri de douleur.

– Euh ui ayeryic ! parvint-il à articuler entre un crachat et un gémissement d'agonie.

Crache, crie. L'infirmière apparut sur le seuil de la porte.

– Doux Jésus, s'exclama-t-elle en se précipitant dans la chambre. Qui a apporté ça ?

– Moi.

– Il est allergique aux fleurs, m'informa-t-elle en emportant le bouquet du crime.

– Je suis désolée, Fennell.

Qui eût cru qu'un panier de fleurs puisse être si douloureux, si flippant ?

Il attrapa un crayon et un bout de papier et écrivit :

« Tout est de ta faute. »

Je n'y étais pour rien mais je décidai de le ménager. Je lui avais déjà involontairement infligé suffisamment de souffrances.

– Je suis vraiment, vraiment désolée, Fennell. Vraiment. Mon Dieu. C'est terrible.

Il griffonna sur son carnet :

« Ton parfum sent la pisse de chat. »

17

À peine venais-je d'arriver au bureau, le lundi matin, que Tamayo me demanda :

– T'es au courant pour Fennell ?

– Oui.

– Tu savais qu'il avait une prothèse au genou ?

– Non.

– Ça faisait cric cric quand vous avez…

– Je n'ai passé qu'une soirée avec lui et on n'a pas baisé.

– Tu t'es déjà fait un cul-de-jatte ?

– Non.

Pause.

– Pourquoi ? Et toi ?

– Non, pas encore.

Difficile de suivre Tamayo dans ses délires sur les hommes. Au début, je croyais qu'elle déconnait. Un jour, elle m'avait demandé, d'une voix empreinte de nostalgie et de désir bestial, si je m'étais déjà tapé un souffleur de verre. J'avais pris ça pour de la plaisanterie, mais elle m'avait montré une photo d'un type en train de souffler dans un globe de verre bleu.

– Si je rencontre l'homme de ma vie et qu'il n'a pas de jambes, ça ne me dérangera pas, rétorquai-je.

– Moi, je crois que ça m'exciterait. Oh, Mike a appelé deux fois.

– Je le rappellerai.

Mensonge. Tant que je ne savais pas quelle attitude adopter par rapport à la nuit que nous avions passée ensemble, je préférais l'éviter. J'avais appris par le passé que j'assurais très mal les lendemains.

– Jerry veut que tu attaques une nouvelle série sur Satan, maintenant qu'on a bouclé l'affaire Kanengiser.

– Cette affaire n'est pas bouclée.

– Je voulais dire, maintenant qu'elle est finie pour nous.

– Ouais, pour nous, c'est terminé.

N'empêche que j'avais du mal à tourner la page.

– Il faut que je rappelle Anya. J'ai encore quelques détails à éclaircir : Joey Pinks, le livre noir…

– Ah, à propos : Mistress Anya a téléphoné. Tu dois la rappeler. Purée, elle avait pas l'air de bonne humeur.

– Elle est jamais de bonne humeur, dis-je en composant le numéro. C'est comme ça qu'elle gagne sa croûte…

Anya ne s'embarrassa pas de civilités. Sans même me dire bonjour, elle me menaça :

– Vous mériteriez que je vous colle un procès.

Si vous saviez combien de fois j'ai eu des conversations qui s'ouvraient en ces termes.

– Pourquoi ? Qu'est-ce qui s'est passé ?

– À deux heures du matin environ, quand vous êtes partie du club, une vieille dame est arrivée, avec deux armoires à glace en costard. Elle a demandé à voir le patron. Quand je me suis présentée, elle m'a demandé des renseignements sur vous.

Tante Maureen.

– Elle a foutu le bordel.

Effectivement, pour foutre le bordel dans un tel bordel… il fallait se donner du mal. Mais tante Mo l'avait fait. Tous ces pécheurs réunis au même endroit, tels des fruits bien mûrs pour la rédemption :

tante Mo était comme Jésus et les changeurs de fric. N'obtenant pas d'info à mon sujet, encadrée par ses deux acolytes chrétiens fondamentalistes, elle était entrée dans le donjon et s'était mise à exhorter bruyamment la clientèle « à se mettre quelque chose sur le dos et à rentrer vite fait rejoindre leur famille, pour l'amour de Dieu ! »

Puis elle s'était lancée dans un grand sermon.

Ça me fit tordre de rire. Tante Maureen tout craché. Ça, c'est une femme qui prend position. Je n'en attendais pas moins de sa part. Au moins, on ne peut pas lui enlever ça : elle croit en ce qu'elle dit. Certes, c'est une bigote facho et mesquine, capable de me réduire à une masse gélifiée d'amour-propre au ras des pâquerettes.

Mais tante Maureen est aussi une nana qui a des couilles, sûre d'elle, qui n'hésite pas à défendre ses convictions. Et pour ça, elle mérite le respect, parce qu'elle n'est pas hypocrite. Sauf quand elle prêche – et elle ne s'en prive pas – la docilité et la soumission du genre féminin. « Les gentilles filles, me répétait-elle sans cesse, on les voit, mais on ne les entend pas. »

Tante Mo n'a jamais été ni docile ni soumise, et elle sait se faire entendre.

– Excusez-moi, dis-je à Anya.

– J'ai failli appeler la police.

– Je voulais vous poser quelques questions à propos de Joey Pinks, la coupai-je, essayant de glisser dans la conversation l'objet de mon appel.

– Je vous l'ai déjà dit, je ne le connais pas.

Sur quoi, elle me raccrocha au nez.

Et merde. Peut-être devrais-je voir tante Maureen et essayer de réparer un peu les dégâts, songeai-je. Si elle avait affaire à moi en personne, peut-être comprendrait-elle que je n'arrondis pas mes fins de mois en travaillant au noir comme escorte-sorcière-dominatrice-esclave sexuelle. Peut-être me laisserait-elle lui expliquer que j'enquête pour un reportage.

J'appelai son hôtel et lui laissai un message.

Elle ne rappela pas.

Je rappelai.

Elle ne rappela pas.

Je l'appelai encore trois fois, à différents moments de la journée. Elle ne rappela pas.

Inutile que l'Empire State Building me tombe sur le coin de la figure. À présent, c'était elle qui m'évitait.

Pourquoi ?

Je n'eus pas trop le temps de réfléchir à la question. À peine venais-je de poser le téléphone que j'entendis des pas approcher dans le couloir.

– Notre humble demeure, dit Jerry Spurdle.

Il n'était pas seul.

– Nous avons proposé de nouveaux bureaux à Jerry, mais il soutient qu'il est très bien ici. Il n'a pas de gros besoins. Il a horreur du gaspillage, rapportait Georgia Jack Jackson à une troisième personne.

Ma porte s'ouvrit.

– Voici le bureau de la journaliste, annonça Jerry.

Entrèrent Jack Jackson et Dave Kona, l'arrogant morveux qui en avait après mon job.

– Madame Hudson, m'apostropha Jack, tout sourire. Vous travaillez toujours ici ?

Il plaisantait ou quoi ? Avec Jack, difficile de savoir. Même s'il ne regardait jamais les nullités que nous produisions, il aurait dû être au courant que je travaillais toujours ici. Mauvais signe.

– Oui, monsieur.

Ce n'était que la quatrième fois que le Saint Homme m'adressait la parole. La première fois, c'était quand je n'étais qu'une jeune rédactrice et que je fumais encore. Il s'était pointé au studio en plein milieu de la nuit et m'avait trouvée la clope au bec au-dessus de ma machine à écrire.

« L'article du règlement concernant la cigarette a-t-il été amendé ? » m'avait-il demandé.

« Non, monsieur », avais-je répondu.

« Eh bien, ne fumez pas », m'avait-il intimé en tournant les talons.

Un jour, il m'avait croisée dans un couloir et m'avait lancé un « bonjour, mignonne ». Une autre fois, il m'avait complimenté sur ma robe, à une fête de la compagnie, juste avant que j'échappe un plat de lasagnes à ses pieds. J'avais fait très bonne impression.

– Robin travaille sur l'affaire Kanengiser, l'informa Jerry. Enfin, je devrais plutôt dire travaillait.

– Nous avons envisagé avec Jerry d'intéressants changements au sein de votre service, me dit Jack en passant un bras droit paternel autour des épaules de Jerry.

Je ne sais pas pourquoi, il semblait avoir une réelle affection pour lui.

– Ah oui ?

– Des études ont montré que les téléspectateurs s'étaient lassés de cet excès de sexe et de sensationnalisme. Ils souhaitent un peu plus de « bonnes nouvelles », poursuivit Jackson. Jerry est tout à fait d'accord avec moi sur ce point. Il a des idées de sujets : une troupe de danseurs de claquettes aveugles, une clinique gratuite dans la Vingt-Quatrième Rue, des filles-mères qui bénéficient de l'aide sociale qui… Qu'est-ce qu'elles ont fait déjà ?

– Avec l'aide d'une assistante sociale, elles ont monté une association de gardiennage afin de pouvoir reprendre leurs études, compléta Jerry en évitant de me regarder.

En réalité, ce n'était pas tout à fait ça. Elles vivaient en communauté, se répartissaient les tâches ménagères, partageaient leurs aides alimentaires et achetaient en gros des produits bio. Trois des six femmes qui prenaient part à cette expérience n'avaient plus droit à aucune allocation et deux étaient sur le point de décrocher une équivalence du cégep pour entrer à l'université. Je le savais parce que c'était moi qui avais rédigé un projet de documentaire.

– Tu as peut-être d'autres suggestions, Robin, me lança Jerry.

Il planta un regard défiant dans le mien.

Dans des moments comme ça, je donnerais cher pour avoir sous la main une tortue de neuf kilos nommée Henri.

Vers dix-sept heures, alors que cette journée éprouvante touchait à sa fin, Mike m'apporta une vidéo.

O.K., me dis-je. Je fais comme s'il ne s'était rien passé dimanche matin. S'il en parle, je déconne. Non pas qu'il ne me plût pas. Mais je ne tenais pas, vous comprenez, à ce qu'il s'imagine que j'espérais que ça allait durer entre nous. Et qu'il se mette sur la défensive. Au cours de la troisième soirée que j'avais passée avec Howard Gollis, de but en blanc, sans motif, il m'avait sorti un discours comme quoi il était un type libéré, pas encore prêt à s'engager dans une relation exclusive. Et alors ? Je ne lui avais rien demandé. Et c'était avant notre malheureuse tentative de baise.

– Salut, Robin, me lança Mike. On s'est bien amusés l'autre soir, hein ?

Hum… un sourire… craquant.

– Ouais.

Il n'ajouta rien sur le sujet.

– Excuse-moi de ne pas t'avoir apporté ça plus tôt. Il fallait que je passe à la sécurité.

– Pourquoi ?

– On m'a tiré dessus, hier soir. Si je ne m'étais pas jeté par terre, j'étais touché. Sixième sens, tu vois, ça sert d'avoir traîné dans les guerres.

– Bizarre. Ils pensent que c'est le sniper ?

– Ouais. À la différence de Reb, j'ai retrouvé la balle. Ils en seront sûrs quand ils auront terminé la balistique.

– Tu as vu le tireur ?

– Fugitivement. Un flash vert, après je n'ai vu que le gris du trottoir.

– Je croyais qu'il ne visait que ceux qui passent à l'antenne. Peut-être que c'est bel et bien quelqu'un qui a une dent contre la boîte et que ça a à voir avec… Mais alors… Qu'est-ce qu'Anya vient foutre là-dedans ? Tu vois, Mike, c'est ce que je disais. Il y a trop de gens armés. Et en plus, il y en a à qui on ne devrait jamais mettre un revolver entre les mains.

– En tout cas, je suis bien content d'en avoir un. Et je regrette de pas avoir pu m'en servir contre celui qui m'a tiré dessus. Si on regardait la bande ? proposa-t-il en appuyant sur la touche Lecture de la télécommande.

– Je l'ai visionnée hier. Tu as raison. Charles était nerveux, mais je ne pense pas que…

– J'ai sélectionné des plans des deux tournages et j'ai isolé les séquences de « Charles ».

Sur le moniteur, le second Charles avait un torse un peu plus fin et la taille un peu plus grasse que le premier Charles. Rien toutefois que l'on aurait distingué sans mettre les images côte à côte.

– Regarde la patte de devant… la main droite du premier Charles, me dit Mike en figeant l'image et en faisant un gros plan.

Une grosse cicatrice rouge barrait sa main très blanche, une cicatrice qui brillait par son absence sur l'image du second Charles, que je n'avais pas remarquée jusque-là.

– Nous y sommes. Voilà le rapport entre Kanengiser et Anya.

– Comment ça ?

– Ce premier Charles, je te parie qu'il s'appelle Joey Pinks. C'est le corps que les flics ont retrouvé, avec mon adresse et un ticket de pari sur lui. Joey Pinks avait la même cicatrice.

– Jésus, Marie ! s'exclama Mike.

– Voilà matière à reportage.

– Ouais. On devrait retourner parler à Anya. Lui montrer la bande. Et la filmer.

– Tu as raison.

– Qu'est-ce que tu vas lui dire ?

– Je vais mentir. Je lui dirai que la vidéo est ratée, qu'on doit faire d'autres prises et que cette fois, on lui accordera plus de temps.

– O.K., bipe-moi quand tu es prête.

Quand je lui téléphonai, Anya ne se montra pas très aimable. Elle hésitait à me faire « confiance » quant au travail propre que nous ferions si nous revenions.

– Qu'est-ce qui me prouve que vous n'allez pas vous ramener avec vos prêcheurs ?

Il me fallut user de beaucoup de salive pour la convaincre, mais je finis par y parvenir. Si elle était l'assassin, aurait-elle accepté ? me demandai-je. Bien sûr, dans son monde, rien ne fonctionne comme dans le nôtre. Ça faisait peut-être partie de son jeu. Allez savoir.

– Sept heures ce soir, me donna-t-elle rendez-vous.

L'horaire était mal choisi. Mike et Jim auraient terminé leur journée et je n'étais pas habilitée à autoriser les heures supplémentaires. Seul Jerry pouvait donner son accord. Et je ne savais pas où il était. Tant pis, je n'avais pas le choix.

– D'accord, sept heures.

– Qu'est-ce que tu vas faire ? me demanda Tamayo, visiblement amusée par ma situation.

– Ce que je vais faire ? Cette affaire débile finit enfin par s'éclaircir alors que, paradoxalement, je ne voulais même pas m'en occuper et que, pour Jerry, elle est bouclée. En plus, il s'attribue tout le mérite pour les recherches que j'ai faites sur la troupe de danseurs de claquettes aveugles et les mères isolées...

Je m'interrompis. L'un des meilleurs conseils qu'on m'ait jamais donnés me vient, c'est amusant, de Brenda Starr, la ravissante reporter rousse de la B.D. Un jour, j'avais découpé une case sur laquelle on la voit sortir d'un cinéma, en larmes à cause d'un douloureux truc personnel qu'elle vient de vivre, et dire : « Les journalistes n'ont pas le temps de s'apitoyer sur leur sort. Nous consacrons toute notre existence à parler du malheur des autres. »

Et puis merde, Jerry, pensai-je. Je bipai Mike. Quand il me rappela, je lui dis que je n'avais pas pu joindre Jerry et que nous ne pouvions pas aller tendre l'embuscade à Anya.

– On y va quand même, répliqua-t-il.

– Je n'ai pas le droit de vous faire faire des heures supplémentaires

– Une seconde.

Il reprit le combiné.

– Jim et moi, on est d'accord pour le prendre sur nous.

Jamais aucune équipe new-yorkaise n'aurait fait ça. Mais Mike était un dissident et Jim, eh bien, Jim était un fervent admirateur de Mike.

– Que Dieu te bénisse, toi et tous tes ancêtres, Mike. Autre chose.

– Oui, ma reine.

– Apporte ton arme.

Le club était fermé le samedi et le dimanche. Nous eûmes beau tambouriner contre la porte, appeler, personne ne répondit. Nous essayâmes l'entrée de derrière. C'était ouvert.

– Elle nous attend, dis-je en m'engageant dans l'étroit escalier, peint en rouge sang.

J'arrivai au quatrième étage tout essoufflée. La porte était ouverte, les lumières éteintes. Je frappai. Pas de réponse.

– Bizarre, chuchota Mike.

Dans sa poche, il avait la main sur la détente de son pistolet.

Soudain, mon bipeur sonna. Nous sursautâmes. Un coup de feu retentit. Mike avait percé la poche de sa veste.

– Cool, Mike.

– Chuuut, me fit-il.

À côté, l'équipe de nuit venait de prendre son poste à la fabrique de hamburgers. Hormis le lointain et faible roulement des machines, le silence régnait. *A priori*, on pouvait penser que si une autre personne était présente sur les lieux, elle aurait réagi à la détonation.

Jim et Mike me jetèrent un regard interrogateur. Je haussai les épaules, poussai la porte.

– Anya, dis-je.

Elle était assise à son bureau, dans la pénombre.

Elle ne répondit pas. Je passai la main sur le mur et appuyai sur l'interrupteur.

Anya regardait droit devant elle.

Elle était menottée à sa chaise.

Sa poitrine était couverte de sang.

– Oh, mon Dieu.

– Qu'est-ce qu'il y a ? demanda Mike en me bousculant pour entrer dans la pièce.

– Je crois… qu'elle est morte.

– Chut, souffla Mike. Vous entendez ?

Jim et moi tendîmes l'oreille. Pas un bruit. Mais Mike avait un sixième sens, comme un animal sauvage. Quelques secondes plus tard, nous perçûmes des pas dans l'escalier.

– Jim, pose la caméra sur le bureau et mets-la en marche, lui intima Mike. Cache-toi derrière le bureau. Toi aussi, Robin.

Je me tapis sous le bureau et sortis mon pistolet à colle, pour couvrir Mike. Les pas se rapprochèrent. Mike se tenait derrière la porte, flingue en main. Les pas s'arrêtèrent sur le seuil.

– Anya ? appela une voix de femme.

– Une arme est braquée sur vous. Entrez, les mains en l'air, commanda Mike.

Un instant plus tard, il nous informa :

– Elle n'est pas armée.

Nous abandonnâmes notre cachette.

C'était Carlotta, qui venait d'apercevoir le cadavre d'Anya à son bureau.

– Qu'est-ce que vous avez fait ? s'écria-t-elle.

– Ce n'est pas nous qui l'avons tuée, lui répondis-je.

J'imaginais tout à fait ce que le tableau – Mike, flingue en main, Anya, morte sur sa chaise – devait lui inspirer : une équipe télé qui a pété les plombs.

– Elle était déjà morte quand nous sommes arrivés.

Carlotta poussa un profond soupir et s'assit par terre.

– C'est en rapport avec Joey, n'est-ce pas ? demanda-t-elle.

Jim appela la police. Je servis à Carlotta un verre de Soda Club, que je trouvai dans le minibar d'Anya.

– On lui ferme les yeux ? s'enquit Mike.

Anya était toujours assise sur sa chaise, les yeux figés droit devant elle.

– Il vaut mieux ne pas la toucher. Attends les inspecteurs.

Je me retournai vers Carlotta.

– Ça va aller ?

– Oui, oui, affirma-t-elle.

– Comment se fait-il que vous soyez là ? Le club est fermé ce soir, non ?

– Elle voulait que j'assiste à l'interview. Comme Charles n'est pas disponible, aujourd'hui…

– Le second Charles.

– Oui.

– Le premier Charles, c'était Joey Pinks.

– Oui.

– Il est mort, vous savez ?

– Ce n'est pas vrai !

– Anya n'était pas au courant ?

– Non. Elle le cherchait. Elle croyait qu'il était entré en contact avec vous.

– À mon avis, il venait me dire quelque chose quand on l'a tué. Alors, il l'a quittée ?

– Oui, peu de temps après la première interview.

– Pourquoi ne nous a-t-elle rien dit ?

– Elle ne voulait pas.

– Pourquoi ? Elle avait quelque chose à cacher ?

Carlotta leva les yeux.

– Elle cachait Joey. Il était en liberté conditionnelle en Californie, mais il s'en est enfui… Il avait été condamné pour faux et usage de faux… Elle ne voulait pas le livrer à la police, ni qu'il se rende par lui-même en se mêlant de cette histoire de meurtre. Alors, il est parti. Anya espérait qu'il ne tarderait pas à revenir.

– Il a essayé de tuer sa mère. C'est pour ça qu'il a été emprisonné. Il y a eu aussi une affaire de faux, mais…

– Oh, mon Dieu.

– Anya ne le savait pas ?

– Je ne pense pas.

– Pourquoi hébergeait-elle un fugitif ? Pourquoi prenait-elle des risques pour Joey Pinks ?

– Elle l'aimait, répondit Carlotta, surprise, comme si ça coulait de source. Elle aimait veiller sur lui. Il était adorable, vraiment, un ange. Enfin, c'est ce qu'il nous a montré de lui. Il a essayé de tuer sa mère ?

– Oui.

– Merde.

– Et Kanengiser, dans tout ça ?

– Je ne suis pas bien sûre, mais je crois qu'il avait quelque chose à voir avec le frère, ou le demi-frère, de Joey, Vern. Joey était venu à New York pour chercher son frère. Il n'a pas réussi tout de suite à le retrouver. Il pensait avoir des chances de le rencontrer dans les clubs sadomaso. C'est comme ça qu'il a fait la connaissance d'Anya.

– Il a retrouvé Vern ?

– Ouais. Anya craignait que Joey n'ait fait des faux pour lui, avant qu'il quitte la Californie… Anya l'avait rencontré. Vern.

– Vous l'avez vu ?

– Non.
– Vous ne pouvez donc pas me le décrire ?
– Non.
– Que savez-vous de Vern ? Que vous en a dit Anya ?
– Eh bien, il est arrivé à New York il y a quelques mois. Joey, ça ne faisait qu'un mois qu'il était là, à peu près. Il n'avait pas vu son frère depuis longtemps, j'ai cru comprendre.
– Vous connaissez le nom de famille de Vern ? S'ils n'étaient que demi-frères, ils ne portaient peut-être pas le même nom.
– Son demi-frère ou le fils de son beau-père. Je n'en ai aucune idée. J'essaye de me souvenir si Anya a dit autre chose à propos de lui. Non, je ne vois pas.
– Qui est le deuxième Charles ?
– Oh, l'esclave d'une autre. Un figurant pour votre film. En fait, il est vétérinaire à Staten Island.
– Anya a emprunté un esclave. Ouahou. A-t-elle parlé d'un petit livre noir ?
– Non.
Carlotta me regarda tristement. Tout à coup, l'apprentie salope paraissait effrayée, vulnérable.
– Je vais avoir des ennuis, je suis complice, ou un truc comme ça, non ?
Des pas précipités retentirent dans l'escalier. Les policiers arrivaient, Bigger et Ferber en tête, suivis d'un escadron en uniforme.
– Les ennuis vous suivent, me dit l'inspecteur Richard Bigger.
– C'est moi qui les suis, rétorquai-je.
– N'en soyez pas si sûre.
– Je m'en occupe, intervint Ferber en m'attirant à l'écart de mon équipe. Allons discuter dans un endroit plus tranquille.

Nous nous éclipsâmes dans l'une des salles de jeux de la maison.

– Qu'est-ce qu'il y a ?

– Asseyez-vous.

Je regardai autour de moi. Un siège en cuir, un banc en pierre et un cheval d'arçons.

– C'est bon. Je ne sais pas qui ou quoi a touché ces meubles.

Ferber sourit.

– On vous a bipée. Vous n'avez pas entendu ?

– Ah, c'est vous qui m'avez bipée ! Pourquoi ?

– On a reçu le rapport de la balistique. Les balles extraites du corps du médecin, de Joey Pinks et du genou de Fennell Corker sont toutes du même calibre, ainsi que celle – il parcourut ses notes – rapportée par Kerwin Schultz. Votre service de sécurité m'a envoyé une autre balle, hier. Il semblerait qu'elle corresponde aux autres.

La balle de Mike.

– Nous en déduisons qu'il y a un lien entre le sniper d'ANN, Kanengiser et Pinks. On dirait bien que cette femme est la troisième victime, poursuivit-il.

– Je ne comprends pas. Quel rapport entre tous ces gens ?

– Robin, pour nous, le lien, c'est vous.

Je crus tout d'abord avoir mal entendu.

– Moi ?

– Oui.

– C'est ridicule…

– On a tiré sur Reb Ryan le soir où il est sorti avec vous. On a tiré sur Fennell Corker le soir où il est sorti avec vous. Le soir où on a tiré sur Dillon Flinder, vous êtes sortis d'un bar bras dessus bras dessous. Le docteur Kanengiser s'est fait assassiner le soir où il était censé vous recevoir en consultation.

Ferber jeta un œil sur ses fiches.

– On a tiré sur votre caméraman, Mike, peu après qu'il eut passé une soirée avec vous.

– Je ne suis jamais sortie avec Kerwin.

– C'est drôle. Il prétend être sorti avec vous.

– C'est faux. Je passe souvent des soirées avec Dillon, mais il n'y a rien entre nous. En se forçant un peu, c'est sûr, on peut faire des rapprochements... Ils sont probablement tous allés acheter des beignets au Tycoon Donut. Ou autre chose. Par exemple, tous ces hommes travaillaient dans la tour JBS, à l'exception de Joey Pinks. Peut-être que c'est quelqu'un qui en veut à Jack Jackson. On ne peut pas dire que nous manquons d'employés insatisfaits ou rétrogradés. Sans compter ceux qui se sont fait renvoyer.

– Ouais. On y a pensé. Mais ce serait une sacrée coïncidence, si l'on considère que votre caméraman...

– Je ne suis pas sortie avec le docteur Kanengiser. Tous les employés JBS ont été visés. Alors que lui, on ne l'a pas loupé.

– Heu... Vous n'êtes peut-être pas sortie avec le docteur Kanengiser, mais il était gynécologue... L'assassin a pu penser qu'il vous avait vue... touchée...

– Nous ne sommes jamais allés si loin. Jerry m'a bipée et la consultation s'est terminée... prématurément.

– L'assassin n'était pas obligé de le savoir.

Effectivement. Reb n'avait pas été blessé. Comme un avertissement. Fennell m'avait embrassée, il s'était pris une balle dans le genou. Dillon... Kanengiser... Mike... Le raisonnement n'était pas dépourvu de bon sens. Et Joey Pinks avait quelque chose à me dire, à moi, à propos de tout ça. En s'adressant à *Backstreet*

Affair, il aurait pu gagner de l'argent, mais c'était à moi qu'il voulait avoir affaire… Parce que j'étais impliquée ? Il était mort parce qu'il savait qui était l'assassin. Son propre frère ? La famille unie dans le meurtre… Anya aussi savait qui était l'assassin. À présent, elle était morte.

– Vous savez, personne n'est au courant que je suis sortie avec Reb. Pas à ma connaissance, en tout cas, à part un ou deux amis proches…

– Vous étiez peut-être suivie. Le sniper vous a peut-être vue en compagnie de Reb.

– Possible, mais j'en doute.

Cette soirée avait été organisée dans la plus grande clandestinité, un peu comme une opération de la CIA.

– Vous aviez noté le rendez-vous quelque part ?

– Ouais. Dans mon ancien agenda. Qui était dans mon ancien sac. Qu'on m'a volé à ANN il y a environ un mois.

– C'est peut-être l'agenda dont vous me parliez.

Ce qui signifierait que mon sac n'aurait pas été volé par hasard…

– Qui d'autre y avait-il dans votre agenda ?

– Max Guffy. On s'est vus un soir au siège de Guffy Funeral Services, pour une pré-interview.

– C'est tout ?

– Ce gars avec qui j'avais un rendez-vous arrangé, Gary Grivett. Mais il habite à Minneapolis. J'espère qu'il ne lui est rien arrivé. Et Howard Gollis. Oh, mon Dieu ! Ah, si, il y avait le nom de Kerwin dans mon agenda. Nous nous sommes rencontrés deux ou trois fois pour discuter d'une vidéo que j'avais réalisée sur les groupes d'autodéfense. Il voulait l'exploiter pour son émission, mais je ne voulais pas la lui donner.

Ça devenait très compliqué. Herman Kanengiser avait-il été assassiné non pas à cause de ses défaillances humaines, non pas parce qu'il était un misogyne priapique, un menteur ou un escroc, mais à cause de moi ?

Putain de merde. Pourquoi suis-je si irrésistible ?

Je retournai avec Ferber à mon bureau où nous épluchâmes le courrier de mes fans que je garde, pêle-mêle, dans une boîte en carton. Pete Huculak tournait autour de nous et nous observait. Contrairement à d'autres personnes d'ANN, je ne reçois pas des sacs et des sacs de lettres de fans. À peine quelques-unes par semaine.

– Celles-ci font partie d'une flopée de lettres qu'on m'a envoyées à la suite d'une annonce parue à mon nom dans les pages correspondance du magazine *Prison Life*. Je n'ai jamais su qui m'avait joué ce tour, précisai-je à Ferber en lui tendant un paquet de lettres.

– Bizarre, commenta Pete.

– Sinon, la plupart sont des critiques de mes reportages ou des sujets que je traite, ou des suggestions. Absolument rien de menaçant. Les lettres les plus folles viennent du système pénitentiaire. Un nombre incroyable de masochistes, j'ignore pour quelle raison. Mais pas de Vern.

Plus vous voyez les gens de loin, plus ils vous paraissent parfaits. L'écran de la télé, tout en mettant une distance considérable entre le téléspectateur et la personne qu'il voit, paradoxalement, lui donne une illusion de convivialité et de proximité, si bien qu'il a l'impression de connaître cette personne et s'identifie à elle, tout du moins à son personnage médiatique.

Mon ex-mari, Burke, voyait là une application de la théorie de « l'âme-buisson » de Carl Jung, selon laquelle les primitifs identifieraient leur âme à un élément naturel. Par exemple, le primitif peut croire qu'il partage son âme avec un tigre, un arbre, un rocher, une chute d'eau, un éléphant, etc. (Je crois que je partage la mienne avec une tortue de neuf kilos nommée Henri, mais bref...) Il qualifiait le phénomène obsessionnel du fan de syndrome «d'âme-célébrité», qui induirait le téléspectateur à s'identifier outre mesure à un personnage connu et à s'imaginer que cette personne, connaissant ses pensées et ses désirs les plus intimes, s'adresse directement à lui, et à lui seul.

Mais oh, je ne suis pas Jodie Foster. Quatre-vingt-dix-neuf virgule neuf pour cent de la population américaine ne sait même pas que j'existe. Ce serait triste, non, qu'un gars s'identifie à moi à ce point ? Je veux dire, tant qu'à s'emmerder avec une obsession, écrire des dizaines de lettres, appeler l'être admiré chez lui et raccrocher, voire le traquer physiquement, merde, visez un plus haut quand même, je sais pas, Joanne Armoire ou Diane Sawyer[23]. «Il n'y a que l'ambition qui paye», avait coutume de dire mon père. Mais merde ! Il y a des hommes qui se pâment d'admiration devant Lorena Bobitt[24] et qui le lui écrivent. Pourquoi pas moi ?

(J'ai même lu récemment qu'Ed Sullivan[25] avait des groupies. Ça m'a coupé le sifflet.)

Ce qui me faisait le plus flipper, c'était que ce sniper qui n'exécutait même pas son boulot comme il faut était capable de tuer en raison d'une affection

---

23 Célèbre présentatrice mariée au réalisateur Mike Nichols.

24 Célèbre pour avoir coupé le pénis de son mari.

25 Présentateur d'une émission de variétés américaine très populaire des années 1950, 1960 et 1970, très prétentieux, mais pas très beau.

malsaine pour moi, ou pour mon personnage médiatique.

Ferber triait les lettres, une pile par catégorie: «Amour obsessionnel» – catégorie incluant la faction maso, avec à sa tête celui qui n'aspirait qu'à me lécher les pieds, Elroy –, «Menaces de mort» et «Autres» – divagations sur les francs-maçons, les Juifs, les Noirs, les Mexicains, les extraterrestres ainsi que de multiples missives signées de personnes prétendant transmettre un message de Dieu, de Satan, ou d'un quelconque chef d'État disparu.

– J'emporte ça, me signala Ferber en ramassant un paquet de lettres. On va voir si on peut en tirer quelque chose.

Il se tourna vers Pete.

– Vous avez pris des mesures pour sa sécurité?

– Mes meilleurs hommes veilleront sur elle.

– Pas la peine de parler de moi à la troisième personne. J'ai peut-être mon mot à dire, non?

Tous deux me regardèrent.

– Ce type ne me menace pas moi personnellement, O.K.? Vous devriez peut-être faire gaffe à Reb, à Fennell et à Mike, au cas où il aurait de la suite dans les idées.

– Tout est arrangé, répondit Pete. Ne vous inquiétez pas. Nous nous devons de surprotéger nos dames. Hector et Franco feront le guet dans une voiture garée en bas de chez vous. Ils se relayeront toute la nuit.

J'avais le pressentiment que nous allions nous mordre les doigts de cette stratégie sexiste. Au pire, je n'étais pas certaine qu'il soit très prudent de laisser ces deux-là tout seuls dans mon quartier dangereux. Mais qui étais-je pour discuter avec des professionnels de l'ordre?

Je ressassais éventualités et anxiétés quand mon œil se posa sur une photo que Mike m'avait donnée et que j'avais scotchée sur mon ordinateur. Dans les montagnes pakistanaises, sur la grande route de Karakoram qui mène en Chine, il y a des panneaux qui signalent : ATTENTION, CHAUSSÉE GLISSANTE, puis DÉTENDEZ-VOUS, FIN DE ZONE GLISSANTE. Plus l'on approche de la Chine, plus les panneaux deviennent minimalistes, voire zen. Sur la photo, un panneau indicateur triangulaire tout blanc disait tout simplement DÉTENDEZ-VOUS.

19

Au cours de l'année et demie qui venait de s'écouler, j'avais déjà dû me démener pas mal pour qu'on ne parle pas de moi dans les tabloïds. Non, n'allez pas croire qu'on me cite entre un acteur et un grand ponte. Quand on parle de moi dans les colonnes des journaux, c'est généralement parce que j'ai fait un truc pas très reluisant. Pourtant, même pendant l'affaire de la série sur la mort, j'avais réussi à obtenir que le fiasco passe sous silence, à éviter qu'il ne paraisse dans la chronique «Les Secrets de la Télé» du *New York Post*. Jusqu'à présent, j'avais eu de la chance.

Mais ce matin-là, mon portrait s'étalait à la une du *News-Journal*. FEMME FATALE ? titraient-ils en grosses lettres noires.

ÊTES-VOUS SORTI AVEC CETTE FEMME ?

Les journalistes du *News-Journal* me détestaient.

Presque tout était dans le papier: Kanengiser, Reb, Fennell, Pinks, Anya. Un gynécologue, une dominatrice, une tentative de matricide et deux célébrités de la télévision. Deux morts, un blessé, un tas de types traumatisés à mort, etc., tout ça, selon le journal, parce qu'ils avaient eu affaire à moi. Le fait divers rêvé pour les tabloïds.

Qui avait laissé transpirer ça ?

«Nous avons pris la décision de révéler les faits au public, indiquait l'inspecteur Richard Bigger, afin de mettre hors de danger les hommes qui auraient pu avoir des contacts, même involontaires, avec Mme Hudson. »

Ils avaient également déterré le vieux meurtre de Griff, ainsi que mon rot retransmis en direct et divers incidents que je tenais à oublier.

Dans la matinée, des hommes des quatre coins de New York avaient publiquement déclaré n'avoir rien à faire avec moi. Des plaisanteries étaient apparues sur le Mur de la Démocratie et dans le fichier Rumeurs. Quelqu'un des Arts Graphiques d'ANN avait imprimé des t-shirts : NE TIREZ PAS sur la poitrine, JE NE SUIS JAMAIS SORTI AVEC ROBIN HUDSON dans le dos. Rien qu'à la cafétéria, je vis quatre ou cinq personnes qui les arboraient fièrement. Ces t-shirts étaient assez drôles. Har har.

Bien, tant que ce dingue courait, il y avait de fortes chances pour que personne ne m'invite à sortir. Et le problème avec les cinglés, c'est qu'ils sont tellement imprévisibles qu'on a parfois du mal à les repérer. Un gars comme Hank, celui qui suit Dillon à reculons, c'est sûr, il est dérangé. Mais il y a aussi des types très discrets, très gentils, qui habitent en face de chez vous depuis des années et un beau jour, on découvre chez eux un congélateur rempli de cadavres de clochards.

Vers quinze heures, Max Guffy délivra un communiqué de presse, qu'un anonyme eut l'amabilité de me faxer.

« Non seulement je ne suis pas sorti avec Robin Hudson, affirmait-il, mais je l'ai trouvée extrêmement repoussante. »

Un peu exagéré, vous ne trouvez pas ?

Non, je n'étais pas sortie avec Max Guffy. J'y avais songé, certes, lorsque nous nous étions rencontrés pour la pré-interview, avant que ma langue fourche et que je foute tout en l'air.

On dirait que je ne peux pas m'empêcher de toujours poser cette question que je ne devrais pas poser, de raconter cette anecdote que je ne devrais pas raconter, d'émettre ce commentaire que je ne devrais pas émettre, comme de parler de cannibalisme à la rescapée d'une catastrophe aérienne, chose que j'avais osée deux ans auparavant.

Quant à Max Guffy, l'entrepreneur de pompes funèbres d'avant-garde, jamais je n'aurais dû lui raconter l'histoire de Lazarus. La fameuse histoire du Roumain Lazarus, relayée par une agence de presse européenne, n'a jamais été programmée par ANN. Pourtant, pendant une bonne semaine, c'est l'affaire dont on a le plus parlé dans nos locaux. Un sujet qui nécessite, comme dirait le présentateur Sawyer Lash, « l'apport parental ».

Voilà: le garçon de salle d'un funérarium avait copulé avec le cadavre d'une jeune femme, décédée depuis peu, qui, sous le choc, était revenue à elle.

Imaginez l'horreur du pauvre gars: il est en train de baiser un macchabée, quand celui-ci ouvre les yeux.

Maintenant, imaginez l'horreur de la pauvre femme: elle émerge d'un coma, un type bizarre est en train de la baiser sur une table d'examen, dans un décor étrange.

(« Et imagine l'*ego* du gars accoudé au bar, avait ajouté Sally, ma voisine qui fanfaronne: je ressuscite les morts. »)

En tout cas, la famille de la fille n'avait pas engagé de poursuites, malgré la bassesse du crime, parce qu'ils étaient trop heureux d'avoir retrouvé leur Olga. Là, on peut dire: *à quelque chose malheur est bon.*

(« Les voies du Seigneur sont impénétrables » avait commenté ce porc de Jerry Spurdle en apprenant les faits.)

Et moi, j'avais demandé à Guffy ce qu'il en pensait, s'il était possible de réveiller les morts par ce moyen. À ANN, les avis étaient partagés. Le problème, abordé en quelque sorte comme une métaphore extrême de la guerre des sexes, avait donné lieu à d'interminables discussions. Quelques personnes s'étaient risquées à remettre en question les implications morales du délit. Comme si tout n'était ni complètement blanc ni complètement noir, on pouvait selon eux justifier cet acte par un argument du style « si c'est une question de vie ou de mort, ce n'est peut-être pas si grave ». Plaidoyer en faveur de la nécrophilie. Si la majorité doutait cependant de la véracité des faits – l'histoire s'était passée en Roumanie, une contrée tellement engluée dans son Ça qu'elle en avait accouché des vampires et de Nicolas Ceausescu –, certains croyaient dur comme fer que c'était plausible. J'avais donc pensé qu'avec l'avis d'un expert tel Max Guffy, je serais en mesure de trancher quelques paris de bistrot. Je vous rappelle que nous avions bu de la vodka, qu'il m'avait raconté des blagues morbides et que je me sentais parfaitement à l'aise.

Mais Max Guffy avait très mal pris ma question. Furieux, il s'était lancé dans une grande tirade sur les stéréotypes, la sélection rigoureuse de son personnel, le processus de surveillance, l'obligation imposée aux employés de toujours tourner par équipe de deux, afin que les corps ne soient jamais seuls, les conneries sensationnalistes avec lesquelles les médias exploitaient les phobies du public et contribuaient à renforcer les angoisses liées à la mort.

Puis, écarlate, postillonnant de rage, il m'avait priée de prendre la porte.

Avant que vous vous empressiez de me juger, je précise que Max Guffy est spécialisé dans les obsèques « originales », les funérailles « performance art » ou « comédie » qui, d'après lui, sont censées engendrer une réflexion sur la personnalité du défunt. À ses heures perdues, il écrit aussi, sous un pseudonyme, des bouquins humoristiques sur la mort.

Laissez-moi encore ajouter qu'il retirait une grande fierté de l'article publié par le *New Yorker*, dans lequel il affirmait donner à la mort un « érotisme tapageur ». J'avais seulement un peu moins mâché mes mots que lui. Ce n'était pas comme si je lui avais demandé s'il avait lui-même déjà sauté une morte. Merde, si ce type est capable de mettre en scène sans se marrer des enterrements-mascarades et d'intituler un livre *101 Usages d'un clown mort* ne pouvait pas supporter une histoire de nécrophilie…

(Ça nous fera 102 usages.)

Rétrospectivement, je n'aurais sans doute pas dû raconter une histoire de nécrophilie à un entrepreneur de pompes funèbres. Mais les occasions de raconter une histoire de nécrophilie avec un happy end sont tellement rares…

Je reçus des coups de téléphone toute la journée. Mon ex-mari, Burke, m'appela de Washington, où il figure maintenant parmi les grands du journalisme rattachés au département d'État.

– Holden[26], me dit-il – l'un des plus gentils petits noms qu'il me donne –, fais attention à toi. Je présume

26 Holden Caulfield, le personnage principal de *L'Attrape-Cœur*, de J. D. Salinger.

que tu es armée jusqu'aux dents de tire-bouchons et d'aiguilles d'électrolyse…

– D'un pistolet à colle et d'eau de Cologne au poivre.

– Tu fais toujours pousser du sumac vénéneux sur tes fenêtres ?

– Ouais. Mais ne t'en fais pas. Je ne risque pas grand-chose. Ce sont les hommes qui me connaissent qui sont en danger.

– C'est pas nouveau, répliqua-t-il.

Il n'était pas à proprement parler sympathique. Si nous avions été autrefois passionnément amoureux l'un de l'autre, nos relations se limitaient désormais à un coup de fil occasionnel, un dîner de temps à autre, quelques souvenirs partagés et quelques taquineries. Nous étions comme deux vieux frères d'armes qui se revoient une fois par an pour se remémorer les combats qu'ils ont livrés ensemble.

Il ricana.

– Tu trouves ça drôle ?

– Ne me dis pas que tu as perdu ton légendaire sens de l'humour. Je croyais qu'on pouvait rire de tout. Je me marre, parce que je pensais : imagine que le gars te rencontre et que tu ne lui plaises pas du tout.

– Tu as toujours su me flatter, Burke.

– Non, sérieusement, fais attention à toi. J'en rigole, Holden, mais ce type a déjà fait des morts. Sois prudente. Je ne plaisante pas. La sécurité a pris des mesures ?

– Ouais. Les meilleurs hommes veillent sur moi, répondis-je, sarcastique.

En fait, je ne me sentais pas du tout en sécurité avec Hector et Franco. Ces andouilles étaient capables de se laisser distraire de leur mission par n'importe quel embobineur.

– Toi aussi, Burke, fais gaffe.

Burke était beau, intelligent et il avait des hordes de fans obsédées. Il recevait autant de lettres d'adoratrices que Fabio, ce bellâtre italien bodybuildé, à crinière blonde, photographié sur les couvertures de centaines de bouquins à l'eau de rose.

Dillon appela.

– Pour toi, je suis prêt à me faire flinguer n'importe quand.

– C'est gentil, enfin, bon, c'est pas la peine.

Même Eric m'envoya un courriel de Moscou : « Ne prends aucun risque inutile. Fais-toi toute petite, ma belle. »

Je reçus également un flot incessant de visites. Jerry, Dieu merci, était en réunion, devoir qui passait avant les séances d'humiliation. Il devrait donc attendre un peu pour m'emmerder avec ça. Dave Kona, par contre, vint m'exprimer sa sollicitude. Je remarquai le regard évaluateur qu'il jeta tout autour de mon bureau.

Louis m'apporta des nouvelles drôles et Phil, le concierge, une fleur.

– Tu me ressembles vachement, Robin, me dit-il. Il t'arrive des trucs complètement dingues. Mais je crois que toi aussi, tu es trop bête pour mourir.

Ferber m'appela deux fois, une fois pour me dire qu'il n'arrivait pas à joindre Howard Gollis, une autre pour m'informer que, selon la balistique, la balle de Mike était bien du même calibre que les autres.

Puis Mike vint me voir.

– J'aimerais bien passer la nuit chez toi, juste pour te tenir compagnie.

– Merci, mais il n'y a pas de quoi s'énerver. On ne me veut pas de mal. Ce sont les hommes qui me côtoient qui sont menacés. Ne prends pas de risque. On ne sait jamais, s'il récidivait.

– Fillette, tu sais que j'ai déjà frôlé le danger de beaucoup plus près.

Tamayo lui succéda.

– Tu as vu les journaux du soir ? me demanda-t-elle avec compassion.

Elle les déposa sur mon bureau.

– Je suis maudite. C'est bien la dernière chose dont j'avais besoin. Restructuration, compression des effectifs, un taré qui tire sur tous les hommes qui me sifflent… Ma tante Maureen à New York, elle va forcément voir les canards et…

– Oh, quelqu'un a téléphoné à propos de ta tante.

– Qui ?

– Où est-ce que j'ai fourré ce message ? Une seconde.

Elle revint un moment plus tard avec un message de Mme Sadler, la femme qui partageait sa chambre d'hôtel avec tante Mo.

– Excusez-moi de vous déranger, me dit-elle quand je la rappelai, mais votre tante n'est pas rentrée à l'hôtel hier soir. Quand je me suis réveillée, ce matin, son lit n'était pas défait. Elle a passé la nuit chez vous ?

– Non. Vous êtes sûre qu'elle n'est pas revenue pendant que vous dormiez ? Elle s'est peut-être levée tôt pour prier ?

– Je ne crois pas. Elle était très bizarre quand elle est partie.

– Elle vous a dit où elle allait ?

– Je n'en suis pas certaine. Elle a reçu un coup de fil. Elle m'a juste dit qu'elle sortait… Elle était en train de lire votre journal…

Mon journal est dans l'ordinateur que j'ai chez moi. Pour le lire, il aurait fallu qu'elle s'introduise dans mon appartement, qu'elle allume l'ordinateur, lance le logiciel, insère la bonne disquette et trouve les bons fichiers – il y en a plusieurs et ils sont tous verrouillés. Il aurait ensuite fallu qu'elle devine les mots de passe, tâche ardue lorsqu'on sait que certains sont des termes piochés dans des langues obscures, d'autres des mots complètement inventés. Ou alors il aurait fallu qu'elle trouve le fichier secret des mots de passe, rangé dans un autre dossier, et qu'elle devine le mot de passe du fichier verrouillé des mots de passe, à savoir *tushnob*, qui signifie en pushtu « toilettes », connaissance que je tiens de Mike.

Un putain d'accident pour une femme qui est incapable de régler l'horloge de son magnétoscope.

– Mon journal ?

– Il me semble que c'était votre journal…

– Mon agenda ?

Mme Sadler se mit à sangloter.

– Oh là là, jamais je n'aurais dû la laisser partir.

– Pourquoi est-elle sortie ?

– Votre petit ami lui a téléphoné et lui a donné rendez-vous.

– Ne bougez pas. J'arrive.

Je passai prendre Hector et nous filâmes. Je n'avais pas le choix : jamais je n'aurais pu me glisser hors de mon bureau sans qu'il me voie. Même s'il n'était pas posté derrière la porte des Envoyés Spéciaux, à me surveiller comme si j'étais un coffre rempli de pièces d'or, quelqu'un m'aurait repérée sur l'une des caméras du vaste réseau de vidéosurveillance.

En chemin, j'appelai Ferber de la voiture.

Le hall du Gotham Manor Hotel, l'un des établissements gérés par la Paul Mangecet Hotels Inc., fourmillait de chrétiens radieux, tout juste libérés d'une sorte de symposium. Comment je savais qu'ils étaient chrétiens ? Ils avaient tous un sourire jusqu'aux oreilles et des badges adhésifs avec leur nom et une croix.

Au moment où je levai la main pour frapper à la porte de la chambre de Mme Sadler, celle-ci s'entrebâilla. Sans doute me guettait-elle par le judas.

– Dieu merci, vous êtes là, me dit-elle en me faisant entrer dans une chambre à deux lits au mobilier démodé.

– Parlez-moi de ce journal.

– L'une de vos voisines a rencontré un monsieur en bas de chez vous qui lui a remis ce journal.

– Probablement Joey Pinks. Il l'a donné à madame Ramirez qui l'a donné à tante Maureen ?

Je cogitais tout haut.

– Je crois que c'est ça.

– Qu'a dit cet homme à Mme Ramirez, ma voisine ? Tante Mo vous en a parlé ?

– Non.

Peu importe. Mme Ramirez déformait tout. D'une souris, elle faisait un éléphant.

– Elle vous a dit quelque chose de cet ex-petit ami ?

– Oh, je suis sûre qu'elle n'a pas dit « ex » mais « petit ami ». Rien de plus.

– Ça ne ressemble pas à tante Maureen, tant de cachotteries…

– Eh bien, disons qu'on ne se parlait pas beaucoup… Nous n'étions pas…

Je l'observai tandis qu'elle se cassait la tête pour s'exprimer en bonne chrétienne.

– Vous n'étiez pas amies, l'aidai-je.

– Non.

– Comment ça se fait que vous dormiez dans la même chambre ?

– Eh bien, euh… je… personne ne voulait… oh là là.

– Personne ne voulait partager sa chambre avec tante Maureen.

– C'est ça, acquiesça Mme Sadler, visiblement la martyre du groupe.

Même les chrétiens de droite n'appréciaient guère la compagnie de tante Maureen. Pauvre tante Mo. Comme le jeune dont personne ne veut dans son équipe de softball.

Pauvre tante Mo. Il ne faisait pas l'ombre d'un doute qu'elle s'était fait choper par le sniper. Je n'avais guère d'espoir pour elle. Un cinglé armé enfermé dans une pièce avec cette grande gueule ? Obligé, il allait la buter.

Si seulement je l'avais vue avant. Peut-être qu'elle m'aurait rendu mon agenda. On l'aurait remis aux flics et le tireur fou n'aurait pas eu besoin de s'en prendre à elle…

Aussi traumatisante soit-elle, elle était ma tante et le sang est plus épais – et plus collant – que l'eau. Et, pour être honnête, je dois reconnaître que j'avais été parfois contente de l'avoir pour tante. Maintenant qu'elle avait disparu, d'autres temps, d'autres événements me revenaient en mémoire. Tout le reste de la journée et jusque tard dans la nuit, des épisodes oubliés resurgirent. Allongée sur mon lit, inconsolable, ni par les moines de la forêt tropicale ni par les ronronnements de mon chat, je me revis sur l'aire de jeux, acculée dans un coin par une bande de grands menaçants. Tante Mo avait assisté à la scène de la fenêtre de la cuisine. Dans tous ses états, elle était sortie avec le Petit Assistant de Dieu. Tel un samouraï, elle avait distribué des raclées à tort et à travers, jusqu'à ce que les gamins décampent.

Quand papa était mort, tante Mo était venue s'installer à la maison pour s'occuper de nous pendant ces douloureuses premières semaines. C'était tante Mo qui avait tenu absolument à ce que l'on fête mon dixième anniversaire, trois mois après le décès de papa. Comme maman, sous le choc, était incapable de faire quoi que ce soit, tante Mo s'était déplacée exprès pour organiser une super fête. Ce jour-là, pour la première fois depuis la mort de mon père, j'avais été heureuse. Au collège, quand je n'avais pas les moyens de m'acheter une nouvelle robe pour aller au bal, c'était tante Mo qui m'envoyait un chèque, sans que je ne lui demande rien. Bien sûr, le chèque était accompagné d'une longue lettre dénonçant la vanité comme un péché et m'interdisant, sous forme d'extraits de la Bible, la fornication. Mais c'est le chèque qui compte, n'est-ce pas ?

J'irai même jusqu'à dire que tante Mo, aussi incroyable que ça puisse paraître, a eu sur ma vie une influence positive. Par exemple, parce qu'elle revendiquait ma garde, j'ai dû tout prendre en main à la maison pour qu'elle ne se mêle pas de nos affaires. J'ai appris à cuisiner. À dix ans, c'est moi qui préparais tous les repas, faisais tout le ménage, m'assurais que maman signait bien les chèques pour payer les factures et qu'elle prenait ses médicaments. Aujourd'hui, je ne cuisine que rarement et j'ai horreur de faire le ménage. À vingt et un ans, j'avais suffisamment donné pour en être dégoûtée à vie. Quand le mari de tante Minnie est mort, celle-ci est venue habiter chez nous. J'ai saisi l'occasion pour larguer Chuck Turner et me barrer de Ferrous, au Minnesota.

Le fait est que ma rébellion contre tante Mo m'a rendue beaucoup plus indépendante. O.K., je vous l'accorde, ma vie est loin d'être parfaite. Mais je gagne ma croûte et je suis capable de m'assumer.

Pauvre tante Mo. Seule dans cette grande ville pleine de dangers, sans personne pour la protéger. Était-elle encore vivante? Impossible de trouver le sommeil. J'attendais que le téléphone ou le bipeur sonne. J'espérais, je redoutais cette voix qui m'annoncerait: «On a retrouvé le corps de votre tante dans la décharge de Staten Island.» J'espérais, je priais pour que la voix me dise: «Nous avons retrouvé votre tante, elle est saine et sauve.»

Sentant que je ne m'endormirais pas si je ne buvais pas quelque chose, à minuit passé, j'appelai Sally pour lui demander si elle pouvait me dépanner d'un peu de vodka. Non seulement me monta-t-elle un verre d'une excellente vodka, elle me tira aussi le tarot et me prédit un futur merveilleux. Avant de redescendre, elle promit de faire brûler un cierge pour moi et m'assura que j'avais toutes les raisons d'être optimiste. Une tante portée disparue, un avenir professionnel des plus incertains, un type qui tirait sur tous les hommes avec qui j'étais sortie... Ouais... de quoi être super optimiste.

Qui était ce type? Vern, le demi-frère de Joey Pinks? Joey lui avait-il procuré des faux? Quel genre de faux? Une carte de sécurité sociale, une carte verte, des lettres de référence? De quel genre de faux papiers peut-on avoir besoin? Je n'en étais pas sûre.

Carte verte. Je ne sais pas pourquoi, cette hypothèse me semblait la plus probable. Je connaissais quelques personnes qui avaient des cartes vertes. Mike en avait une, parce qu'il avait été marié à une Américaine. Tamayo avait la double nationalité: elle devait avoir un passeport américain. Phil était Anglais...

Phil avait besoin d'une carte verte pour bosser à ANN. Ou d'un visa de travail. Phil... Phil avait pris le monte-charge le soir où Kanengiser avait été assassiné. Il était peut-être monté au vingt-septième. Facile pour lui de me tirer mon sac à main... et d'en faucher quelques autres pour ne pas éveiller les soupçons. Qui se serait méfié de lui, le vieux philosophe jovial ?

Non, je me fourvoie, pensai-je. La vodka m'embrouillait les idées. Qu'est-ce que je m'imaginais ? Qu'un homme à tout faire anglais de soixante-dix ans me courait après ? Qui plus est, il était trop âgé pour être le demi-frère de Joey Pinks. En plus, il était en congé de maladie ce jour-là. S'il avait feint la grippe et était revenu pour tuer Kanengiser, il n'aurait pas osé engager la conversation avec Hymie, du kiosque à journaux.

Pourtant, je l'avais bel et bien vu sur la vidéo.

Quoique... Si l'heure était indiquée sur les bandes, la date ne l'était pas. Quelqu'un avait pu remplacer la bande du jour du crime par celle d'un autre jour...

Peut-être quelqu'un qui avait fait partie des services secrets de l'armée, une personne capable d'échanger les bandes sans que personne s'en aperçoive. Quelqu'un comme Reb Ryan.

Reb Ryan n'était pas son vrai nom. Mike avait dit qu'il en avait changé il y a des années. Peut-être que Vern était son vrai nom.

Reb était indéniablement détraqué. Il supportait les coups sans broncher, s'éclatait dans les pays en guerre et buvait sa pisse.

Ouais... et j'étais sortie avec lui. Mais la jeunette et mignonnette Bianca aux lèvres pulpeuses aussi. Soyons réaliste. Si j'étais Reb, qui m'obséderait le plus, moi ou Bianca ? J'avais beau me trouver séduisante, Bianca était indiscutablement l'une des plus belles femmes d'ANN.

Peut-être qu'il était contrarié parce que Bianca l'avait plaqué pour Pete. Peut-être qu'il avait branché Dillon au Keggers parce que Dillon était allé à la table de Bianca et l'avait effrontément draguée, et non pas parce que Dillon avait quitté le bar avec moi.

Après la discussion avec Pete et l'enregistrement d'une bande-annonce, le soir de la bagarre, il avait eu tout le temps de se rendre jusqu'à l'immeuble de Dillon pour ensuite lui tirer dessus.

Mon cerveau s'affolait. Ce n'était peut-être pas Reb.

Quelqu'un de la sécurité avait pu intervertir les bandes.

Pete, le chef de la sécurité, par exemple. Après tout, que savions-nous de lui ? Le garde du corps des célébrités de seconde zone qui s'était attiré la confiance de Jack Jackson un soir de beuverie. Peut-être était-il Vern, sous la fausse identité de Pete Huculak. Il y avait sans doute des tas de gars qui se seraient fouettés jusqu'au sang rien que pour entendre leur nom sortir de la bouche tant convoitée de Bianca. Pete en faisait peut-être partie. Il avait la réputation d'être jaloux. Ils vivaient presque ensemble. Il devait connaître son emploi du temps. Et si elle ne lui avait pas parlé des hommes avec qui elle était sortie, il l'aurait appris par le téléphone arabe de la compagnie.

Mais qu'est-ce que mon agenda serait venu faire là-dedans...

Après tout, ce n'était peut-être pas mon agenda. Personne n'avait encore vu la chose. C'était peut-être le fameux livre noir de Kanengiser...

Nouvelle théorie : Joey Pinks était venu chez moi parce qu'il me connaissait du fait que j'avais interviewé Anya. Il ne connaissait pas Bianca ou ne pouvait l'approcher au risque de tomber sur Pete ou sur son adjoint, Hector. Pour l'avertir, il avait essayé de passer par moi.

Peut-être que je ne suis pas si irrésistible que ça, me dis-je.

Tante Maureen avait dû être témoin de quelque chose, ou Pete l'avait vue...

Le téléphone sonna. C'était Hector, qui m'appelait de la voiture garée en bas de chez moi, d'où lui et Franco me « gardaient ».

– On a retrouvé ta tante. Elle est saine et sauve. Tu veux aller la voir ?

Je ne pris même pas la peine de m'habiller. J'attrapai mon sac, enfilai un manteau sur mon pyjama et dévalai les escaliers.

– Allez, on y va, dis-je gaiement en m'installant à l'avant de la voiture de la compagnie.

Un éclair blanc devant mon visage, un bruit sec, je sombrai dans le noir.

20

Quand je revins à moi, j'étais debout contre un mur, le visage couvert d'un masque de cuir, pieds et poings liés. Je me sentais nauséeuse. Peut-être à cause de l'éther ou du chloroforme dont on s'était servi pour m'endormir. Je regardai autour de moi. Le masque obstruait ma vision périphérique. J'étais dans une pièce immense, nue, aux planchers de bois brut. Impossible de savoir s'il faisait jour ou nuit : les fenêtres étaient murées. Indice, avec le montage louche de la seule ampoule – électricité piratée –, que nous étions dans un immeuble condamné ou désaffecté, un squat peut-être.

Y avait-il ici un objet qui puisse me servir d'arme ? Pas vraiment. Un canapé éventré, auquel manquaient les accoudoirs, et un lit gigantesque. Deux portes.

Je baissai les yeux sur moi. Mes mains étaient attachées avec une chaîne d'environ trente centimètres. *Idem* pour mes chevilles. La marge de mouvement était assez restreinte. Qui plus est, j'étais sanglée dans un harnais accroché au mur. De mes bras partaient des câbles métalliques, tels les ficelles d'un pantin ou les câbles d'un trolley, reliés à des rampes montées au plafond, qui ressemblaient à des rampes de spots.

Sans trop d'efforts, je pouvais m'éloigner du mur et marcher dans une circonférence de trois mètres de rayon. À grand-peine, je parvins à atteindre l'une des portes et à l'ouvrir. Au fond du couloir, j'entrevis à travers une autre porte entrebâillée mon sac posé sur le coin d'une table.

J'essayai de me dégager de mes entraves. J'eus beau me tortiller dans tous les sens, impossible de me libérer. J'étais bien attachée. Et passablement énervée.

– Robin, c'est toi ? appela un voix qui venait de l'autre pièce.

J'entendis un glissement métallique. L'une des portes s'ouvrit – celle de la salle de bains attenante. Une femme bien en chair, harnachée de cuir noir, en sortit. Comme moi, elle était masquée et se déplaçait au bout de câbles, tel un tramway. Je reconnus néanmoins sa voix.

Tante Mo.

– Tu es vivante !

– Encore heureux que je sois vivante !

– Où sommes-nous ?

– Je n'en sais rien, ma chérie. Mais il n'y a pas un chat dans le coin. J'ai essayé de crier. Personne n'a répondu.

– Tante Mo, tu as vu le type qui t'a kidnappée ?

– Oui.

– Tu peux me le décrire ?

– Grand, un front proéminent.

Hector, Howard Gollis, Pete Huculak, le repris de justice du métro avec le tatouage Nation Aryenne : ça pouvait être n'importe quel homme que je croisais tous les jours dans la rue ou dans les couloirs d'ANN.

– Tu peux être plus précise ?

– Je n'ai pas vu la couleur de ses cheveux. Il portait une espèce de chapeau, une casquette de chasseur… Ma vue n'est plus ce qu'elle a été… Je fais de mon mieux, tu sais. Je suis venue à New York pour assister à une conférence très intéressante, prendre des nouvelles de ma nièce, aller au spectacle. Et je me fais enlever… Il avait un uniforme de garde.

– Hector ?

Tout s'était passé si vite que je ne pouvais l'affirmer.

– Hector ? C'est son nom ? Il m'a dit qu'il s'appelait Elroy Vern.

– Elroy Vern ? Elroy ? Où il est ?

– Sorti. Il a dit qu'il s'absentait pour quelques heures. Mais je ne sais pas depuis combien de temps il est parti.

– Il t'a fait du mal ?

– Il ne m'a pas touchée, sauf pour m'enfiler cette chose.

Hector était-il Elroy Vern ? Ça ne tenait pas debout, mais dernièrement, les événements avaient pris une telle tournure qu'il devenait ridicule de chercher une quelconque logique. Comme il faisait partie de la sécurité, Hector avait dû intervertir les bandes du monte-charge pour que personne ne découvre qu'il était monté au vingt-septième le soir où Kanengiser avait été tué. Hector n'avait eu aucune difficulté à échanger les vidéos parce qu'il travaillait à la sécurité. Il n'avait eu aucune difficulté à voler mon agenda et à épier chacun de mes gestes parce qu'il travaillait à la sécurité.

– Qu'est-ce qu'Elroy Vern t'a encore dit ?

– Oh, pas grand-chose. Qu'il s'était « retiré » pendant cinq ans et que pendant ce temps, il t'avait regardée à la télé et écrit des lettres. Il est revenu pour te chercher.

– Retiré où ? Il était où ?

– Si je m'en tiens au peu que je le connaisse, je dirais dans un hôpital psychiatrique.

– Qu'est-ce qu'il a dit d'autre ?

– Pas grand-chose. Des fois, il reste de longs moments sans parler, à regarder une photo de toi.

– Il faut qu'on sorte d'ici, tante Mo.

– J'ai essayé de me débarrasser de ce machin-chose, mais je n'y suis pas arrivée.

– Il fait jour ou nuit ?

– Jour, je crois.

– Tante Mo, pourquoi c'est toi qui as l'agenda ? Comment tu as fait pour te retrouver mêlée à cette histoire ?

– Ta voisine, Dulcinia Ramirez, elle a rencontré un homme en bas de l'immeuble. Il voulait te remettre ce livre et un message… À propos, tu n'as pas eu mes messages ? Je t'ai tout expliqué sur le répondeur.

– Ah bon ?

Oups. Sans doute les messages que j'avais zappés.

– Mon répondeur doit déconner. Non, je n'ai pas eu de message. Tu voulais me dire quoi ?

– D'après Dulcinia, ton maquereau voulait du mal à ton petit ami. Cet homme pensait qu'il allait aussi s'en prendre à toi. J'ai essayé de te prévenir. J'ai essayé de t'aider. Mais tu m'as ignorée.

– Pourquoi tu n'as rien dit à mon chef ? Il m'aurait prévenue.

– Je n'allais certainement pas raconter à ton employeur ces choses terribles. Je voulais avoir affaire à toi, en personne.

– Maintenant, dis-moi qui était ce soi-disant petit ami à moi qui t'a téléphoné.

– Il m'a appelée à l'hôtel. Il se faisait beaucoup, beaucoup de souci pour toi. Je lui ai dit que moi aussi, mais que tu ne m'écouterais pas. Nous nous sommes donné rendez-vous. C'est là qu'il m'a assommée et enlevée. Mais je l'avais déjà vu.

– Où ?
– Un soir, en bas de chez toi.
– Quand ?
– C'est tout juste si je sais encore quel jour on est. Il y a quelques jours. Il y avait plein d'hommes étranges qui rôdaient devant chez toi ce soir-là. Un jeune qui braillait à propos d'un bandeau…
Howard Gollis.
– … Un homme de la quarantaine avec des implants capillaires.
Fennell Corker.
– Et Hector, terminai-je, ou Elroy Vern.
Elle approuva.
– Maintenant, à toi de me dire comment tu t'es débrouillée pour que nous en soyons là.
C'était bien d'elle, de penser que j'étais à l'origine de tout ce bordel, que j'avais commis un acte qui avait fait boule de neige et que j'étais entièrement responsable de tout.
Je lui relatai toute l'histoire et tentai de la convaincre que je n'y étais pour rien, que j'avais la poisse, tout simplement. Tante Mo ne voulut rien savoir. Quand j'eus terminé, elle me dit :
– Robin, tu vois où mènent le péché et l'abandon…
Entendre sa voix sortir d'un tel accoutrement me désorientait.
– Ce n'est pas le moment de me faire la leçon, tante Mo. Tout ce qu'on t'a raconté sur moi, tout ce que tu as vu, c'est faux. J'enquêtais pour un reportage. J'étais poursuivie par un fou. Tout ça, crois-moi, est indépendant de ma volonté.
– Tu aurais pu l'éviter si tu t'y étais prise bien avant, si tu avais fait dans ta vie des choix différents. Si tu avais épousé Chuck Turner et que tu étais restée dans le Minnesota, au lieu de t'enfuir à New York

pour faire de la télévision, permets-moi de te dire que nous ne serions pas assises ici, vêtues tels des suppôts de Satan, retenues en otages par un fou.

Au bout de ses câbles, elle s'avança jusqu'à moi et posa ses mains sur les miennes.

– Tu sais, ma chérie, nous allons peut-être mourir ici. Je veux que tu réfléchisses sérieusement à certaines choses. Il n'est pas trop tard pour renaître. Fais-le pour moi. Si nous mourons, je saurai que tu iras au paradis.

Tante Mo tout crachée : elle ne renonce jamais. D'un côté, c'était vraiment gentil de sa part de penser à moi. Mais d'un autre, c'était comme une ultime tentative pour gagner le conflit qui nous opposait depuis toujours.

Ça me rappela un épisode de mon enfance, quand tante Mo m'avait dit : « Tu ne veux pas aller au paradis ? » J'avais hésité, considéré la question et demandé, suspicieuse : « Tu y seras ? »

C'est ça le problème. Si elle a raison, alors le paradis doit être peuplé de gens comme elle. Et franchement, la perspective de passer l'éternité avec tante Mo, des télévangélistes d'extrême droite, des politicards pourris et des activistes antiféministes comme Pat Robinson, Jerry Falwell, Oliver North, Paul Mangecet et Phyllis Schlafly, eh bien, c'est… l'enfer.

– Non, je ne peux pas faire ça pour toi, tante Mo. On ne pourrait pas parler d'autre chose que du b… bazar que j'ai foutu dans ma vie, et dans la tienne ?

– Qu'est-ce que tu peux être têtue, toujours à me contrarier et à provoquer des querelles…

– Je ne cherche pas la bagarre. Pourquoi chaque fois que je ne suis pas d'accord avec toi, tu crois que je cherche la bagarre ? Je me défends, c'est tout.

– Tu te défends ? Contre qui ?

– Contre toi.

– Je ne suis pas ton ennemie ! Je suis de ton côté !

Affrontement que j'ai mille et une fois répété mentalement. Mais jamais, jamais je n'aurais imaginé que ça allait se passer comme ça: toutes les deux habillées comme des créatures sorties tout droit d'un roman d'Anne Rice, à gueuler comme des putois.

– Qu'est-ce que j'ai fait, à part t'aider, ou chercher à t'aider ?

– Avec toi, c'est toujours de ma faute. Tu m'as toujours mise dans des situations horriblement gênantes…

– Tu te mettais toujours toi-même dans des situations horribles, il fallait bien que je t'en sorte.

– Ce n'est ni le lieu ni le moment pour discuter de ça.

– Donne-moi un exemple de situation gênante.

– Quand j'ai emmené à la maison un garçon que j'aimais bien et que tu m'as attrapé la figure et que tu t'es mise à disserter sur mon acné…

– Tu m'en veux encore pour ça ?

– Il n'y pas que ça. Tu n'as toujours vu que mes pires défauts, tante Mo. Chaque fois que je me sentais faible, tu m'enfonçais encore plus.

– Tes parents te portaient aux nues. Je ne voulais pas que tu deviennes une prétentieuse. Ton père et ta mère étaient persuadés que tu étais capable de faire n'importe quoi. Ton père s'imaginait que tu serais la première femme président des États-Unis et ta mère… ta mère croit que tu es une princesse royale. Elle se figure que tu devrais être reine d'Angleterre. Je trouvais qu'ils te donnaient de faux espoirs quant à ce qu'une femme peut espérer en ce bas monde. Je suis sûre que tu serais plus heureuse si tu t'en remettais à Dieu, si tu acceptais ton sort, ta condition de femme. Regarde, tu vois bien que tu n'es pas heureuse.

– Si, des fois. Ce n'est pas le moment de se disputer.

C'est drôle comme on était en train de s'emporter et de dériver complètement de ce qui nous préoccupait au départ. Quoi qu'il en soit, j'étais contente que nous nous soyons expliquées, contente d'avoir enfin pu lui tenir tête.

– C'est vrai, tu as raison, approuva-t-elle.

Nous restâmes un moment silencieuses. Jusqu'à ce jour, chaque fois que nous avions été ensemble, nous nous étions engueulées. Enfin, disons plutôt que tante Mo me faisait la morale et que je l'écoutais sans ouvrir la bouche. Nous ne savions pas communiquer autrement. Toutes les conversations que nous avions eues avaient rapidement dégénéré en prises de bec. Et la conjoncture n'était pas propice aux bavardages légers.

Pendant quelques très longues minutes, nous restâmes à nous regarder en chiens de faïence.

– Tu sais que ton père était un miraculé ?

– Comment ça ?

– Maman avait quatre filles. Avec papa, ils voulaient un garçon. Mais le docteur leur avait dit qu'elle ne pouvait plus concevoir. Ton papa est né juste après. Un miracle. C'était un bébé adorable. Quand il était petit, il me suivait partout, comme un chiot. Il se mettait toujours dans des situations pas possibles ! Il était tellement curieux, et si polisson.

Elle me raconta une anecdote. Quand elle était adolescente, un de ses prétendants était venue la chercher. Papa s'était caché à l'arrière de l'automobile du jeune homme et il les avait épiés toute la journée. J'avais du mal à imaginer mon père enfant, et encore plus à me représenter tante Mo adolescente, faisant la belle auprès de ses soupirants.

Je me rappelle une photo de tante Mo à l'âge de dix-sept ans, collée dans l'album de famille de mon père. Elle avait une coiffure très glamour, à la mode des années 1940 – je crois qu'on appelle ça des crans. Déjà à cette époque, elle ressemblait à Mussolini, mais à Mussolini jeune, coiffé à la Veronica Lake. Appuyée sur le capot d'une voiture, en short et t-shirt rayé, elle était presque sexy. Sur la photo, il y avait aussi un jeune homme, qui revenait juste de la guerre, je crois. Ce n'était pas oncle Archie.

Papa a toujours soutenu que tante Mo n'a jamais été jeune, qu'elle est née vieille. Sur cette photo, il y avait pourtant en elle une faible lueur de jeunesse, aussi furtive soit-elle.

J'évoquai cette photo.

– Oh là là, pauvre de moi, fit-elle.

– C'était qui ?

– Truman Dirk. J'ai failli me marier avec lui.

– Ouahou. Pourquoi ça ne s'est pas fait ?

– Il a été commotionné par des éclats d'obus pendant la Seconde Guerre mondiale. Il avait participé à la bataille des Ardennes. Ça l'a complètement changé. Oh, il était parfois merveilleux. Parfois, il était charmant, il retrouvait sa joie de vivre… Mais subitement, il devenait violent, il buvait…

– Je suis désolée.

– Oh, ç'a a été dur. C'est à cette époque que je me suis tournée vers l'Église. J'avais besoin de force pour tenir le coup. Je l'aimais éperdument. Mais il n'aurait été ni un bon mari ni un bon père. Archie a toujours pourvu à nos besoins. Il a été un bon père pour Raymond.

À voir… Oncle Archie passait la plus grande partie de son temps libre tout seul dans le grenier, à fabriquer des jeux de cribbage avec du bois de chauffage. Au lieu de guider son jeune fils vers l'âge adulte. Mais peut-être était-ce mieux pour le pauvre Raymond de ne pas passer plus de temps avec son père. Qui sait ? Après tant d'années, personne ne savait grand-chose de l'oncle Archie.

– Pourquoi vous n'avez pas eu d'autres enfants, tante Mo ?

– Problèmes de femme. J'ai fait cinq fausses couches avant d'avoir Raymond, mon miraculé. Le docteur m'avait déconseillé d'en avoir d'autres.

– Je ne savais pas. Je suis désolée.

– C'est ma foi qui m'a permis de traverser toutes ces épreuves. Comme ton oncle Archie d'ailleurs. Ce n'était pas facile pour lui.

J'imagine. En ce temps-là, avant l'avènement de la pilule, la continence était le seul moyen d'être sûre de ne pas tomber enceinte. Peut-être que l'oncle Archie ne faisait pas que des jeux de cartes quand il s'enfermait dans son grenier.

– Je crois que c'est pour ça que je me suis autant attachée à toi. Tu étais pour moi la fille que je n'ai jamais eue. Ce qui m'a toujours soutenue, Robin, c'est ma foi. J'aurais aimé que tu aies cette foi, pour t'aider à avancer dans la vie, parce que la vie est parfois dure.

– Je t'envie ta foi, tante Mo, dis-je doucement.

Comme ça doit être rassurant et pratique de trouver dans un seul et unique livre toute la philosophie dont vous pouvez avoir besoin. Bien plus facile que d'aller chercher des bribes éparses dans tout l'univers et de recoller ensuite les morceaux.

– Sincèrement, ajoutai-je. Mais je ne suis pas faite comme toi. La foi aveugle, ce n'est pas pour moi.

– Ton père disait ça aussi. C'est drôle. Je ne m'étais jamais aperçue à quel point tu me rappelles ton père.

Elle aussi, elle me rappelait mon père. Comme lui, elle était tenace, opiniâtre et férocement dévouée à sa cause.

– Si on lisait la Bible ? suggéra tante Mo. Ça nous donnerait de la force.

De derrière le lit, elle sortit une énorme Bible, cartonnée, aussi épaisse que les œuvres complètes de Shakespeare dans l'édition originale. Je ne l'avais pas remarquée.

– Il t'a laissé ta Bible ?

– Oui. Et il m'a fait du thé.

– Tu traînes partout cette grosse Bible avec toi ?

– Oui.

– C'est lourd.

– J'aime bien sentir ce poids. Ça me donne l'impression que Dieu est à mes côtés. Bien, je crois que les circonstances imposent l'Ancien Testament, quand les Hébreux sont en esclavage chez le pharaon…

– Tante Mo, il faut qu'on sorte d'ici.

– Comment ?

– Je ne sais pas encore.

– Bon, eh bien, nous allons prier pour que Dieu nous envoie le courage et l'inspiration, dit-elle en ouvrant la Bible à l'Exode.

Elle commença à lire.

– Excuse-moi, tante Mo, ça t'ennuierait de lire à voix basse ? J'essaie de me concentrer.

– La Bible va te libérer, répondit-elle, l'air absent.

Je l'entendis à peine. Je pensais à Elroy. Qu'allait-il nous faire, à moi, à elle et à lui-même ?

Allait-il se raser les jambes avec un rasoir rouillé puis s'asseoir dans une bassine de vinaigre pendant que nous devrions supporter ses cris ? Allait-il ensuite me lécher les pieds ? Ou les fils se toucheraient et il nous tuerait ?

– Qu'est-ce que tu as dit ?

– J'ai dit, la Bible va te libérer.

– Fais-moi voir cette Bible.

Elle était lourde. Trois kilos au moins, peut-être plus.

– Tante Mo, soit on reste ici et on se tient à carreau, dans l'espoir qu'il nous relâche, soit on tente quelque chose. Dans les deux cas, c'est risqué.

– Laisse-moi prendre le risque. Je suis la plus âgée. Si je meurs, je sais que j'irai au paradis. Si c'est toi qui meurs…

– On va toutes les deux prendre des risques, tante Mo. L'une de nous doit avoir les mains libres. Ce sera toi, je crois. Il se méfiera moins de toi, parce que tu es une dame âgée, chrétienne de surcroît.

Je lui esquissai les grandes lignes d'un plan. Nous en discutâmes. Tout n'était pas encore au point quand nous perçûmes le grincement d'une porte, puis des pas lourds. Il était de retour.

Non, pas Hector.

Mais Franco.

21

Franco était debout sur le pas de la porte, en uniforme, avec une casquette de chasseur à rabats sur les oreilles. Voilà pourquoi tante Mo avait omis dans sa description les fameux poils dans les oreilles.

Mais comment avait-il… ? Bon sang, mais bien sûr ! Pendant le tour de garde d'Hector, il avait dû aller l'appeler d'une cabine et lui dire de me téléphoner. Quand j'étais montée dans la voiture, Franco avait tiré une balle sur Hector et m'avait mise K.-O. Franco n'avait eu aucun mal à me voler mon sac. Franco n'avait eu aucun mal à intervertir les bandes du monte-charge. Franco ne s'appelait pas Franco et il avait présenté de faux papiers pour se faire embaucher à ANN. Voilà où intervenait Joey Pinks.

Franco avait échappé à mon radar.

– Elroy, fis-je.

Il ne répondit pas. Après avoir dégrafé et ôté mon masque, il nous tendit à chacune un sac en papier du McDonald's, s'installa sur le canapé sans accoudoirs, décolla un patch antitabac de son bras et alluma une cigarette. Puis il resta là, à me regarder fixement.

– Tu vas me laisser partir ? lui demandai-je.

Question stupide, mais il fallait tenter le coup.

– Non.

– Tu vas nous garder ?

– Oui.

– Combien de temps ?

Il haussa les épaules et continua à m'observer.

– Qu'est-ce que tu attends de moi ?

– Je veux seulement te rendre heureuse.

Vous voyez, vous priez pour trouver un homme qui ne voie que vos qualités, aucun de vos défauts, un homme qui soit en adoration devant vous, qui vous traite comme une reine…

Aide-toi…

– Je serais tellement plus heureuse si tu me relâchais. Je ne peux pas être heureuse comme ça.

– Je la connais, intervint tante Mo. C'est vrai, ce qu'elle dit.

– La ferme !

Il avait l'air soudain en colère. Il dégaina son flingue et le braqua sur tante Mo.

– Toi, la ferme ! Je ne t'ai pas causé.

Les dingues. Tellement imprévisibles.

– Elle est fatiguée. Ça fait longtemps qu'elle est dans cette combinaison en cuir. Elle ne pourrait pas prendre une douche ? Ça lui ferait du bien. Elle est âgée. S'il te plaît.

– Bouffez, d'abord.

Tout en mangeant, j'étudiai attentivement Elroy. Des clés pendaient au passant de son pantalon. L'une d'elles ouvrait probablement le cadenas des chaînes qui m'enserraient les poignets et les chevilles. Un holster. Des chaussures noires éraflées.

– O.K., concéda-t-il à tante Mo.

Il s'était radouci. Il la libéra de son harnais, défit ses chaînes et la conduisit jusqu'à la salle de bains, le canon de son arme pointé sur elle.

– Frappez quand vous voudrez sortir. Prenez votre temps.

Quand il entendit la douche couler, il revint, rangea son pistolet dans le holster et s'assit à mes pieds. La Bible était hors d'atteinte.

– Nous sommes seuls, dit-il en s'agenouillant à mes pieds et en commençant à les masser.

Dépêche-toi, tante Mo, priai-je en silence. Dégueulasse. Non pas que j'aurais trouvé ce massage désagréable… si ç'a avait été par quelqu'un d'autre. Il leva les yeux vers moi. Je souris poliment, fis semblant d'apprécier. D'une minute à l'autre, il risquait de se mettre à me sucer les orteils et à me lécher la plante.

Tous les éléments étaient réunis en sa faveur. Il pouvait me demander de le fesser. Il détenait ma tante en otage, j'étais prisonnière d'un harnais et il était armé. À l'heure qu'il était, les flics avaient dû découvrir qui était Vern, le demi-frère de Joey Pinks. Peut-être avaient-ils des empreintes, une photo. Dans une grande ville comme New York, il suffisait néanmoins à Franco, pour ne pas se faire prendre, de se cacher les oreilles. Selon le *New York Post*, sept mille hommes recherchés par la justice – pour la plupart des criminels – sont cachés à New York.

Ils pouvaient mettre des mois à nous retrouver. Brrr. Quel réjouissant trio, moi, tante Mo et Norman Bates. J'avais l'impression d'être morte, en enfer.

– Tu as des pieds magnifiques.

Je chausse du dix et j'ai des pieds extralarges. Je vous l'avais dit, j'ai toujours rêvé d'un type qui ne ferait pas semblant d'ignorer mes imperfections physiques, mais qui en serait amoureux…

Comment étais-je censée réagir ? Vous connaissez cette vieille blague ? Un masochiste et un sadique sont assis sur un banc. Le maso dit : « Fais-moi mal. » Le sadique répond : « Non. » Désirait-il que je le frappe ? Marchait-il à voile et à vapeur ? Était-il sado et maso ? Le fait qu'il ait tué Kanengiser et tiré sur les autres prouvait qu'il avait la même propension que Joey Pinks à la violence. Allait-il me brutaliser ?

Avant qu'il ait eu le temps de me sucer les doigts de pied, tante Mo frappa. Il sortit son flingue. Pendant qu'il allait la chercher, je me rapprochai de la Bible et la tirai vers moi.

– Vous êtes habillée ? se renseigna-t-il avant de lui ouvrir.

– Oui.

Tante Mo sortit de la salle de bains et me regarda.

– Retournez au mur.

Il la saisit par le bras et l'emmena jusqu'au harnais. Afin d'avoir les deux mains libres pour la sangler, il remit le pistolet dans le holster. Il me tournait le dos. Très lentement, je me levai et attrapai la Bible. Alors qu'il s'apprêtait à verrouiller le cadenas, je lui assenai un coup de Bible sur la tête.

Au même moment, tante Mo lui envoya un direct dans les boules, suivi de trois ou quatre coups de poing bien placés, tandis que je m'emparais de son flingue et le braquais sur lui. Tante Mo jeta ses chaînes à terre et me détacha.

– Donne-moi ce pistolet, ma chérie. Je sais me servir d'une arme à feu.

Pas le moins du monde surprise, je le lui tendis.

Tante Mo appuya le canon sur la tempe d'Elroy et dit :

– Les mains au mur, fils de puce.

« Fils de puce » est l'insulte la plus profane que tante Mo puisse proférer. Même dans la situation la plus critique, elle ne prononcera jamais le mot « pute ».

Sauf peut-être dans son langage corporel.

– Personne ne t'a jamais appris que tu ne tueras point ? que le meurtre est un péché capital ?

Tante Mo tout crachée. Elle ne manque pas une occasion de délivrer un sermon et de se faire l'avocat du Seigneur.

– Tu ne tueras point ! répéta-t-elle.

– Je suis désolé, je suis désolé, gémissait Elroy. Je l'aime. Je l'aime. Je suis un vaurien !

– Je pourrais te faire sauter la cervelle sur-le-champ. Tu sais ce qui me retient ?

Pas de bol pour Elroy, tante Mo n'était pas exactement une chrétienne miséricordieuse.

– Qu... quoi ?

– Tuer est un péché, espèce de crétin ! Tu n'as pas entendu ce que je t'ai dit ? Le meurtre est un péché capital.

Purée. Cette femme devrait faire du cinéma.

Une fois libérée de mon harnais, j'attachai les poignets d'Elroy avec les chaînes. Je ne pouvais malheureusement pas l'accrocher au harnais – dommage, il ne portait pas cette pratique combinaison de cuir noir, cet accoutrement d'ange de la mort dont tante Mo et moi avions été affublées ; et il ne serait sûrement pas rentré dans l'une des nôtres.

– Garde le flingue braqué sur lui. Je vais voir s'il y a un téléphone.

– Regarde si tu trouves nos habits, chérie.

Pas de téléphone dans l'autre pièce. Un câble électrique pénétrait à l'intérieur par une vitre brisée, verrouillée et peinte. J'ouvris des tiroirs, un placard : pas de corde, pas de vêtements, mais quelques armes. Mon sac était posé sur la table. À côté, mon pistolet à colle. Elroy avait dû l'examiner, le juger inutile et le laisser là.

Idée.

Il me fallut quinze minutes, une pleine cartouche de colle et l'aide de tante Mo qui dut s'asseoir sur lui, le temps que la colle prenne, pour le fixer solidement sur le canapé. Par mesure de sécurité, je lui balançai encore quelques coups de Bible sur le crâne pour l'assommer. Maintenant que j'avais commencé à le frapper, je ne pouvais plus m'arrêter. J'étais furieuse. Il voulait être puni ? J'allais lui flanquer une bonne correction. Ce fut tante Mo qui m'empêcha de le finir à coups de Bible.

– Il a perdu connaissance, me dit-elle.

– Je n'ai pas trouvé nos vêtements. Tant pis, on y va comme ça. On prend nos sacs et on se tire. Dès qu'on trouve un téléphone, on appelle la police.

Ce squat de fortune se trouvait dans un entrepôt délabré. Un long couloir menait à une sortie. Un silence de mort y régnait, jusqu'à ce que j'ouvre la porte. Des rats s'éparpillèrent dans le couloir.

– Oh Seigneur ! s'écria tante Mo. Cet escalier n'a pas l'air sûr.

– Viens, tante Mo.

– Je ne peux pas. Je… Tu ne sais pas ça, chérie, j'ai la phobie des rats. Je… je…

Tout à coup, une porte s'ouvrit derrière nous. Je me retournai. Un éclair de chintz, puis un coup de feu.

C'était Elroy, qui zigzaguait dans le couloir, scotché à son canapé, les mains enchaînées, brandissant l'un de ses autres revolvers.

Tante Mo franchit la porte et dévala les escaliers comme si Dieu en personne l'avait poussée. Nous avions descendu un étage quand nous l'entendîmes fulminer plus haut dans les escaliers. Quelle force… Descendre des escaliers avec un canapé dans le dos, surtout après la dérouillée que je venais de lui filer.

Nous débouchâmes dans la rue. Je n'eus même pas le temps de repérer où nous étions. Quelque part dans le Lower East Side, à en juger par la décrépitude des immeubles. Je pris tante Mo par le bras. Nous nous mîmes à courir.

– Il nous suit, m'informa-t-elle.

Poursuivies par un homme avec un sofa collé au cul. Deux femmes en cuir noir poursuivies par un homme avec un sofa collé au cul.

– Tu peux courir plus vite ? lui demandai-je.

Nous étions presque arrivées au coin de la rue.

– Quelqu'un va nous voir et appeler la police.

– Pas forcément, tante Mo, on est dans le centre-ville.

Elroy tira, tante Mo fit volte-face et répliqua. Je l'entraînai violemment dans l'autre rue, manquant de peu de lui faire le coup du lapin.

Nous étions à présent sur l'Avenue C, tout près de la Troisième Rue. Des passants s'arrêtaient pour nous regarder.

– Appelez la police ! Appelez la police ! hurlait tante Mo.

Personne ne réagit.

Elroy apparut à l'angle de la rue et tira. Les spectateurs s'aplatirent sur le trottoir et se cachèrent la tête.

Je poussai tante Mo dans une petite épicerie coréenne. Dès que le type derrière le comptoir nous vit entrer, il brandit une arme.

– Ferme la porte, m'enjoignit tante Mo.

Je m'exécutai. Elle se tourna vers l'épicier.

– Appelez la police.

Une femme aux cheveux noirs battit en retraite dans l'arrière-boutique. J'osai espérer qu'elle allait appeler la police. Un jeune homme qui se trouvait devant la glacière à bières avait levé les mains en l'air.

– Foutez le camp de mon magasin ou je tire.

– Ne tirez pas ! Nous ne sommes pas des voleuses, dis-je en reprenant mon souffle.

Elroy tambourinait contre la porte vitrée.

– Cet homme veut nous tuer.

– Putain de merde ! s'exclama le Coréen, puis il se mit à gueuler dans sa langue.

La porte vola en éclats et Elroy se rua à l'intérieur, sous une pluie de verre brisé, beuglant comme un fou, agitant son flingue.

Un coup de feu partit.

Le corps d'Elroy s'affaissa au sol, sous le canapé.

Le Coréen rangea son pistolet derrière le comptoir.

– Vous avez vu : autodéfense. Vous êtes témoins.

Tante Mo et moi étions devenues complètement hystériques, incapables de formuler des explications intelligibles. Les commerçants, les Lee, étaient également hystériques. Imaginez le choc de ce pauvre M. Lee : il est tranquillement en train de disposer ses extraits de gingembre à côté de sa caisse quand, soudain, un homme avec un canapé collé dans le dos voltige à travers sa porte en brandissant un flingue.

Quand Ferber et Bigger arrivèrent sur les lieux, nous avions retrouvé une certaine cohérence. Immédiatement, des liens se créèrent entre l'inspecteur Richard Bigger et tante Mo, qui s'empressa de lui raconter sa version de l'histoire, truffée d'imprécisions à mon sujet, que je me sentis obligée de rectifier point par point. Bigger finit par nous séparer et m'envoya au piquet devant une caisse d'oranges posée à côté du réfrigérateur à bières.

Tandis que je m'asseyais sur la caisse, l'inspecteur Mack Ferber me soutint par le coude droit pour m'empêcher de tomber. C'est marrant, mes coudes sont des zones très érogènes. Son geste me fit frissonner. En plus, il sentait bon, le coton propre et le savon.

– Dites-moi tout.

Après lui avoir exposé les faits, je le priai de me raconter, à son tour, tout ce qu'il savait.

Comme l'avait supputé tante Mo, Elroy Vern venait de passer cinq ans dans diverses institutions psychiatriques de trois États différents. Sa mère l'avait fait interner peu de temps avant que son second fils, Joey, n'essaie de la tuer.

« Elroy voulait constamment regarder ANN, avait rapporté le directeur d'un établissement. Parfois, quand les autres patients voulaient changer de chaîne, il faisait de véritables scènes dans la salle de détente. »

Comme le singe de Louis Levin, pensai-je.

Un malade avait témoigné : « Il ne parlait que de cette reporter, une rouquine qui ressemblait à sa mère quand elle était jeune. »

Étiqueté schizophrène paranoïaque, avec des tendances sadiques et masochistes extrêmes, Elroy Vern avait été transféré d'un hôpital à un autre. Puis, à la suite de mesures gouvernementales de réduction du personnel hospitalier et en raison de la surcharge des institutions, on lui avait prescrit un traitement et il était sorti. Muni de faux papiers obtenus par l'intermédiaire de Joey, il était venu sur la côte Est et avait posé sa candidature à ANN, où Pete s'était pris d'amitié pour lui.

(« J'ai été impressionné par son obéissance », avait dit Pete par la suite.)

Les policiers avaient retrouvé mon agenda dans le squat de l'entrepôt abandonné, ainsi que son adresse officielle – un petit studio dans le Queens équipé en tout et pour tout d'un répondeur téléphonique. C'était bien de mon agenda qu'il s'agissait. La seule chose qui n'était pas de moi : les X rouges en travers des noms des hommes qui avaient été en contact avec moi.

Hector était totalement innocent, m'apprit Ferber. Il était dans le coma. Après lui avoir logé une balle dans la nuque, Franco l'avait laissé inconscient sur l'Avenue D et s'était enfui. Pauvre Hector.

Quelques heures plus tard, j'étais de retour au bureau. Premier commentaire à froid de Jerry Spurdle :

– Tu vois que le meurtre du médecin avait quelque chose à voir avec le sadomaso. Je ne t'avais pas dit que j'avais un pressentiment… ?

– Ta gueule.

– Si tu m'avais écouté…

– Tu vas la fermer, nom de Dieu ! Enculé de sale gros connard.

Si nous nous étions souvent engueulés, avant mon changement d'attitude mal avisé, jamais je ne m'étais adressée à lui sur ce ton. Le ton de la femme prête à s'empoigner d'une tortue de neuf kilos.

Un instant, Jerry resta ahuri.

Je savais que j'étais grillée pour lui avoir parlé ainsi. Mais allez savoir pourquoi, peu m'importait à présent de sauvegarder ce job de merde.

Soudain, le visage de Jerry se fendit d'un sourire. Son habituel sourire obséquieux.

– Tu vas le regretter, me dit-il en sortant du bureau.

22

– Eh bien, les fidèles de ma paroisse vont avoir de quoi prier quand je vais rentrer.

Tante Maureen et moi nous tenions devant les détecteurs de métaux de sa salle d'embarquement à LaGuardia Airport. Nous avions pris le petit-déjeuner ensemble et essayé de tirer au clair les quelques divergences qui subsistaient encore entre sa version des faits et la mienne. Bien qu'elle eût finalement compris pourquoi elle s'était retrouvée enchaînée et harnachée de cuir, puis prise en chasse par un homme dans un canapé, elle pensait encore que je vivais dangereusement, dans le péché, et que j'aurais été plus heureuse, plus en sécurité, promise au paradis, si j'étais restée à Ferrous, au Minnesota, et si j'avais épousé Chuck Turner.

– Tu es convaincue, maintenant ? Tu es prête à remercier le Seigneur de t'avoir sauvé la vie et à la lui consacrer pour t'acquitter de ta dette ?

Présenté sous cet angle, j'avais presque l'impression de ne pas avoir le choix. Mais je me rappelai à temps que, selon les standards inflexibles de l'Ancien Testament énoncés par tante Mo, tous les beaux hommes devaient être en enfer. Le doute revint subitement obscurcir ma foi.

– Non. Pas de la manière dont tu me le demandes, en tout cas.

Certes, j'étais reconnaissante, mais je me devais de rester sur mes positions. Je suis comme ça, que voulez-vous.

Des flots de chrétiens radieux circulaient autour de nous.

– Bon, j'aurai essayé. Je vais en avoir des choses à raconter aux filles du comité de censure littéraire, à mon retour ! Merci de m'avoir accompagnée. Fais bien attention à toi, et sois bonne.

– Oui, tante Mo.

– C'est dommage que cette expérience ne t'ait pas guidée vers la lumière…

– Bon voyage, tante Mo.

Je n'avais qu'une hâte, la voir monter dans l'avion et se casser d'ici. Sinon, j'allais être en retard pour le déjeuner avec McGravy et Jerry.

– Avant que je parte, dis-moi, est-ce que tu es heureuse dans cette ville ? Est-ce que ton travail, la vie que tu mènes, te rendent heureuse ? Sincèrement ?

– Plus ou moins.

Il y a des tas de trucs qui me rendent heureuse, quand j'y pense. Mon chat me rend heureuse, mes amis me rendent heureuse. En y réfléchissant bien, même les succès de mes amis me rendent heureuse.

C'est drôle, les hommes intéressants aussi me rendent heureuse. Des fois. Ce mur couvert de hiéroglyphes me rend heureuse. New York me rend heureuse. Souvent. Jouer des tours à Jerry Spurdle et le faire souffrir me rend vraiment très heureuse.

– Je prierai pour toi.

– Merci, tante Mo.

– Tu sais qui est Philo T. Farnsworth ?

– L'inventeur de la télé.

– Tu sais ce qu'il a dit à propos de la télévision ?

Je secouai la tête.

– Il a dit : « La télévision est un don de Dieu et Dieu reconnaîtra ceux qui feront un usage responsable de ce divin instrument. » Souviens-toi de ça, ma chérie.

McGravy et Jerry m'attendaient au Napoli Café. Jerry avait déjà commandé.

– Excusez-moi, je suis en retard. J'ai dû accompagner ma tante à l'aéroport, m'assurer qu'il ne lui arrive rien.

– Chentille dame, ta tante, grommela Jerry, la bouche pleine de pâtes.

– Robin, me dit McGravy. Avec Jerry, on voulait te mettre au courant des changements à venir. Comme tu le sais, la compagnie a entrepris de nombreux remaniements…

Tandis que Bob parlait, Jerry se bâfrait. Il enfourna dans sa bouche un gros et long morceau de veau. Apparemment, il ne maîtrisait toujours pas le maniement de la fourchette et du couteau. Jerry mange comme un animal sauvage qui engloutit sa proie entière et vivante. Il prend de grosses portions de bouffe, s'en fourre la moitié dans la bouche et laisse pendre l'autre moitié sur son menton. Au fur et à mesure qu'il mâche, avale, il fait remonter le morceau petit à petit jusqu'à ce qu'il ait tout engouffré.

– Oui ?

– Je sais que tu aimerais refaire carrière dans les actualités générales, entama McGravy.

– Pas près d'arriver, l'interrompit Jerry, la bouche pleine.

– Vas-y, Bob. Je tiendrai le coup. Je suis une grande fille.

J'étais tellement contente d'être en vie que la perspective de perdre mon boulot m'effrayait bien moins, à présent.

– O.K. Jerry va partir à Berlin pour un an. Nous souhaitons que tu prennes la tête des Envoyés Spéciaux. Je sais, tu aurais voulu quitter les Envoyés Spéciaux. Mais à quelque chose, malheur est peut-être bon.

– Je vais être chef des Envoyés Spéciaux ?

– Au moins pendant un an. On verra ensuite où en est Jerry, où tu en es.

– C'est moi qui vais faire marcher la baraque ?

– Cha empêche pas qu'il faut que tu faches de l'audienche..., articula Jerry à travers une bouchée partiellement mastiquée.

– Et Jerry sera à l'autre bout du monde ?

– Nous t'imposerons peut-être certaines séries, poursuivit Bob. Et il faudra que tu maintiennes les taux d'écoute. Mais tu auras une grande liberté de manœuvre. C'est à moi que tu devras rendre des comptes. Ce ne sont pas les actualités générales...

– C'est vrai, Bob, *à quelque chose malheur est bon*. J'accepte.

Les Envoyés Spéciaux pour un an ? Pas de problème. Même s'ils voulaient que je fasse encore des reportages sur les ovnis, je pourrais les traiter à ma façon. Peut-être que je ferais davantage de bonnes séries, comme celle sur l'autodéfense. Peut-être y avait-il encore espoir de faire carrière dans le journalisme.

– Et je continue à faire les reportages ?

– Tu pourras réaliser quelques séries, seulement celles de ton choix. On va t'assigner un nouveau reporter.

– Oh non, pas...

– Dave Kona.

Le petit morveux.

– Bob, il ne me respecte pas. Il ne va pas m'écouter…

– Bienvenue à la direction, répliqua Jerry. Tu vois, j'avais pas raison ? Tu ne regrettes pas de m'avoir traité de connard ?

D'enculé de sale gros connard, pour être précis, pensai-je. Mais je m'abstins de le lui faire remarquer. Non, je ne regrettais pas.

Voilà, Jerry est à Berlin, Madri aux RP, Sawyer Lash s'est vu accorder une seconde chance à la programmation de jour – il est coprésentateur de *Gotham Salon* –, Dave Kona va venir travailler pour moi et Claire Thibodeaux est partie à Washington, avec son nom de famille intact.

À propos, une semaine après ma promotion, elle m'a envoyé un cadeau : enveloppée dans du papier chiffon, à l'intérieur d'une boîte en émail noir, une statuette de sainte Claire d'Assise, accompagnée de ce mot :

Chère Robin,

Félicitations pour ta promotion !

Savais-tu cela : dans la religion catholique, le saint patron de la télévision est sainte Claire d'Assise, fondatrice dans l'Italie du XIIe siècle d'un ordre pénitentiel de bonnes sœurs. Elle a été canonisée sainte patronne de la télé à la suite d'un incident survenu pendant la maladie qui lui fut fatale. Sur son lit de mort, elle a miraculeusement entendu et vu la messe de Noël célébrée dans la basilique San Francesco, à l'autre bout d'Assise. Une femme qui a fait vœu de pauvreté et une antenne parabolique réunies en une seule et même personne. La femme parfaite pour ANN.

Je t'embrasse.

Claire

Du blizzard médiatique des jours qui suivirent, il ressortit qu'Howard Gollis, comique-artiste-écrivain, était le cerveau du groupe d'art sauvage Le Chaos Règne. Enfin, groupe, si l'on peut dire: lui, un ami et une camionnette. La guillotine n'était donc pas du tout un fait du hasard, pas plus que le concert des alarmes de voiture, mais une forme spéciale d'art sauvage, conçue pour harceler les ex. La veille de mon kidnapping, il avait pris la route pour aller se produire dans divers clubs de Pennsylvanie. Quand la police avait pris contact avec lui, il leur avait dit qu'on lui avait tiré dessus après qu'il eut passé une soirée avec moi. Mais il n'avait pas fait le rapprochement.

Il ne m'appelle plus.

Gary Grivett aussi s'est fait tirer dessus après m'avoir vue. Le rapport n'a jamais franchi les limites de la circonscription administrative et jusqu'à présent, personne n'a fait le lien avec l'enquête menée par Manhattan South.

« J'ai cru que c'était un de ces accidents qui arrivent à New York, avait-il déclaré au *News-Journal*. Je ne me suis pas douté que c'était lié à Robin. »

Il s'avéra également que Kanengiser ne tenait pas de journal. Comme moi, il enregistrait tout dans un fichier informatique verrouillé. La découverte de son ancien livre noir par son ex-femme, Hanna Qualls, lui avait servi de leçon: il ne gardait plus de trace écrite. Le fichier contenait les noms, les adresses, les numéros de téléphone, des détails sexuels ainsi que des renseignements personnels sur les femmes avec lesquelles il avait couché. Ce qui lui permettait d'imprimer des fiches et d'éviter de reproduire les erreurs commises avec Susi Bure.

Un soir, au Keggers, Bianca a craqué et confessé à Claire et à moi que Kanengiser l'avait traitée pour un cas de verrues vaginales. Sombre secret d'État, à ses yeux.

Hector s'est relevé de ses blessures. Il ne lui manque que quelques cases. Il s'est ainsi attiré la sympathie du studio. On le considère maintenant un peu comme un héros. Comme Forrest Gump.

Le concierge de mon immeuble est mort, hélas. Il était très vieux. J'ai signalé à Phil que la place était libre. L'idée l'a séduit. Depuis qu'il a pris ses nouvelles fonctions, nous avons de la pression dans les robinets et l'ascenseur fonctionne à nouveau. Tout le monde l'aime bien, y compris Mme Ramirez. Je me plais à croire qu'il lui a tapé dans l'œil – pour elle, c'est un jeune homme, attention… – et qu'une torride histoire d'amour est en train de prendre forme. Je doute toutefois que ça ira bien loin. Phil m'a invitée à prendre le thé et à venir papoter dans son appartement au sous-sol de notre immeuble. Il l'a fait arranger très joliment. Nous nous sommes montré nos albums de coupures de presse. C'est vrai, il a réellement survécu à Rommel et à des accidents d'avion et il a vraiment sauvé des vies quand il était pompier à Liverpool. Sa première femme était Américaine. Il l'a rencontrée à Londres juste après la guerre. C'est comme ça qu'il a obtenu sa carte verte.

Enfin, j'ai découvert ce que Wim Young, le mystérieux guitariste, faisait dans la vie.

Un soir, je l'ai croisé dans la véranda et cette fois, il m'a souri et nous nous sommes parlé.

– Je vous ai vue au journal télévisé, a-t-il dit en m'abordant.

Comme je n'avais plus peur de lui, nous avons bavardé un moment. Il m'a proposé d'aller manger un morceau. Tandis que nous marchions dans la rue sombre et déserte, je me suis subitement rappelé où je l'avais vu.

Ennemi Public Numéro Un.

Je me rappelais très bien de l'épisode. C'était le type qui avait tué sa petite amie et son petit ami après les avoir tous deux complètement dépouillés.

De Charybde, je tombais en Scylla. Ça valait bien la peine d'avoir échappé à Elroy pour tomber entre les griffes d'un autre psychopathe… Le cauchemar. J'imaginais les acteurs médiocres rejouer la scène, j'entendais la voix off: «… Dans la nuit du dix-huit au dix-neuf avril, la journaliste Robin Hudson rencontre un homme en bas de chez elle… »

Nous descendions l'Avenue A, il me parlait d'un récent voyage en Floride – État dans lequel les meurtres avaient été commis. Tout à coup, je m'étais retournée vers lui et m'étais mise à crier à pleins poumons.

Je n'avais compris qu'après qu'il était l'acteur qui jouait le rôle de l'assassin dans *Ennemi Public Numéro Un.*

La honte. Un beau type, intéressant et abordable. Je le vois toujours, de temps en temps, quand il sort le soir pour aller chez des amis ou au théâtre. Depuis ce jour-là, il ne m'a plus jamais proposé d'aller nulle part avec lui. Nous n'échangeons plus des regards électrifiants, mais circonspects. Il me prend pour une folle.

Mais comme pourrait dire tante Mo, si elle savait faire preuve d'un peu plus de bonté chrétienne, quand Dieu ferme une porte, il ouvre une fenêtre. Deux jours après que j'eus percé les tympans du guitariste, Mike m'a invitée au ciné. Je sais que Mike n'est pas l'un de ces diaboliques Irlandais, c'est un bohème et il a vingt-sept chiens pakistanais sur la conscience. Je sais, il bosse dans les news et je m'étais juré de ne plus me faire de journaleux. Mais merde. Qui ne risque rien n'a rien. Je suis sûre qu'on va bien rire tous les deux.

Mon ex-mari va bientôt venir à New York et nous avons prévu d'aller dîner ensemble. Même s'il me le demandait, je ne me remarierais pas avec lui. De toute façon, croyez-moi, il n'en a pas l'intention. Mais il est célibataire, moi aussi, et nous avons toujours des atomes crochus. Qui sait ?

On ne sait jamais. Si ?

Je vais aller voir jouer l'équipe de softball de l'inspecteur Mack Ferber et Eric vient passer ses vacances d'été à New York. Le voisin du dessus se rendra peut-être compte un jour ou l'autre que je ne suis pas folle. De toute façon, je n'ai pas besoin de me décider tout de suite.

Le revers de la médaille : je ne suis ni Diane Sawyer, ni Joanne Armoire, ni Claire Thibodeaux et je ne le serai jamais. J'aurai bientôt quarante ans, dans un monde obsédé par la culture jeune : je ne serai jamais une star du petit écran. Je suis divorcée. Je n'ai pas d'amant fixe. Les amis vont et viennent dans ma vie. J'habite dans un quartier dangereux, dans une ville de fous, dans un monde encore plus fou, où des gens calmes et gentils se mettent subitement à frapper leur mari à mort avec une tortue de neuf kilos. Et un jour, je serai morte.

Il y a néanmoins de quoi être optimiste : je ne suis pas tante Maureen, ni Anya, ni Cécile Le Doc et je ne le serai jamais. Je ne suis pas non plus Diane Sawyer. De loin, j'aimerais être à sa place. Mais toute vie comporte sa part de chagrins et comme je ne connais pas les siens, je ne suis pas sûre de vouloir échanger.

C'est vrai, j'habite dans un quartier risqué, mais dans un chouette quartier risqué et grâce à Mme

Ramirez et à mon sumac vénéneux, notre immeuble est le plus sûr de tout le voisinage.

Mes jours à l'antenne me sont peut-être comptés, mais désormais, c'est moi le patron. Certes, ça a des inconvénients, surtout avec le personnel que j'ai – une comique anarchique et un morveux qui s'y croit –, mais au moins, c'est moi qui commande. Les amis vont et viennent… Comme ça, on ne se lasse pas les uns des autres et on est plus indépendants. Pas d'homme régulier ? Je suis une Femme Libérée. Je peux coucher avec n'importe quel type séduisant et intéressant. Je suppose que c'est une liberté dont il vaut mieux disposer que jouir. Mais je me trompe peut-être. Je vous en reparlerai un de ces quatre.

Quoi qu'il arrive, un de ces jours, je serai morte.

Mais pour l'instant, je suis vivante.

ARTICHAUT.

REMERCIEMENTS

Chaque fois que je n'ai plus un sou, sur le point de prêter mon corps à des expériences médicales pour me faire un peu d'argent, un ami se pointe pour m'aider. Chaque fois que je suis convaincue que le monde est nul à chier et que la vie n'est qu'une chienne, et moi aussi, le fax se met à sonner et un fait divers hilarant cueilli par une âme charitable dans une agence de presse sort de la machine.

Je serais vraiment une sans-cœur si je ne citais pas tous ces gens. L'auteur tient à remercier tous ceux qui lui ont généreusement ouvert leur cœur, leur porte, leur frigo, leur porte-monnaie, tous ceux qui ont partagé leur temps, leurs idées, leurs légendes de studio, leurs histoires d'agence de presse, leur fric et leurs invitations à des fêtes :

Maman, papa, Bill Dorman (Spasiba), Jennifer Hayter, Emmerson Macintosh et toute ma putain de famille, les gens les plus rigolos que j'aie jamais rencontrés ; mon agent, Russel Galen, et mon éditrice, Caroline White, pour tout le travail qu'ils ont fourni et pour plein d'autres choses – notamment pour m'avoir assuré dans les périodes critiques que tous leurs autres écrivains étaient encore plus fêlés que moi ; Debbie Yautz ; Laura, Juris et Melanie de Soho Press, grâce à qui je suis devenue un meilleur écrivain ; General Publishing, Helen Metella, Mark Nixon de la Book Company Southgate, les Snoop Sisters, Sleuth, Wayne Kral, Bonnie Claeson et Prodigy MBC.

Merci aussi, en vrac, à : Bill d'IMC, Katherine Neville, Nancy Pickard, Janine Turner ; Andrea Peyser, qui a enquêté avec moi sur le terrain dans les clubs sadomaso, Grant Perry, « ancien envoyé spécial muté à notre agence de Londres»; Chris P. pour l'histoire roumaine de nécrophilie relayée par une agence de presse, Harris Salat et Lisa Napoli, pour m'avoir tenue au courant des dernières technologies et du jargon de la télé, Tamayo Otsuki, surprenante et anarchique, Steve Herman et Ito, pour la soirée organisée au Morg, à Tokyo, à l'occasion de la parution de mon premier bouquin; Diana et Jake, Jesse, Bruce Gillette, David et Mary Helen, Nance, Lisa Schiffren, Peter et John Holm, Baard et toute la bande des Norvégiens, Steven et Kathrine, Lynn Willis, Marianne Hallett, Eva Valenta, Elaine, Dana, Susan, Scott, Squadron, Cheryl, Nicki, Mark, Joanna L., Maggi O'Connell. Merci enfin au Chelsea et à tou(te)s les employé(e)s très compréhensif(ve)s du service encaissement d'American Express.

Si j'ai oublié des gens, je les remercie de bien vouloir m'excuser; d'une manière ou d'une autre, je me rattraperai.

Merci pour tout.